燕歌行
卷6
全力反撲
酒徒 著

目錄
CONTENTS

第一章

全力反撲

契哲篤被哭得心煩意亂，此刻，他可真進退兩難了。
放張九四等人進城吧，知府李齊所提醒的危險，切切實實存在，
萬一有紅巾軍隱藏在張士誠的隊伍當中混進城裡來，
守軍未必擋得住對方全力反撲。

未必是火藥所炸，宿州被攻破後，殘兵敗將們報告上來的消息，契哲篤曾經親眼看到過。據他們說，當時宿州城的城牆是隨著「轟隆」一聲巨響，整段飛上了半空。

而這回據寶應城逃回來的潰兵所講，寶應城是毀於一連串悶雷聲中，並且城牆是向正下方自己癱倒，而不是向上飛出。波及範圍僅僅限於兩座馬臉之間的城牆，和距離城牆不到一丈遠的範圍，更遠處，甚至連土渣都沒濺到。

「妖法，朱屠戶使的是妖法！卑職，卑職可以對天發誓，親眼看到朱屠戶登臺作法，腳踏七星……」跑回來報信的百夫長臉色煞白，賭咒發誓。

「推出去，斬了！」沒等對方把話說完，契哲篤便下令將此人處以極刑。

契哲篤不相信神佛，所以也不相信這世界上有什麼妖法存在，即便是有，他也必須先親眼看到妖人朱屠戶的施法過程，然後再報給朝廷，讓朝廷找大德高僧出馬，尋求破解之道，所以**他可以接受戰略上的失敗，也可以棄城逃命，但是他卻不能准許自己連面都沒跟朱屠戶打一下就望風而逃。**

他必須戰，哪怕明知道打不過，也必須跟朱屠戶打上一次，弄清楚對方的真正底細，才能離開高郵，**這是他做臣子的義務，也是他作為一個蒙古人的驕傲。**

成吉思汗當年橫掃萬里，可不是靠著城裡那些躺在祖宗功勞簿上吃軟飯的窩囊廢。那些人身上已經沒有任何蒙古人的味道；而他，至今沒有忘記祖先的榮耀，還把這份驕傲牢牢地刻在心裡。

「不好啦，紅巾賊來了，朱屠戶來攻城了！」

忽然，門外傳來一陣驚慌失措的叫喊，令屋子內的悲壯氛圍瞬間土崩瓦解。

「啊！」知府李齊立刻到兵器架子上抓寶劍。

副萬戶納速剌丁則抽出彎刀，挺身將契哲篤護在了自己背後，「大人勿慌，末將帶你殺出去。胡里奧、托哈，你們兩個立刻到門外備馬！哈拉金，你速去控制住西門。」

「是！」副萬戶納速剌丁的三個兒子齊聲答應，撒腿就往外跑。

還沒等跑到府門口，卻「咕咚」一聲，與正衝進來的千夫長盧守義撞了個滿懷。

「大人！」千夫長盧守義顧不得往起站，趴在地上大聲彙報，「張士誠回來了，張士誠帶著隊伍回來了，就在東門外請求進城！」

「張士誠？你說的可是張九十四？」

已經做好了最壞打算的契哲篤費了好大力氣，才想起張士誠是哪個來。

「是，就是張九四！」盧守義喘了口粗氣，繼續彙報，「還有李伯升，張九四的弟弟張世德，就是張九六，呂珍、潘原明、瞿啟明等人都回來了！還帶著五千多兄弟！」

「啊！」聞聽此言，河南江北行省左丞契哲篤愣了愣，又悲又喜。

正所謂疾風知勁草，在此危難時刻，連城裡的蒙古人官員都偷偷收拾了行李，隨時準備搭乘小船朝揚州逃命。張士誠作為一個入伍才兩個多月的新兵千戶，居然收攏了如此多兵馬回來助戰，這份忠心，如何不令人感動？

但知府李齊心裡卻比契哲篤又多了一份謹慎，搶在對方下令打開城門之前，站出來大聲問道：「張士誠是從哪個方向來的，軍容可否齊整，在他身後，可有追兵出現？」

「沒有！」千夫長盧守義想了想，回道：「啟稟知府大人，張士誠是從東北方向跑回來的，隊伍拖得很長，身後沒有追兵！」

「嗯！」契哲篤立刻意識到李齊在提醒自己什麼，皺著眉頭，沉吟不語。

還沒等他決定到底要不要接納張士誠的忠心，門口又衝進一個八尺多高的軍漢。

「噗通！」朝地上一跪，一邊哭，一邊匍匐著向前爬動，哀號著說：「大人，大人請開恩，救救我家兩個兄長。末將願意和家裡兩位兄長永遠追隨大人，肝腦塗地，百死不悔！大人，大人開恩哪！」

契哲篤被哭得心煩意亂，皺著眉頭向前走了幾步，伸手做攙扶狀。

「張九九？趕緊起來！」

此時此刻，他可真有些進退兩難了。放張九四等人進城吧，知府李齊所提醒的危險，切切實實存在，萬一有紅巾軍隱藏在張士誠的隊伍當中混進城裡來，守軍未必擋得住對方全力反撲。

但不放張九四等人進城的話，未免又寒了將士們的心。要知道，外邊不光是張士誠和一眾大俠小俠，還有幾千名兩淮鹽丁，而江湖豪傑和鹽丁們又是守城的主力，總人馬在正式官兵的三倍以上。

「大人，救救我哥，救救我哥！」

那張九九雖然長得膀大腰圓，卻是個疲懶性格。見契哲篤的手伸到自己眼前，非但不肯順勢起身，反而倒著向後爬去，「我哥他們已經兩天兩夜沒吃東西了，大人，念在他們餓著肚子還想為國出力的份上，求求您，救救他們吧！」

兩天兩夜，聽到這四個字，契哲篤心裡頓時宛如刀扎，他精心構築的，預計可以至少守上二十天的**雙重防線，居然連兩天兩夜都沒堅持到就土崩瓦解了。**

而張士誠等人之所以落到連吃飯的功夫都沒有的境地，全是拜他這個無能主帥所賜，如果此時此刻他居然連讓對方進城的勇氣都沒有的話，還真不如趕緊找塊豆腐去撞死算了！

想到這兒，契哲篤咬了咬牙齒，準備下令放張士誠等人入城，卻不料知府李齊搶先了一步，提議道：

「左丞大人且慢！張將軍在諸軍皆潰之時依舊能全師而歸，可見是一員難得的虎將，如此大才，你我二人何不親自到敵樓上迎接？一則可以讓將士們明白大人對他們的重視，二則，也能讓張將軍和歸來的弟兄們感覺安心。」

「這——」契哲篤愣了下，不禁思索著。

對啊，前後兩道防線，近四萬兵馬都全軍覆沒了，唯獨張士誠帶著一大票潰兵逃了回來，這事情怎麼看都覺得有些怪異，與其在府衙中進退兩難，不如親自到敵樓上檢視一番，如果張士誠的隊伍裡果真藏著大批紅巾軍的話，相信也逃不過自己的法眼。

「末將願意陪同兩位大人，一道去敵樓迎接張將軍！」契哲篤的心腹愛將納速剌丁也對張士誠的出現非常懷疑，幫腔道。

「好，那就大夥一起去東門敵樓迎接張將軍。張九九，你也跟著！」見納速剌丁也支持李齊，契哲篤便不再猶豫，揮了揮手，命令道。

「是！」在場眾將齊齊答應一聲，將張九九從地上拉起來圍在中間，一起大步流星地朝門外走。

不多時，便來到高郵城的東門敵樓上，各自選了個合適的位置，扶著護欄向下觀望。

不看沒感覺，一看，許多人的眼睛立刻就紅了起來。

慘，城外張士誠等人的情況怎一個慘字了得。說是五六千兵卒，實際上為五六千乞丐還差不多。大部分人手裡的兵器早就不知所蹤，渾身上下也沾滿了爛泥，一個個站在十一月的寒風裡頭抱著肩膀瑟瑟發抖。

「末將無能，喪師辱國，死罪啊！」一見到契哲篤的臉，張士誠、李伯升和其他幾個鹽丁千戶就齊齊地跪在地上放聲大哭。

「末將死不足惜，只請左丞大人收下這些無辜的弟兄，他們這兩天已經盡全力了啊！」

「大人，我等已經盡全力了。大人，請給我等一條生路！」張士誠身後，一排接一排的弟兄緊挨著跪了下去，以頭搶地，哭得地動山搖。

「嗡——！」城頭之上登時就是一片大亂。眾前來投軍的大俠小俠，還有被從治下各地強行抽調到高郵城內的鹽丁們物傷其類，個個都紅了眼睛。

就連契哲篤身邊的一些嫡系將領，想想朱屠戶打來之後自己可能面臨的下場，也都滿腔悲憤，看向知府的李齊的目光中瞬間充滿了敵意。

「張將軍莫出此言！」聽到城外傳來的哭聲，契哲篤心裡愈發不是滋味。「此番兵敗乃老夫的錯，豈能由你這個小小的千戶來替老夫承擔。來人，給我把東門的吊橋……」

「且慢！」知府李齊冒著被數百把刀子射來一般的目光，大聲勸阻道：「開門不急在一時，請大人讓卑職問張將軍幾句話，然後再放他進來不遲！」

這下可是徹底犯了眾怒，登時便有幾名鹽丁千戶破口大罵：「老匹夫，你看看他們那樣子，可能是紅巾軍麼？要是紅巾軍都像他們那樣，還能打穿咱們兩道防線？不被盛昭大人追殺到淮安城下去，他們就該燒高香了！」

「是啊，知府大人，他們哪裡還有半點戰鬥力？再不放他們進來給口熱呼湯水，恐怕就會有人活活凍死在外頭！」幾個官軍體系內的將領也紛紛開口勸諫，誰都認為張士誠的隊伍裡不可能隱藏著敵軍。

「莫非老夫身為知府，連幾句話都問不得麼？」李齊把眼睛一瞪，固執地將所有指責和勸諫都頂了回去。

「好，好，隨你！」眾將領沒辦法，只能悻悻地將頭側開，雙目中充滿了憤怒。

「李知府也是為了大夥著想！」雖然不滿意李齊一直讓自己難堪，但從全域角度著想，契哲篤還是努力替他和稀泥，「幾句話的事，用不了多長時間，如果能借此徹底為張將軍洗脫嫌疑，豈不是更好？」

既然左丞大人都做出決定了，眾將士還能說什麼？一個個牙關緊咬，手指關節處握得咯咯作響。

李齊卻不管眾人如何痛恨自己，斟酌了一下，從敵樓中探出半截身子，「張九四，你是從何處而來？昨天傍晚，你又在什麼地方？」

「啟稟知府大人，末將從時家堡而來。末將前天下午在興化城外吃了敗仗，進不了城，只好一路潰退到了時家堡！」張九四跪直了身體，雙手在胸前抱拳，老實地回應。

這倒跟李齊先前掌握的情況大抵能對得上號，興化之戰後，有不少潰兵已經在昨天逃回了高郵。從他們的嘴裡，契哲篤和李齊等人早就知道了此戰的大致經過，並且瞭解到張九四是奉命出戰，在全軍潰敗之後，因為守將盛昭關閉了所有城門，才不得不向遠處遁走的，對興化的失守不該承擔任何責任。

然而說了實話，卻未必代表他一定對朝廷忠心。李齊想了想，繼續不動聲色地詢問道：「那昨夜時家堡又是如何失守的？為何不見果果台將軍？你等可曾與紅巾賊交戰，對手又是何人？」

「末將慚愧！」張士誠先是一愣，然後猛的一個頭磕在地上，做出痛不欲生的樣子，「末將昨夜根本就沒看到任何敵軍，只是忽然間聽到一聲巨響，然後堡內就亂成了一鍋粥。有人說是儲藏火藥的倉庫走了水，有人說是紅巾軍的刺客進了城，反正末將從始至終既沒看到紅巾軍，也沒看到果果台將軍！末將見亂局已經不可收拾，只好搶先一步帶著自己麾下弟兄，和認識的人棄堡而走！」

「不清楚」，「不知道」，「沒看到敵人」，「我自己帶著隊伍先跑了」，如果這些話放在平時，李齊可以立刻命人將張士誠拿下處死，然而現在卻恰恰說明張士誠沒想欺騙任何人。

從目前李齊自己所掌握的有限情報上來看，當時堡內的確是誰也弄不清發生了什麼事，根據那股混亂勁，十有八九是火藥被守軍自己不小心引燃，繼而引發了營嘯。

撒謊的最高境界，就是盡量說大實話，如果張士誠編造出一場與紅巾軍惡戰並且全師而退的經歷，不光是李齊，城牆上其他將領也能立刻戳破他的謊言。但他越是實話實說，並且越是對自己稀里糊塗逃走的事覺得慚愧，就越是證明此刻他心裡絕對是一點兒鬼都沒有。

當即便有人低聲鼓噪道：「還問什麼問，莫非知府大人還想問問張將軍為何不留在時家堡等死麼？還是知府大人覺得，我們這些武夫就活該死得不明不白？」

「是啊，知府大人，您還有什麼話請儘管問。我們大夥都豎起耳朵聽著呢！」

「讓他問，看他今天還能問出什麼花樣來！」

「諸位將軍恕罪！」李齊被罵得臉色微紅，做了一個羅圈揖，鄭重說道：「本府也是為了高郵城的安全，畢竟朱屠戶一日破一城的舉動實在有些匪夷所思！」

「那你意思是我們把城賣給朱屠戶了？」

「既然不相信我們，當時為何要徵召我們來助戰？大夥不如現在散了，免得給知府大人看著礙眼！」眾將士聞聽，愈發覺得惱怒，紛紛將手按在腰間刀柄上，梗著脖子嚷嚷。

契哲篤見眾人越鬧越不像話，忍不住大聲呵斥，「行了，都少說兩句，李知府也是職責所在，大夥原諒一二。」

隨即，將目光向城外仔細望了幾圈。把東門附近的農田、樹林看了個遍，確定方圓十里之內沒有軍隊行進的跡象，這才點了點頭，大聲令道：「開城門，放張將軍他們進來！大夥跟我下去迎接張將軍！」

「是！」眾人這才心滿意足，紛紛搶到敵樓一層的機關旁，轉動搖櫓，放下吊橋，開啟內門城閘。

早有當值的守軍按捺不住，衝進甕城中，從內部取下門閂，奮力推開高郵城的東門。

「張將軍，快帶弟兄進來，別跟某人一般見識，那老東西就是疑心病重！」

「多謝弟兄們仗義！」張士誠衝著開門的小校施了個禮，然後整頓了下衣冠，帶頭走向城門。

李伯升、張世德，呂珍、潘原明，瞿啟明等人緊隨其後。再往後，則是六個人的嫡系心腹，看起來多少還有點精神，不像其他人那般隨時都可能倒下死掉。接著是眾大俠、小俠以及各地抽調來的鹽丁們，你推我搡，爭先恐後，將內外兩道城門都堵了個嚴嚴實實。

「胡鬧！」李齊看得直皺眉，推開擋在自己身邊的將士，快步追上正沿著馬道下去安撫潰兵的契哲篤，「大人，請命令張士誠維持一下秩序，如此混亂，萬一有紅巾賊趁機前來奪城，你我連關城門都無法關上。」

「嗯，的確如此！」契哲篤也覺得城門口太擁擠了些，皺著眉，向自己的親兵吩咐，「唐不花，你帶幾個人下去維持一下秩序，讓大夥慢慢進，別亂擠。張九九，你要去哪？你在幹什麼？」

「擋住張九九！」李齊回轉頭，兩隻眼睛幾乎從眼眶中瞪了出來。

就在他們的注意力都被城門口的潰兵所吸引之時，張士誠的弟弟張九九帶著親信站到搖櫓旁，不顧周圍的驚呼，亂刀齊下，將控制吊橋和鐵閘的機關搗了個稀爛，隨即高舉著鋼刀，大聲喊道：「奉淮安大總管將令，我張家兄弟前來奪城！不想死的，趕緊給老子滾開！」

「淮安大總管帳下先鋒張士誠在此，不想死的讓開！」內層城門口也響起了張士誠渾厚的聲音。哪裡還有半點恐慌與疲憊？分明是養精蓄銳多時！

「潘大牙，李兵，你們還想陪著契哲篤一起死麼？不想死，趕緊跟我們一道迎接朱總管！」

「趙二子，馮占奎，大夥一起反了，跟著張大哥吃香喝辣！」

李伯升、呂珍等人也紛紛拔出刀，帶領著各自的心腹死死護住城門口，同時向城上城下的大俠小俠還有鹽丁頭目們高聲吶喊，邀他們一起把高郵城獻給朱屠戶。

「張九四，你不得好死！」契哲篤氣得眼前發黑，一口老血差點沒當場噴出來。回頭看到緊跟在自己身邊的納速剌丁，咬著通紅的牙齒命令，「給我我調兵，去殺了張士誠，老夫今天寧可拼了性命不要，也必須殺了此賊！」

「來不及了！」納速剌丁追悔莫及，跺著腳大喊，「張九四不可能自己來，他肯定已經跟紅巾賊搭上了關係！大人，趕緊從西門走，末將護著大人殺出去！」

話音未落，不遠處忽然傳來一陣狂野的號角，「嗚嗚，嗚嗚，嗚嗚嗚……」緊跟著，一隊全身披甲的騎兵從城外樹林中蜂擁而出。

隊伍前方，兩面大纛迎風招展，上面大大的「徐州」、「傅」異常的清楚。

「傅有德！來的是徐州傅有德！『玉面槍王』傅有德！」

城頭之上登時又是一片大亂，眾人你推我搡，個個都把恐懼寫了滿臉。

在江湖中，「傅有德」這三個字，可一點不比朱八十一帳下的胡大海來得差，此子十四歲出道，與其兄傅友仁、同鄉李喜喜三個佔據碭山，專找周圍那些大戶堡寨的麻煩。官府派兵征剿多次，要麼尋他三人不著，要麼被殺得落花流水，著實拿哥仨一點辦法都沒有。

後來就有人給官府出了個主意，重金購買李喜喜和傅氏兄弟的人頭。告示貼出之後，一些貪財的「豪傑」們紛紛應募，結果這些人無論是帶著家丁前去「剿匪」，還是打著「切磋」的名義登門，都被傅有德一槍一個戳下山來，殺了個屁滾尿流。

久而久之，江湖上便給傅有德取了個綽號，喚作「玉面槍王」，與廬州朱亮祖、寧州謝國璽、揚州張明鑑、安豐常遇春並稱「天下五桿槍」。河南江北的綠林豪傑、大俠小俠們，再也不敢上門招惹。

劉福通攻克汴梁，天下震動。李喜喜、傅友仁和傅有德三個也覺得繼續占山為王沒什麼大出息，就帶領麾下嘍囉前去投奔距離自己最近的趙君用。

後者聞聽後大喜，連靴子都沒顧得上穿，光著腳策馬迎出了五里之外。而傅有德也沒辜負趙君用的知遇之恩，在睢陽之戰中，連挑守軍大將七人，殺得對方魂飛膽喪，閉門不敢出，然後才有趙君用連炸睢陽二十幾次都沒能將城牆炸塌，最後親自頂著矢石蟻附才將睢陽城拿下的典故。

如今，這麼一個殺神親自領著隊伍衝到了高郵城下，試問城牆上的江湖豪傑哪個不覺得大難臨頭？

當即便有人叫嚷著，要衝向馬臉上的床子弩。結果還沒等跑到床弩旁邊，卻又被其他人奮力推開，「要找死自己往城牆下跳，別拖累大家夥兒。你今天要是射死了傅有德，那傅友仁和李喜喜兩個豈會跟大夥善罷干休？」

被問到的人當即一愣，雙腿再也無法邁開。

江湖自有一套江湖規矩，與軍隊完全不一樣。**疆場爭雄，講究的是各盡其力，無論誰死在誰手裡，都怪不得別人**，其親朋好友更無法去尋仇；**江湖中，講究的卻是「兄仇弟雪，父債子還」，你今天放冷箭射死了別人，日後就得有被此人的親朋好友追殺到天涯海角的覺悟**，絕對是一方的男丁不死光，恩怨無法了結的下場。

就在這一猶豫的功夫，傅有德的戰馬已經踏上了吊橋，手中長纓身前抖動，嘴裡發出獅子般的咆哮，「是自己人就讓開，馬蹄下可沒長著眼睛！」

「轟——！」堵在門口的義勇和鹽丁們立刻將身體貼在了門板上，讓出了一條五尺寬的通道。

傅有德帶著百餘名騎兵魚貫而入，大紅色的披風連成了一道巨龍，穿東門，過甕城，風馳電掣，一直衝到內門正對的主街上，才終於有數桿遲來的巨弩從城頭上射下，將城外綴在龍尾處的幾名勇士推進了護城河中。

「張九四，張九十六，你們倆帶人去給我奪下城牆！」傅有德頭都不回，高舉著長槍大聲呼喝。「李伯升、瞿通，潘原明，跟著我去抓契哲篤！」

「是！」詐門得手張士誠大聲答應著，手持鋼刀，直撲城門左側的馬道：「弟兄們，識相的趕緊給我讓開，紅巾軍已經入城了，你們還堅持個什麼勁？」

「弟兄們，別瞎跟著攙和了，趕緊把弓箭放下！」張九六則拎著一把鋼刀，順著城門右側的馬道與其兄遙相呼應，「高郵城是朝廷的，命是自己的！趙二子，馮占奎！你們兩個，難道鐵了心要跟朱總管過不去麼？」

「潘大牙，李兵，你有種就往爺爺胸口插！看朱總管進城後會不會饒了你！」張九九則帶著一夥死黨，順著城牆朝敵樓中猛推，一邊廝殺，一邊大聲呼叫幾個鹽丁頭目的名字，彷彿唯恐對方的事跡不被廣為傳誦一般。

這一招，對付正規軍不會起到任何作用，然而用來對付剛剛吃糧沒幾個月的大俠小俠和鹽丁頭目們卻是歪打正著。後者沒經過任何嚴格的訓練，腦子裡根本弄不清江湖和戰場兩者之間的差別，聽了張家哥仨的話，只覺得眼前一陣陣發黑，肚子裡苦水四下亂竄，剎那間，居然不知道自己到底該怎麼辦才好！

繼續替契哲篤守賣命吧，這高郵城眼見著就守不住了，萬一張家哥仨秋後算帳，大夥絕對沒好果子吃。可現在就放下武器投降吧，又有些對不住契哲篤大人的相待之恩，畢竟最近這兩個月來，大夥該拿的軍餉一文錢都沒少，並且基本上每天都能吃上一乾一稀兩頓飽飯。

正猶豫間，忽然又聽見有人在城內大聲喊道：

「納速剌丁大人殺回來了！納速剌丁大人威武！哎呀——！」

眾人回頭，只見副萬戶納速剌丁站立在長街中央，手捂脖頸，像喝醉了酒一般搖搖晃晃，而傅有德已經從他身邊衝了過去，槍鋒所指，正是契哲篤的胸口。

數名蒙古武士不要命般撲上，卻被傅有德一槍一個，全都挑飛到了路邊，宛若土偶木梗。下一個瞬間，副萬戶納速剌丁忽然長跪於地，血順著手指的縫隙，噴泉一樣射上了半空。

「傅有德——！」

「我跟你不共戴天！」

幾名明顯是色目人長相的蒙元將領徒步掉頭殺回，揮舞著鋼刀，瘋子般衝向傅有德，試圖將後者亂刃分屍。

他們做得很努力，所選的時機也非常準確，正搶在後續的紅巾軍騎兵被納速剌丁的屍骸擋了一下，沒有及時跟上來，而傅有德又殺得興起，沒顧上回身招呼屬下的當口。

然而，他們的努力註定徒勞，傅有德只是輕輕一抖手腕，就將衝在最前面的那個色目將領挑上了房頂，隨即左手一推槍纂，右手橫拉，又乾淨俐落地用槍鋒將第二名色目人咽喉切為兩段。

說時遲，那時快，第三名色目將領已經衝到了他腳下，鋼刀直奔他的大腿。傅有德忽然抖了下韁繩，胯下的戰馬猛的來了個大轉身，揚起前蹄，將此人踢成了滾地葫蘆。

「只殺契哲篤，無關人等讓開！」

傅有德哈哈大笑，撥轉戰馬，再度衝向蒙元河南江北行省左丞契哲篤。身後的騎兵繞過納速剌丁的屍體，迅速在他身側和身後排成了一個四列長陣，大紅色的披風被吹得呼啦啦上下飄舞，戰馬的蹄鐵砸在石頭街面上，火星四下亂濺。

「結陣，結陣！李福，帶著家丁上前結陣，堵住街道，把街道給我堵住！」知府李齊見勢不妙，咬著牙押上了最後的老本。

他重金禮聘回來的家將李福，帶著百餘名身穿皮甲的家丁迅速脫離隊伍，在街道中央結成一個小小的方陣，手中的長矛一端向上斜挑，尾部則戳在地面上，組成一道冰冷的叢林。

「來得好！」傅有德大喝一聲，奔馳中，將纓槍交到左手，隨即右手在馬鞍後拉出兩隻中間連著鐵鍊的刺球，握著鐵鍊舉過頭頂，迅速掄了兩圈，借著戰馬前衝的速度朝對面的槍陣擲去。

「嗚——嗚——嗚！」前後兩排，另外七隻雙頭鏈子錘緊跟著傅有德擲出的鏈子錘一道，帶著刺耳的呼嘯聲，凌空砸進了槍陣中央，正對著傅有德馬頭處。半蹲在街道上的李府家丁們躲避不及，被砸得鮮血飛濺，東倒西歪。傅有德的戰馬，則在槍陣被砸出的缺口處衝了進去，人立而起，前腿四下亂踢。

馬背上的傅有德絲毫沒有慌亂，長槍掄圓了當作鞭子，從上往下狠抽，「啪——！」幾名躲避不及的家丁被碗口粗的槍桿抽得直接飛了起來，口吐鮮血。其他沒被馬蹄踢傷和槍桿砸中的家丁慌忙躲避，整個槍陣頓時四分五裂。

傅部騎兵列隊跟上前，手中長纓借著馬速前推，槍鋒所指，屍骸滿地。

「不想死的讓開！」傅有德放下馬蹄，手中長槍直指家將李福的咽喉。後者身手遠比普通家丁靈敏，倒退著向側後方閃避，同時不忘用長矛向傅有德的戰馬亂捅。

「那就去死！」傅有德猛的一聲大喝，槍纓抖動，將對方的長矛捲上半空，然後隨手向下劈刺，銳利的槍鋒掃過李福的下巴、胸口和小腹，將此人的鎧甲連同下面的皮膚、肌肉一起切開，腸子流了滿地。

「只殺契哲篤，無關人等讓開！」傅有德策動坐騎，從李福的屍體旁急衝而過。驕傲的喊聲在高郵城的長街上來回激蕩。

這一刻，他宛若金甲戰神。城上城下，數萬雙眼睛裡都閃動著他的身影。

前後不到一個時辰，高郵之戰已宣告結束。

趙君用麾下悍將傅有德以一百五十名騎兵，在張士誠、李伯升、瞿通等「義兵」和鹽丁首領的配合下，詐開了高郵城東門，當街斬殺蒙元方面副萬戶一人，千戶五人，百戶及其下將士四十餘眾。生擒蒙元河南江北行省左丞契哲篤、知府李齊以及大小官員近百，並且迫使兩萬多高郵官府臨時徵召來的「義兵」和鹽丁當場倒戈，掉過頭來，與張士誠等人一道，將七千多正式官兵殺了個屍橫遍地。

高郵城裡大戶人家頗多，百姓日子過得也相對富足，而被官府招募來的「義兵」和強徵來的鹽丁們，則大多屬於這個時代的底層，平素除了被各級官員呼來斥去之外，沒少受「城裡人」的白眼，因此在殺散了正式官兵之後，立刻將刀鋒對準城中百姓，看到稍微像樣一些的宅院，便不由分說衝進去，一通亂搶；看到稍微有些姿色的女人，也立刻一根繩子捆了扛上肩膀，或者當場按倒，就地行那禽獸之事。

傅有德見到此景，少不得要派騎兵過去，將那些帶頭禍害百姓的匪類砍翻在地，以儆效尤。並且將張士誠兄弟和李伯升、瞿通、潘原明等人都叫到身邊，呵斥一番，勒令他們各自去約束自己的嫡系不准在城裡亂來。

張家兄弟和瞿通、潘原明等人當面不敢跟他頂嘴，轉過身去，卻都覺得傅有德小題大做，紛紛低聲議論道：

「裝什麼裝，大夥把腦袋別在褲帶上造反，不就是圖個痛快麼？這也不許，那也不許，咱們又何必跟著他？繼續在契哲篤手下混，還不是一樣！」

「可不是麼？大塊的肉都被他給吃了，連口湯水都不讓咱們喝，就是皇上也不能這麼對待有功功臣啊！」

「不准胡說！」張士誠聽得心煩意亂，豎起眼睛呵斥：「小心禍從口出！況且欺負個普通小老百姓有什麼勁頭？要玩，咱們今後自己去玩大的！」

「嗯！」眾人想了想，點點頭道：「今天就讓姓傅的威風一回，等哪天咱們爺們也單獨成了軍……」

「小聲點，沒人拿你們當啞巴！」

這回，喝止大夥的換成了李伯升。只見他四下看了看，耳語般道：「九四，你今天早晨跟大夥說的事能成麼？那傅有德不過是趙君用手下的一員大將，怎麼可能做得了朱八十一的主！」

「這你可是小瞧朱屠戶了！」張士誠低聲回道：「你想想，那傅有德無論是誰的手下，這會兒卻是在替朱八十一開疆拓土，所以傅有德無論做出什麼承諾，他朱八十一都得在後面兜著。況且咱們哥幾個經過這一戰，名字肯定傳遍大江南北。如果朱八十一不肯兌現傅有德的承諾，他會落下個什麼名聲？今後天下豪傑，哪個還敢慕名前來投奔他？」

「這倒也是！」李伯升原本就不是個很有主見的人，聽張士誠說得肯定，心中忐忑不安的感覺稍緩，「那朱總管倒是素負仁義之名，對胡大海，耿再成，還有投降他的幾個蒙古人，都還算不錯！」

「反正成與不成，咱們都在他的胳膊肘子皮底下！」張士誠想了想，鄭重道：「大夥都把精神打起來，按照傅有德的話，約束弟兄們。別讓朱總管第一次見到咱們就留下不好印象。告訴那些想發財的弟兄，讓他們也先忍一忍，就說老子今天算欠了他們的，待以後有了機會，一定加倍補償！」

「是，大哥！」

「大哥，我們都聽你的！」

眾人拱著手表態。

張士誠滿意地道：「**想當英雄呢，就得拿出點英雄的模樣來**，咱們不能一邊想著建功立業，一邊卻把眼睛盯在別人吃剩下的那幾根骨頭上。你看那朱總管，就是因為有個大好名聲，連城裡的蒙古人都不願意與他為敵，咱們想成就一番事業，就得跟人家學著點！」

「是！」眾人聽他說得大氣，再度拱手施禮。

張士誠揮了揮手，吩咐眾人道：「趕緊去吧，收攏好隊伍之後，就把他們都拉出城去，免得瓜田李下的，啥都沒吃到，反而落一身嫌疑。咱們就一邊在城外紮營，一邊恭候朱總管的大駕！」

「是！到底是九四大哥，想的就是周到！」

「大哥，我們聽你的。等會兒遇上趙二子，馮占奎他們幾個，也把這番道理跟他們說說，讓他們也聽你的！」

「囉嗦！」張士誠既不制止，也不反對，倒背著，緩緩踱向高郵城的東門口。

這座城是他幫忙打下來的，沒有浪費朱總管一兵一卒，也沒有浪費一兩火藥，雖然要分一部分功勞給傅有德，但後者麾下僅有一百多騎兵，那朱屠戶只要眼睛不瞎，肯定明白誰的功勞最大。

如果朱屠戶問起自己今後的打算來麼？除了跟傅有德約定的條件之外，自己就明白告訴他，願意永遠庇護於他的羽翼之下，供其驅策，刀山火海，絕不旋踵。嗯，還可以再答應得詳細一些，每年按時繳納錢糧，絕不延誤。反正那些現在都是無主之物，即便分給姓朱的三成，自己還能落下大頭……

正志得意滿地籌畫著，身後忽然傳來一陣清脆的馬蹄聲，驀然回頭，卻看見傅有德帶著兩名侍衛，還牽了一匹空著鞍子的駿馬朝門口疾馳而來。

「傅將軍這是哪裡去？」張士誠一愣，趕緊側身讓開道路，同時小心翼翼地打聽。

「去迎接朱總管他們，有匹馬是你的，你也一起去！」傅有德輕輕帶住韁繩，「朱總管已經知道咱們把高郵城拿下來了，正和毛總管兩個帶著親兵朝這邊趕，咱們反正在城裡閒著沒事，不如一起出去迎接一下！」

「將軍一走，城裡可就沒人主事了！」張士誠勸阻，「萬一有契哲篤的餘黨鬧起來……」

「不是有李伯升他們在嘛，我手下的騎兵也都在。」傅有德自信地說：「如果有人想趁機作亂，就必須從府衙的大牢裡把契哲篤和李齊等人給搶出來，想從我的弟兄手裡搶人，呵呵，他們也得有那本事！走吧，別耽擱了，早見了大總管，你的事情也好早點解決！」

「那，那草民就恭敬不如從命了！」張士誠拱了下手，來到替自己準備的戰馬前，飛身而上。

四匹坐騎風馳電掣，沿著管道飛奔，轉眼就迎出了二十餘里。遠遠地，便看到有一大隊身披鐵甲的騎兵迎面開了過來。

兩淮之地水網縱橫，氣候潮濕，極不適合戰馬生存，因此民間很少見到成規模的騎兵，即便見到，也大多數騎乘的是相對矮小的蒙古馬，並不顯得如何威猛。然而今天，對面過來的騎兵卻個個都端坐在身材高大的大食馬背上，全身上下披著精鋼板甲，被夕陽一照，就像一股金色的洪流，任何阻擋在其前面的障礙都會被砸得粉身碎骨。

張士誠倒吸了口冷氣，心中凜然生畏。

傅有德笑呵呵地回過頭來，說道：「看吧，我說大總管馬上就會到吧！對面就是兩位總管和他們手下的近衛，你在這裡等一會兒，我先去拜見兩位總管，然後再介紹你給他們認識！」

「草民敢不從命！」張士誠拱了下手，將身體在馬鞍上挺了個筆直。

一千鐵甲騎兵！朱屠戶麾下居然有一千鐵甲騎兵，即便其中一半屬於毛貴，他自己剩下的至少也是五百鐵騎。把這五百鐵騎送過江去，蘇杭二地幾乎都可以平著躺了，哪裡還用別人打著他旗號狐假虎威？

張九十四啊張九十四，今天的算盤，你可打得有點歪了，想跟人家做生意，居然連人家的本錢都沒弄清楚！這生意怎麼可能還有賺頭？不如乾脆老老實實投奔了他吧，憑著今天的功勞，日後也少不了個公侯之位！

可胸口深處卻**有股野火在不停地炙烤著他的心臟**，姓朱的現在強又怎麼了，當年袁術還強呢，最後還不一樣死於劉備、曹操等人之手？**男子漢大丈夫不趁著亂世自己博殺一番，跟著別人能有啥出息？**況且這木秀於林，風必摧之。以朱屠戶這勢頭，蒙元朝廷不把他當成眼中釘才怪！

萬一朝廷以傾國之力來攻，凡是在他手下效力的，肯定要殊死拼殺。戰場上刀箭向來無眼，**即便朱屠戶福大命大能挺過這關，手下的將領，誰能保證能陪他一路走到最後？**罷，罷，罷，還是想法借他的勢自謀出路吧！大不了一直打著他的旗號，給自己留條退路便是。

第二章

皇帝輪流做

以朱八十一現在的實力和成長速度，問鼎天下是早晚的事，
而第二種心思，卻不停地在誘惑著他，皇帝輪流做，明年到我家。
朱八十一現在雖然強大，卻不一定沒人能夠取而代之，
這花花江山，將來就未必一定不姓張！

一直到與朱八十一見了面，張士誠都沒想清楚，自己究竟該怎麼做。

有兩種思路始終在他腦子裡頭打架，第一種毫不客氣地告訴他，以朱八十一現在的實力和成長速度，問鼎天下是早晚的事，他根本不可能追得上，所以還不如乾脆點，現在就開始抱大腿，以求一個從龍之功。

而第二種心思，卻不停地在誘惑著他，**皇帝輪流做，明年到我家**。朱八十一現在雖然強大，卻不一定沒人能夠取而代之，**這花花江山，將來就未必一定不姓張！**

兩種截然不同的思路各不相讓，在他腦子裡打成了一鍋粥，以至於他整個人看起來像失了魂般，無論是見禮還是敘話都像具行屍走肉一般，渾身上下沒有半點精氣神。

「嗯，哼咳！張將軍，如果你還有什麼別的要求，也不妨跟朱總管當面提出來！」將他推薦給朱八十一的傅有德臉上很是掛不住，皺起眉頭提醒道：「沒什麼不可以商量的，你是攻下高郵城的大功臣，即便說錯了話，朱總管也不會怪你！」

「呃，是是！我，末將沒啥，其他要求了！」張士誠被嚇得一哆嗦，努力收拾起腦子裡亂七八糟的想法，結結巴巴地說：「末將，並非有意失禮，實在是這些天太，太累了，每天都急著逃命，從寶應城被大總管一路攆到高郵……」

「哈哈哈……」周圍立刻響起一陣驕傲的哄笑，劉子雲、吳良謀等淮安軍將領看著張士誠，滿臉同情。

無論是誰，連續三四天都在惶恐不安中度過，精神肯定好不到哪兒去，因此張士誠的這番解釋，聽起來倒也合情合理，至少讓傅有德聽了之後，立刻收起怒容，朝朱八十一拱了下手，訕訕地說道：

「他原本不是這般模樣，所以末將才擅自做主，替大總管收留了他。唉，末將下次看人，一定會看仔細些，這次還請……」

他是個心高氣傲的性子，嫌張士誠給自己丟人，說著話，臉和脖子同時變成了紫紅色。

朱八十一原本也沒打算追究什麼，見傅有德如此尷尬，趕緊擺了下手，「傅將軍這是什麼話！能兵不血刃拿下高郵，即便換了朱某，若和將軍易地而處，恐怕也會做同樣的事情！況且這張將軍日後肯定是一個風雲人物，走眼二字又從何而起?!」

「這……」傅有德紅著臉，不知道該怎麼接話。

第一次與張士誠謀面時，他的確非常欣賞此人的膽識，所以願意花一點代價與之結交。然而換了時間地點再看，卻感覺到此刻的張士誠與先前判若兩人。

「今日之事，你做得非常恰當！」朱八十一拍了下傅有德的肩膀，以資鼓勵。

別人不知道張士誠日後的成就，他可是清清楚楚。朱大鵬的記憶裡頭，涉及到的元末歷史人物全部加起來都不超過十個，而張士誠恰恰是其中之一，印象之深刻僅次於朱元璋，遠遠排在徐達、常遇春和胡大海三人的前面。

按照朱大鵬那不靠譜的歷史記憶，眼前這位看起來有些失魂落魄的張千戶，好像還跟朱元璋拜過把子。二人分開後，此人帶領著一夥英雄豪傑，佔據了高郵、揚州、蘇州、杭州等人十數年之久，憑著一己之力，扛下了蒙元朝廷的大部分進攻。

最後跟朝廷鬥得兩敗俱傷了，才讓採取「高築牆，廣積糧，緩稱王」的朱元璋上來撿了個大便宜。其後代據說還做過北方蒙古人的宰相，矢志滅明復仇。結果在土木堡之變後又良心發現，把勝利拱手讓給了于謙，確保蒙古人不會第二次入主中原……

不過，已經發生過的若干事實證明，朱大鵬同學記憶的歷史非常的不靠譜，在他記憶裡，胡大海大字不識半個，武藝也只是三板斧的功夫。而現實世界中，胡大海卻是個文武雙全的將門之後；他記憶裡徐達是一代儒帥，現實世界中，徐達居然是個不識字的放牛娃，在投了義軍之後才開始自學成才。

現在再多加上一個唯唯諾諾的張士誠，對咱們朱大都督來說，也不是什麼不可以接受的事情。**當穿越者出現後，改變的不僅僅身邊的事物和歷史走向，世界上所有相關和不相關的東西，都將一起隨之改變。**

相比與眼前的張士誠神不守舍的形象，**朱八十一更在意的是，在自己這隻「蝴蝶」的影響下，今後的張士誠能成長成什麼模樣？**

因此，在稍微安慰了一下傅有德後，他便將目光轉向對方，和氣地說道：「你的要求，傅將軍已經跟我說過了，六千人馬的兵器，三個月的糧草輜重，並且在打下揚州之後，立刻派船送你們過江，就這些嗎？」

「末將當時是獅子大開口，現在想來，實在是慚愧至極！」張士誠打了個激靈，上前半步，長揖及地，「末將心裡，一直以朱總管為人生楷模，所以便想將高郵城獻給總管，換取總管對末將的支持。如果能得償所願，末將此生將追隨在大總管旗下，甘效犬馬之勞，縱使肝腦塗地也絕不反悔。」

「嗯？」朱八十一愣了下，花了些力氣才弄明白張士誠這番話的重點在哪裡，和顏說道：「這個要求一點也不過分，人馬都是你自己召集起來的，兵器在高郵之戰後，想必你也收集了不少。些許糧草輜重比照本總管跟其他人的約定，你的確有資格分到一些，只是送你過長江的事……」

「如果大總管暫時不願讓戰火蔓延到江南，末將亦可以在江北替大總管看守門戶。」沒等朱八十一把難處說出來，張士誠已經斷然改口，「末將自知才疏學淺，本領有限，因此不敢求一軍指揮使之職，只要大總管准許末將效忠左右，哪怕是個千夫長，百夫長，甚至牌子頭，末將都求之不得。」

這身段可是放得太低了，朱八十一即便再自大，也不可能直接吞併了張士誠的部眾，讓他去做個小小的十夫長！他想了想，說道：

「你誤會了，送你過江其實並不難辦，只要有船，運幾千人過江去，想必別人也攔不住我。但你部過了長江之後該如何立足，我卻一頭緒都沒有。你是帶過兵的，應該知道，一場戰鬥不可能沒完沒了的打，否則必成強弩之末，此番南下，飲馬長江已經是我軍的極限，再往南，恐怕就是有心無力了！」

「末將明白！」張士誠又是一個長揖，說話聲音帶著明顯的顫抖，「末將願為大總管帳下前鋒，搶先過江，為大軍開闢一個立足之地。反正有大總管做後盾，末將即便一時失利，也能退回到江北來，重新托庇於大總管的羽翼之下！」

朱八十一微微思考了一下張士誠的真實意圖，點點頭道：「那咱們就這樣說定了，打完了揚州之後，我派船送你過江。至於名號麼？你的兵馬都是自己拉起來的，又剛剛立下大功。僅僅讓你做個指揮使，實在是委屈了你，也跟我這邊的規矩……」

「不委屈，不委屈，末將願意肝腦塗地，誓死追隨大總管！」張士誠又驚又喜，搶著說道。

「你聽我把話說完！」朱八十一輕輕擺手，「我的規矩多，不是因人而設，也不能因人而廢，所以指揮使的位置並不適合你。不過，我可以向李總管和劉元帥推薦你做紅巾軍的常州都督，如此，你和我之間，就和濠州郭總管、定遠孫都督他們差不多，彼此可以相互呼應，相互依仗，卻不用事事都聽我號令，況且隔著一條大江，你也不可能事事都來向我請示！」

「這……」張士誠一時間喜憂參半，不知道該說些什麼好。

喜的是，朱八十一果然像傳說中那樣，是個仁厚君子，答應的事絕不反悔，自己此前所圖，一點不差的落了袋，並且比期望中想要得到的還憑空多出了不少；憂的是，朱總管寧願將自己視為郭子興、孫德崖一樣的友軍，也不願意讓自己做他麾下一個名義上的指揮使。雙方之間的關係明顯隔了一條鴻溝，日後自己想再借他的勢，恐怕沒那麼容易！

正猶豫間，耳畔卻又傳來朱八十一的聲音，帶著鼓勵，也帶著幾分威脅地說：「過了江後，你雖然不歸我所管，但如果需要什麼支援，依舊可以提出來，只要我能給的，絕對不會吝嗇；但是有一條，我希望你拿下立足之處後，善待治下百姓，別妄殺無辜，嚴禁部下姦淫劫掠，讓百姓休養生息。

「朱某敬你是個英雄，才願意扶你一把，卻不會尊敬一個禽獸，否則，哪怕你將來實力再強，名頭再響亮，如果做得比蒙古人都不如，朱某一定會點起兵馬，與你沙場相見，到那時，可不會顧忌你是不是紅巾軍一脈，更不會在乎你是不是張士誠！」

後半句話，說得聲色俱厲。張士誠聽了，趕緊又躬下身，承諾道：「大總管有令，末將自當銘記在心。今後一定會約束手下，善待百姓，對百姓秋毫……」

話說到一半，他猛然想就在半個時辰前，手下那些弟兄們在高郵城中的所作所為來，猛然打了個哆嗦，雙腿直挺挺地跪了下去，大聲道：

「對百姓秋毫無犯，才不辜負大總管今日的教誨！大總管，末將是真心希望能在您的帳下效力，寧願不做常州都督，在您帳下做過指揮使，副指揮使都可以。末將以前沒單獨帶過兵，很多道理都不懂，希望在您身邊多受教誨！」

「真的？」朱八十一笑著搖頭，臉上的表情好生令人玩味，「你不想下江南了？」

「末將……」張士誠心中又是一熱，低下頭看著地面，舌頭再度於嘴巴裡打了結，半晌捨不得將後面的話說出來。

「行了，起來吧！我軍中不興跪禮！」朱八十一見他這副模樣，豈能猜不出他最終還是無法放棄個人的野心，搖搖頭，上前將其從地上拉起，「起來吧，城外風大，咱們先進城，具體怎麼給你挑選兵馬和送你過江的細節，可以邊走邊談！」

「是！」張士誠不敢抗拒，頂著一頭冷汗回道。

「我不是故意要找你的麻煩！」朱八十一見他嚇成這副模樣，交心道：「你應該也是苦哈哈出身，知道被人欺負是什麼滋味。況且你將來跟蒙元官兵打仗，總需要有人提供消息，有人幫你出糧草軍餉吧？如果你的作為和蒙元官兵沒啥兩樣，那老百姓憑什麼要來幫你？如果治下老百姓都逃到別人的地盤去了，誰還幫你種地納糧？你總不能扛著鋤頭自己上吧？」

「大總管教訓極是！末將知錯！末將來之前，已經命令手下將弟兄們都從高郵城裡撤到城外安置，末將不是故意要縱容他們！」張士誠擦了把額頭上的汗，紅著臉答道。

朱八十一顯然還不清楚張士誠的部下在高郵城內幹了些什麼，看了看張士誠，又看了滿臉慚愧的傅有德一眼，鄭重其事地說：

「我以前沒跟你提過這方面的要求，所以這次你的人無論做了什麼事，我都不會追究，以後，你好自為之吧。」

「是！」張士誠規規矩矩地答應。

「我聽說契哲篤的官聲不錯？你對此人瞭解得多麼？」朱八十一將話頭轉到其他主題。

「還不是一樣！從不拿普通漢人當人看！」張士誠恨恨地說：「不過，比起其他蒙古和色目官員來說，他至少還知道讓弟兄們吃飽飯，並且軍餉發放也基本能保證足額！」

「民生方面呢？」朱八十一在馬背上調整了下姿勢，一邊問道。

「日子有好有壞！」張士誠想了想，回道：「高郵府就是個巴掌大的地方，光靠著運河上的生意來往就養活了一半人，剩下那些在鄉下有田可種的，平素撿撿田螺，打幾條魚，倒也能混個半飽。苦的就是那些灶戶和鹽丁，這邊雨水多，鹵水成色遠不及淮東那邊，這兩年樹也砍得稀了，柴禾得另外花錢從運河上買……」

說起鹽業，張士誠立刻不像先前那樣拘謹，比劃著將高郵一帶鹽戶的生活，製鹽的工藝，以及幾個大鹽場之間的競爭關係說了個清清楚楚。

直到跟在旁邊的毛貴輕輕咳嗽了一聲，才發覺自己答非所問，訕訕地拍了一下腦袋，靦腆地說：「末將在受契哲篤的徵召之前，就是個販鹽的，所以提起這一行的事來，覺得很是親切！」

「你將來要是不想帶兵了，倒是可以去做鹽政大使！」朱八十一調侃道：「照你這樣說來，高郵官府還算過得去？」

「跟別的地方比，的確還過得去！」張士誠點點頭。隨即意識到自己這麼說有些不合適，又補充道：「但管事的畢竟都是蒙古人，平素不招惹他們還好，如果招惹到，肯定死無葬身之地！」

「嗯，明白！」朱八十一點點頭。

在南下之初，他就已經發現高郵府的老百姓對紅巾軍並不怎麼歡迎，換做後世朱大鵬那個時代的說法，整個高郵府上下都沒太強的民族意識，對沿運河南下的紅巾軍，並沒有出現期待中的贏糧影從的情況；相反，他們的眼睛裡，朱八十一還能看到隱隱的敵意，彷彿紅巾軍是一群打家劫舍的綠林好漢，不會給他們帶來任何幸福和安寧一般，所以朱八十一才迫切地想瞭解當地官府的施政情況。

結果越是瞭解，越發現**自己過高地估計了這個時代人的民族意識，也過低的估計了蒙元官吏的施政水準。**

他甚至警覺地發現，如果紅巾軍不儘快提高自己的施政能力，不能給治下百姓帶來更多實際好處的話，眼下雖然地盤擴張得飛快，民心卻有可能倒向朝廷那邊。畢竟，再爛的秩序也好過一片混亂，而紅巾軍，正是這個混亂時代的始作俑者。

「大總管是擔心百姓們不擁戴您麼？」畢竟是歷史上赫赫有名的人物，當不再像先前一樣緊張之後，張士誠立刻猜到了朱八十一的心思。

「其實這倒沒什麼可擔心的，老百姓只在乎能不能有碗安穩飯吃，並不在乎誰掌管著官府，也不在乎官府裡頭坐的是蒙古人還是漢人，倒是遍佈兩淮的那些堡寨……」

他偷偷看了看朱八十一和周圍人的臉色，繼續說道：

「淮揚這一帶，特別是西面的安豐、廬州，宋時就是一片大戰場，素有結寨自保的傳統。而那些堡寨的主人，要麼是將門之後，要麼是綠林豪傑，個個都能使得一手好槍棒，兵書戰策也多少懂得一些，如果不能徹底收服他們，地方上就很難安定下來，一不留神，有可能就出大亂子！」

「嗯！」這倒是朱八十一先前沒注意到的情況，忍不住微微皺眉。

傅有德在一旁看到了，補充道：「的確如此，汝寧府那邊，末將聽說已經發生好幾起堡寨造反回應蒙元官府的事了，全虧劉大帥手裡兵多炮利，才將那些不安分的傢伙鎮壓了下去。」

「前幾日投效總管的那個王克柔千戶，以前就是個寨主！」彷彿要替自己的話找證據，張士又說道：「末將以前在高郵城裡的同行，也有不少是各家堡寨拍出來的好手，如果到了揚州那邊，官府和堡寨之間的關係更密。鎮南王孛羅不花麾下的幾個心腹愛將，都是寨主出身，幾年前全靠著他們出力，鎮南王才能接連討平了集慶的義軍和靖州的吳天保！」

「原來是這樣！」朱八十一若有所思。

到目前為止，此番南下之戰進行得非常順利，但總給他一種非常不踏實的感覺，彷彿自己稍不留神，到手的勝利就會不翼而飛一般。直到今天聽了張士誠的提醒，才發現危險隱藏於什麼地方，但如何解決這些危險，卻是半點頭緒都沒有。

「除了那些鐵了心跟官府一條道走到黑的，大部分堡寨最開始肯定要觀望一陣，再決定該何去何從！」有心給朱八十一留下個能幹的印象，張士誠進諫道：

「所以末將私下以為，大總管不妨採用兩種手段，一是在戰場上，狠狠打擊那幫傢伙，千萬別因為他們也是漢人就下不去手，把他們殺落了膽子，活著逃回家的，肯定會安分一段時間。第二，就是多少給他們一點好處。英雄豪傑和小老百姓不一樣，他們本事大，自然要求也高些，反正地方上也缺人幹活，大總管不妨讓他們都出來當官，捧了大總管賜給的金印，他們自然就不能再造大總管的反了！聽老輩人說，當年伯顏丞相就是這麼幹的，結果很快就平定了兩淮，將兵鋒直接推到了杭州城下！」

「你是說，要我拿高官厚祿收買這些人？」朱八十一皺眉問。

他明白張士誠是出於一番好意才給自己獻計，但是這個策略聽在耳裡卻令他非常不舒服。就像吃菜時突然看到半條蟲子，讓人無法不覺得噁心。

張士誠被嚇了一跳，趕緊小心地改口，「末將只是覺得這樣做，可能會省事一些，但是末將以前沒怎麼讀過書，懂的道理也很少，所以目光短淺，請大總管務必原諒則個！」

「你說得未必沒道理！」朱八十一不想令張士誠難堪，擺擺手安慰道。然而，耳邊卻始終縈繞著對方的話：「當年伯顏丞相就是這麼幹的！……」

「呼！」他仰起頭，狠狠地噴出一口氣，水霧被凍在空中久久不散。

張士誠說的辦法很好，很直接，見效也快，並且有成功先例可循，然而，那是**蒙古人的成功先例，自己照搬照抄，又和當年的蒙古人有什麼區別？**這樣做，兩淮一帶的堡寨豪強的確會很高興，但是**他們真心肯跟自己福禍與共麼？**

這樣做，豪強們的利益固然得到了充分的保證，**那些跟著自己四處轉戰，希望自己能給他們帶來不一樣日子的紅巾軍弟兄們呢，他們會怎麼想？**

要知道，他們當中的絕大部分都是流民和鹽丁出身，他們以前之所以食不果腹，那些地方豪強不可能沒有一點干係。

他想不清到底該怎麼辦，以前無論在徐州還是在淮安，他都沒遇到過同樣麻煩。

徐州是洪澇之地，成勢力的豪強早就跑得差不多了，剩下的已不足為患；淮安則是個鹽梟窩子，按照逯魯曾的辦法狠狠殺了一通之後，地方上也就隨之風平浪靜。而高郵卻跟淮安大不同，至少當初淮安城的守軍裡頭，沒有王克柔、張士誠、李伯升這類所謂的義勇；而揚州又不同於高郵，更不同於淮安……

以此類推，今後自己每打下一個府路，都會遇到新的情況。那樣的話，**有沒有一個簡單有效的標準來處理所有府和所有路的事情？自己究竟要怎樣做，才能讓老百姓真心接受淮安軍，才能讓他們真正感覺到**

他們和蒙元朝廷完全不一樣？

如果做得連蒙元官府都不如，那麼自己起兵造反還有什麼意義……

一時間，諸多思緒全都被勾了起來，讓朱八十一心亂如麻。好在他做大總管做得久了，在不知不覺間，已經養成了幾分不怒自威的氣質，因此張士誠這等外人看到後，絲毫沒察覺出什麼不對勁，反而覺得總管大人就是深不可測，一舉一動都充滿了上位者的神秘。

接下來兩人間的對話，就完全轉成了上下級間的公務交談，大多數情況都是朱八十一在問，張士誠老老實實的回答。偶爾引申幾句，也不敢跑題太遠，更不敢再亂出什麼主意。

時間過得飛快，一直走到高郵城外，才不得不暫時停了下來。

按照張士誠先前的吩咐，大部分倒戈的義勇和鹽丁，都被張士德、張士信、李伯升、潘原明等人帶著主動撤到了城外，少部分仍想著趁亂撈上一大票的，得知朱屠戶已經帶著一隊鐵甲騎兵抵達的消息，趕緊丟下刀子，擦乾身上的血跡，扛著搶來的大包小包躲進了隱蔽處，不敢再頂風作案。

還有零星一些搶紅了眼和殺紅了眼的亂兵，則被傅有德麾下的騎兵一刀一個砍翻在地。整座高郵城，在大隊騎兵抵達的剎那間，就從混亂中恢復了安寧，只有幾十處尚未熄滅的火頭，很不給面子的繼續冒著濃煙，彷彿要提醒新來的人，千萬別被眼前的假象所蒙蔽。

朱八十一看到此景，心情當然更不可能痛快，趕緊和毛貴兩個調遣各自麾下的騎兵，進城去撲滅火頭，以免大火蔓延到全城。然後又派出得力人手，帶領著兵馬進城去挨街挨巷清理亂兵，安撫百姓，一直忙到入夜，才總算把城內遺留的隱患都處理乾淨，大夥終於有時間坐下休息。

在紅巾軍入城滅火的時候，張士誠也向朱八十一請了將令，與李伯升等人召集了一些靠得住的弟兄，帶著工具前去幫忙。此刻該幹的事都幹完了，手腳一發閒，眾人的腦子就立刻活絡了起來。

「我怎麼覺著朱總管不太把咱們兄弟放在眼裡呢！」鹽丁千戶潘原明低聲抱怨道：「從見了面到現在，一直愛搭不理的，還黑著個臉，好像咱們把高郵城獻給他，還獻錯了一般。」

「可不是？」綽號教張九十九的張士信也一臉憤懣，「咱們把這麼大一座城池獻給他，他卻因為咱們燒了幾個大戶人家的宅子，便給咱們臉色看。堂堂一個大總管，孰重孰輕都分不清楚。況且當時咱們已經盡力去約束手下了，只是人太多太亂，一時間沒顧得全而已！」

「我也覺得這朱總管有些不知好歹，。把高郵城獻給他的是咱們，又不是城裡頭那些富戶。要不是咱們冒死詐開了城門，他大軍抵達城外的時候，那些富戶還說不定幫助誰呢？嘿嘿，他倒好，還拿人家當作寶貝！」

「打仗哪有不死人的，又不准這，又不准那，到處都是框框，弟兄們憑啥把腦袋別褲腰帶上！」

轉眼間，牢騷聲越來越大，一眾剛剛倒戈的義勇和鹽丁頭目們都覺得自己受到了冷遇，朱大總管太不近人情。

張士誠被吵得心煩意亂，抽出刀來，朝路邊的樹幹上狠狠砍了幾下，呵斥道：「都給我閉嘴！誰敢再繼續非議大總管，老子先剁了他！看看你們這副熊樣，再看看人家淮安軍。還有臉怪朱總管不待見你們，就是老子，兩邊比較下來，也覺得你們就是一群土匪！」

「張大哥，你怎麼能這麼說！」眾人被罵愣住了，紛紛梗著脖子，滿臉委屈地辯解道：「我們又沒親自動手去搶，當時情況那麼亂……」

「沒親自動手，但也動了心思！」張士誠越聽越煩躁，揮著刀子數落道：「我當時跟你們怎麼說的，你們可曾聽清楚了？如果你們用心去做，我就不信撲不滅那些火頭！朱總管是什麼人？我都能看清楚的事，他能看不清楚？不讓人將你們就地正法，已經是給你們面子了！還有臉瞎咧咧，也不摸摸自己的脖子夠不夠結實！老子如果不是跟你們一夥，這會兒就去跟朱總管提議，把你們腦袋全砍下來掛城門上，用以安撫民心！」

這下，眾人不敢再接話了。剛才跟紅巾軍一道救火時，他們自己也看到了，亂兵的確在城裡造了很多孽，如果朱八十一真的想以最快速度收買高郵城內百姓之心的話，最好的方式就是將帶頭奪城的這些人全當作替罪羊來殺掉。

如此，老百姓心裡的怨氣肯定就平了，三萬多義勇和鹽丁也沒了首領，正好被他淮安軍一口吞吃乾淨。

「唉，算了，大夥只是隨便發發牢騷而已。九四，你別太認真！」還是李伯升臉面大，仗著自己先前的地位，笑了笑，替所有人找臺階下。「不過，話也說回來了……這朱總管重草民而輕豪傑，未必是能成大事的主兒。你下午迎接他時，跟他談過沒有？咱們提的那些條件，他到底答應不答應？」

眾人聞聽此言，頓時又開始七嘴八舌。

「是啊，大哥，姓朱的怎麼說？這麼大座高郵城都獻給他了，他不能一點兒表示都沒有吧？」

「不願分給咱們兵器糧草，把六千弟兄還給咱們也行。咱們自己一路朝南打，也未必過不了江！」

「姓朱的不會不認帳吧，他可是成了名的英雄！」

「閉嘴！」張士誠狠狠瞪了眾人一眼，呵斥道：「別拿你們的小人之心度大總管君子之腹。六千人馬，連同兵器、糧草，大總管猶豫都沒猶豫就當場答應了下來！打完揚州之後，立刻送咱們過江。如果咱們在江南站不住腳，還可以隨時退回來投奔他。行了吧，這回你們都滿意了沒？」

「真的?!」眾人喜出望外，雀躍著問。

「我騙你們幹什麼？」張士誠橫了大夥一眼，悻悻地反問。

「那大哥你怎麼看起來這麼沒精神啊？咱們馬上就有自己的人馬和地盤了，還有朱總管給咱們撐腰！」

「我現在猶豫該不該帶著你們去南邊！」張士誠將腰刀插回鞘中，扶著被自己砍滿了豁口的樹幹連連搖頭。

「玉璽」他已經送出去了，兵馬糧草也即將拿到手，所有步驟，與三國平話裡的情節幾乎一模一樣，**馬上他就要成為下一個孫伯符，江南有大片的無主之地在等著他去征服。而朱八十一真的是個袁術袁公路麼？**

一時間，張士誠覺得自己心裡亂得厲害，眼前一片迷茫！

「都督此舉，與那三國時的袁公路有何分別？」

幾乎在同一個時間，高郵城知府衙門內逯魯曾憤怒地質問。

六千兵馬的武器輜重，還有夠這些兵馬吃三個月的糧食，派船將他們送過長江，而這些人的首領張士誠，卻只是幫助淮安軍詐開了高郵城的城門，功勞遠比不上給予他的獎賞。並且從此人以往的行徑上來看，肯定也不是個容易駕馭之輩，稍不留神就會完全脫離朱八十一的掌控，成為淮安軍的心腹大患。

生僻的典故根本不用舉，一個眾人耳熟能詳的例子就能說明所有問題，那就是三國時的袁術和孫策。按照眼下民間流傳的話本，孫策窮困潦倒之時，兩次去投奔袁術。袁術念在跟他父親孫堅的交情上，兩次出錢出兵扶植他東山再起，並且向朝廷推薦孫策為折衝校尉，給他提供糧草軍餉，讓他替自己去平定江東。

結果孫策在平定江東後，立刻不肯再遵從袁術的號令，並且在袁術稱帝時，果斷劃地絕交。不但自己造了反，並且拉著魯肅、周瑜等，將袁術治下超過一半的州縣，都納入了自己口袋，導致袁術的勢力頓減，很快就在劉備、呂布、曹操三家的輪番打擊之下身敗名裂，死的時候據說連口蜜水都沒能喝上。

可以說，漢末袁術之所以敗亡，七成以上的原因是由於他錯信了孫策，一手將這頭江東猛虎給扶植了起來，而眼下**朱八十一與張士誠之間的關係，跟當年的袁術與孫策之間是何其的類似！都是強弱對比相差百倍，都是一方給與另外一方幾乎無條件的支持和信任。**

萬一張士誠在江南站穩腳跟之後翻臉不認人，朱公路想要後悔可就來不及了，畢竟他攻打蒙元的地盤可以說是弔民伐罪，而攻打同是紅巾軍袍澤的領地，少不得就要背上一個同室操戈的罪名。

「這個，還不至於如此吧！」朱八十一別的典故不知道，但對三國演義倒是讀了好幾遍，登時被逯魯曾噴得額頭冒汗，紅著臉訕訕地解釋。

「此番出兵之前，咱們不就已經預測過了麼，最多把兵馬推進到長江北岸。南岸那些地方，一年半載內咱們顧不上，讓張士誠過去給朝廷搗搗亂，不也省得南方的官軍整天盯著咱們麼？」

「我淮安軍何時懼過與人作戰！」老進士把胸脯一挺，雪白的鬍鬚上下飄蕩，「就憑他張九四那六千烏合之眾能替我淮安軍遮風擋雨？想得美！真正的強兵他怎麼可能擋得住？如果連他都能擋得住的對手，又怎麼可能奈何得了淮安軍？」

這就是非穿越土著的劣勢了。在座眾人裡頭，除了朱八十一之外，恐怕沒人會相信，**眼下一個看起來微不足道的小角色張士誠，是導致整個蒙元帝國覆滅的最關鍵人物之一**。

最狠時，曾經自己一家獨自拖垮了蒙元朝廷的百萬大軍！更不會知道張士誠雖然在爭奪天下的戰鬥中輸給了朱元璋，卻因為廣施德政，被治下百姓偷偷紀念了數百年。

只可惜，這個理由朱八十一無法說出來，說了也沒人會相信。畢竟，眼下的張士誠表現出來的過人之處，只是集中於他的狡詐與果決上，其他方面根本不值得一提。

「老人家請息怒！」不忍心見朱八十一自己挨噴，傅有德湊上前，先以晚輩的身分給逯魯曾施了個禮，然後主動將責任往自己身上攬，「是末將自作主張，先答應了張士誠的條件，大總管只是不想讓我紅巾軍言而無信，所以才替末將履行了承諾！」

「你一個小小的都督，憑什麼胡亂答應？」逯魯曾根本不給傅有德面子，轉過頭，衝著他咆哮：「想打高郵城，不用他張九四幫忙，咱們能多花幾個時辰？就想逞能，就想著顯示你的本事！帶著一百多名騎兵就敢去攻打高郵，萬一被官兵堵在城裡怎麼辦？那一百五十多名弟兄豈不是全都會因你而死？這只是你的個人勇武，沙場之上，個人勇武能頂什麼用？昔日呂布還勇冠三軍呢，最後也逃不過一個白門樓吊死的下場！」

「你……」傅有德被罵得臉色很是難看，卻拿祿老頭兒一點辦法都沒有。老東西不但是朱八十一的岳祖父，還是趙君用的授業恩師，輩分比他整整高出了兩代，誰見了都得退讓三分。

「善公，朱總管這事做得沒錯！」見逯魯曾越罵越來勁，毛貴忍不住上前勸解，「您老別光顧著發火，咱們紅巾軍做事，總得講究個『信譽』二字；況且以後淮安軍的地盤越來越大，慕名前來投奔的豪傑肯定也會越來越多，總得給他們一個先例，讓他們覺著朱總管值得他們追隨。否則，人家自己隨便佔據個縣城照樣吃香喝辣，何必非要投靠到你的旗下?!」

「稀罕！一群烏合之眾而已！」逯魯曾橫了他一眼，不屑地撇嘴。但說話的聲音和語調終究放緩和了一些。

「老夫知道，有些話你們不愛聽，但老夫卻必須說出來。李總管、趙總管還有那位紅巾軍劉元帥，最近帳下都招募了不少英雄豪傑不是？別光想著擴充隊伍，有時候隊伍擴充太快未必是好事！那些前來投奔的人，打仗的時候，除了搖旗吶喊之外，真正能幫上忙的能有幾個？而他們萬一做了什麼壞事，老百姓卻全把帳記在你們身上，平白丟了名聲，你算算你們到底是占了便宜還是吃了大虧?!」

「嘿！」毛貴被問得臉色一紅。

逯魯曾說話語氣雖然很衝，卻字字句句都說到了重點上。

如今紅巾軍各家，或多或少都存在實力急速膨脹，而成員良莠不齊的問題，真正能拿出來的作戰力量，比上次沙河戰役時並沒多出多少來，比如趙君用，這次派出的五千精銳，差不多已經是他麾下一半的野戰力量，而毛貴自己所率領的這一萬人，也差不多占了芝麻李帳下生力軍的三分之一。

這還是在徐州、宿州兩地，都努力推行了朱八十一獨創的練兵之法的情況下才出現的結果，其他各地的紅巾諸侯更是外強中乾。甭看個個都號稱十萬二十萬，真的上了戰場，能拿出號稱的十分之一戰兵，都算是本事！

「嘿嘿！」傅有德在旁邊低聲冷笑。

老進士這句話道理上的確占得住腳，然而打擊面卻太廣了些！細算下來，他傅某人不是徐州軍自己培養出來的將領，也是慕名來投的「英雄豪傑」之一，如果所有慕名來投者都是濫竽充數之輩的話，他傅有德又何必站在這裡?!

「傅兄弟別往心裡頭去，善公年紀大了，這會兒又在氣頭上，有時候說話難免考慮不周全！」朱八十一聞聽，再也顧不上跟老進士爭辯，趕緊替他補窟窿。

「我不是說你！」逯魯曾也意識到自己不小心把傅有德給捲了進去，悻悻地說：「也不是說你哥和李喜喜將軍。像你們兄弟這樣的，一百個裡面出不了一個，並且你現在已經完全歸屬於趙總管麾下。我是說，那些投靠過來卻依舊帶著部眾單獨立營的，就像張九四這種，誰知道他到底安的什麼心思？」

「那您老說怎麼辦？」傅有德心裡不痛快，乾脆將心裡話都吐了出來：「總不能將張九四一刀砍了，然後再吞了他的部眾？別人既然是慕名前來投奔，肯定是覺得跟著朱總管比自己單打獨鬥強，而願意前來投奔的，實力也肯定不如朱總管這邊，您老總不能因為他們實力弱，就將他們趕到朝廷那邊去。

「或者只要前來投奔，就不管願意不願意，直接將其吞併，那樣，以後誰還敢再來？您淮安軍本事大，就算打仗時候不用別人幫忙，可打下來的地方，總得有人留下來維持秩序吧？每攻克一城就把自己的主力分出一部分去把守，五六個城市後，朱總管身邊還能剩下幾個人？」

「這……」祿老夫子鬍鬚亂顫，半晌說不出話來。

淮安軍兵力單薄，是一個誰也無法否認的事實，而造成其兵力單薄的很大原因就是，朱八十一和他都太過挑剔，只相信自己訓練出來的隊伍，很少，或者幾乎不接納外來的投奔者。

這樣做雖然保持了隊伍的戰鬥力，並且極大減輕了地方上的負擔，對外擴張時，兵馬卻根本不夠用，否則這次也沒必要連郭子興和孫德崖這種貨色也拉上，湊成五家聯軍了。

更令人鬱悶的是，郭子興和孫德崖兩人雖然加入了聯軍，到現在為止，卻一點作用都沒發揮，反而因為實力太差，行軍速度太慢，拖了所有人的後腿。

「行了，行了，都少說兩句！」見屋子裡的氣氛越來越僵，毛貴少不得又硬著頭皮給大夥打圓場，「祿老前輩的話，也是出於一番好心，但咱們現在的實際情況，卻不像他老人家說得那麼簡單。總之我覺得，這時候，多一個人起來造朝廷的反，總比少一個強，有誰真正想爭天下，也不能趕在這時候，總得先打退了韃子，再掰扯誰是老大，誰是老二。如果當初李總管像祿老說的那樣，因為有人可能不好控制就痛下殺手的話，呵呵，不是我說，恐怕今天咱們這些人根本就沒機會站在一起，更甭說並肩去對付韃子！」

話音落下，整個屋子裡頓時一片寂靜，所有人都閉上了嘴，空氣中流動著粗重的呼吸之聲。

無論是眼下的歸德大總管趙君用，還是淮東大總管朱八十一，最初都是芝麻李的部屬，到目前為止，二人也都以芝麻李的手下自居，雖然事實上兩支力量都早已經處於半獨立狀態。

如果按照逯魯曾剛才的提議標準，不能確定掌控得住的力量就該及早剪除，朱八十一估計早已經死了不知道多少回了。趙君用的下場可能比他好點，但腦袋至少也被掛在了徐州城的城牆上半年有餘，也不可能活到現在。

換句話說，是芝麻李的心胸足夠寬廣，才造就了今天的歸德軍和淮安軍，進而才有了雄踞一方的徐淮系。否則，趙君用和朱八十一兩人根本沒機會走到今天，而芝麻李自己也不可能擁有跟劉福通平起平坐的本錢。

這段過往歷史非常清楚，凡是長著良心的人都否認不了，只是芝麻李從來沒居過功，也從沒試圖插手趙、朱兩家的內部事務。趙、朱二人也謹慎裡維持著對芝麻李的表面尊重，從沒把自己的地位置於芝麻李之上。

三家掌舵者心照不宣地維持著眼下的關係，誰也不向前多走半步，更不會主動地去戳破某層窗戶紙。但是毛貴卻在情急之下把窗戶紙後遮擋的真相給掀了出來！一時間叫大夥如何不覺得尷尬！

包括毛貴自己，發現屋子裡的氣氛怪異之後，都後悔得直想拿腦袋撞牆，呆立了好半天，才訕訕地道：

「我只是打個比方，其實，我想說祿老前輩的擔心純屬多餘，放眼天下紅巾，誰家不是這樣？都是一個讓人信得過的大當家，底下帶著一群弟兄，每個弟兄自己下面又分了更小的一群。如此層層疊疊起來，才造成了紅巾軍今天的聲勢，如果太較真了，反而被朝廷鑽了空子！」

這幾句解釋純屬欲蓋彌彰，但聊勝於無，至少傅有德和朱八十一等人聽了，臉上的神色變好看了不少。

「可不是麼。眼下主要精力還是要放在韃子身上！」

「嗯，外辱未去，兄弟之間何忍骨肉相殘！」

「毛總管說得對。要想成就大事，就得有成就大事的心胸，心胸太窄了可是不成！」

……

「其實我也覺得那張士誠人品未必靠譜！」毛貴想儘快擺脫眼前的尷尬氣氛，所以趕緊將話題往別處岔，「但既然他剛剛立下大功，此刻又喊著要跟朱兄弟一起走，朱兄弟不妨就先收下他。如果他肯真心跟隨朱兄弟，去江南開疆拓土也好，留在江北維護地方也罷，總能派上點用場。萬一哪天發現他三心二意，甚至為了功名富貴做出什麼背主之事，朱兄弟再下手拿下他，外人想必也說不出什麼來，畢竟以眼下淮安軍的攻擊力，尋常角色在你們面前未必能撐了住幾招。」

「也對！」眾人紛紛點頭，顯然誰都不想再重複先前的某些話題。

「另外，我還想給大夥提個醒！」毛貴笑了笑，繼續將話頭向更遠處延伸，「高郵城被咱們一鼓作氣奪下來，原本就是預料之中的事，整個高郵府的正經官兵全部加在一起只有一萬出頭，剩下的全是契哲篤和李齊兩個臨時拼湊出來的烏合之眾，戰鬥力幾乎可以忽略不計，可接下來的戰鬥，就不一定這麼輕鬆了，揚州再怎麼說也是一個路，地盤是高郵的三倍，兵力也遠比高郵雄厚，並且那鎮南王孛羅不花，還是個知道如何用兵的，這兩年要不是被韃子皇帝給寒了心，早就帶著人馬打到了咱們家門口，根本輪不到咱們主動去招惹他！」

「的確如此！」說到了即將進行的戰事上，屋子裡的氣氛登時又活躍了起來，大夥你一言，我一語，紛紛給朱八十一獻計獻策。

「孛羅不花以前打過不少勝仗，咱們真不能小瞧他。」

「他麾下除了官兵之外，還有兩支組建了兩年多的義兵，一支叫青軍，一支叫黃軍，規模都在兩萬上下。青軍帶頭的人是個漢軍將門之後，名叫張明鑑，江湖綽號稱『長槍元帥』。黃軍的主將是王宣，也出身將門，擅使一桿斬馬刀，人稱『大刀將軍』。這兩路兵馬，一支奉命常駐在泰州，一支則駐紮在六合，如果揚州有警，他們一定會星夜趕過來支援。」

「如果能將他們全都逼進揚州城內最好。憑著咱們手中的鐵甲車和火藥，再厚的城牆也經不起幾炸。若是城牆毀了，守軍的士氣至少得下降一大半！」

「野戰其實也不怕，咱們這邊雖然人數上吃了點兒虧，可也沒比敵軍少太多，並且青軍、黃軍和孛羅不花自己的本部兵馬平素很少一起出動，相互之間的配合未必能保證默契！」

「可咱們這邊也沒好哪兒去，郭總管和孫都督的兵馬現在還不知道在哪兒磨蹭著呢！」

第三章

高郵之盟

「這份盟約是朱某自己琢磨出來的，
事先沒跟大夥商量，所以不會勉強任何人！
但不肯在盟約上連署者，則不受盟約的保護，
日後被別人算計了，也甭指望大夥替他出頭；
他要是敢攻擊盟約上連署的任何一人，大夥便合兵擊之！」

最後一句話，是吳良謀不小心說出來的，然後屋子內的氣氛又變得古怪起來。五家聯軍逆運河而上，當初制定戰略時，朱八十一的設想可謂非常完美，然而執行起來，卻讓人有些哭笑不得。到目前為止，真正在戰場上出力的，依舊是歸德軍、宿州軍和淮安軍，這原本就是同氣連枝的三家。

剩餘那兩家，郭子興和孫德崖的兵馬，非但一點忙都沒能幫上，因為行軍速度和軍紀的問題，還逼著朱八十一不得不從手下再分出一部分力量去「照顧」他們，以免郭、孫兩位大爺發了失心瘋，突然打起繁華富庶的淮東路主意。那樣的話，即便開局再順利，朱八十一也不得不掉頭回返，先救自己的老窩了。

「老夫還是覺得，總這麼稀里糊塗下去不是個事！」

沉默半晌之後，先前被毛貴駁斥得無言以對的逯魯曾祿老夫子又開口了：「李總管的心胸氣度，老夫著實佩服！君用和重九對李總管的敬重，咱們大夥也有目共睹，但他們三位都稱得上是正人君子。彼此之間能夠肝膽相照。換了別人就未必成了，至少把郭子興和孫德崖兩位放在身後，老夫心裡頭一直不太踏實！」

「老先生說得極是！」這回，毛貴沒有反駁逯魯曾。相反，倒給老進士幫起腔來，「君子和君子之間當然可以禮尚往來，遇到那些不怎麼君子的傢伙麼，有些醜話說到前頭也不為過！」

「他們兩家的確做得有點過分！」

對於郭子興和孫德崖兩人的拖遝，傅有德心中也非常鄙夷。當初說好了是五家聯手，到現在卻變成了三家打頭陣，另外兩家只管跟在後邊分紅，有心建議不分給他們吧，面子上可能說不過去，然而大夥拼死拼活才從官府嘴裡搶下的錢糧，平白無故給看熱鬧的拿走兩成，想想實在又虧得慌。

「除了張九四之外，還有三萬多俘虜！」見大夥都不反駁自己的話，逯魯曾繼續說道：「可能會有一部分人願意領了路費回家，但肯定還有人想效仿張九四，自己拉起一支隊伍，托庇於咱們淮安軍的羽翼之下。萬一明天他們提出來，都督到底答應不答應他們？如果不安置好這三、四萬人，大夥恐怕也不能離開高郵，否則咱們前腳剛一走，後路上肯定就被點起無數火頭來！」

這個問題，提得也非常實際，讓大夥不得不皺眉深思。

自古以來，降兵的安置都是一個非常大的麻煩。這些人熟悉基本的武器操作，又經過粗略的訓練，無論組織、配合能力還是戰鬥力，都遠遠超過了普通百姓，只要其中有人敢帶頭振臂高呼，就能拉起一票追隨者。然後占山為王也好，落草為寇也罷，都會給地方上造成極大威脅，所以降兵人數少時容易解決，人數一多，就根本不可能靠發筆路費打發掉。否則，當年鉅鹿之戰後，項羽打發二十萬秦軍各自回家就好，又何必將其盡數坑殺?!

「放心，殺人的話，老夫不會再提，提了，你們幾個小輩估計也沒人肯答應！」沒等在場眾人想出解決辦法，老夫子又搖著頭說道：

「老夫只想提議，對郭子興、孫德崖兩個也好，對張士誠和其他人也罷，大夥不如趁著最近心齊，商量出一個具體章程來。然後歃血為誓，今後就照著這個章程辦，如此，君子也罷，小人也罷，彼此之間不用過多提防，一旦合作出了問題，大夥也有個能參照的道理可講！」

半日克寶應，炷香破范水，彈指下高郵！自十一月初揮師南下以來，**徐宿淮聯軍的兵鋒所指，神鬼難當，一時間，令整個天下都為之震動。**

然而正當無數雙眼睛瞪圓了，準備看朱八十一什麼時候能飲馬長江的當口，聯軍的腳步卻在高郵城內停了下來，並且一停就是大半個月，把旁觀者急得火燒火燎，也沒再向南移動分毫。

登時，無數雙觀望著戰事者的眼睛裡，就露出了茫然不解的神色，包括紅巾軍兵馬大元帥劉福通，都專門派人帶了信來，詢問朱八十一是不是遇到了什麼麻煩，需要不需要潁州方面提供一些糧草和援兵。

「替我謝謝劉帥！謝謝他老人家對末將的關心，對揚州的攻勢，不日就可重新發起。」對著劉福通派來的使者唐子豪，朱八十一非常客氣的回應。

這位也是他的老相識了，去年在徐州城中，虧得他主動幫忙遮掩，朱八十一才能順利確立自己在徐州軍中的地位。雖然後來因為不滿於此人一而再，再而三的裝神弄鬼，朱八十一故意與其保持了距離，但再見面時，該還的人情還是要還的，至少表面上，要給予此人足夠的尊重。

「其實劉帥也知道你不需要幫忙！」唐子豪倒是個爽快人，笑了笑，將話頭岔向了正題，「臨來之前，劉帥還託我給朱總管帶個口信，不知道朱總管有沒興趣聽一聽？」

「願聞其詳！」朱八十一鄭重拱手，心中卻十分狐疑，劉福通給自己帶哪門子口信？莫非他又故技重施，打起了離間徐州系的主意？這個毛病可不能慣著他，如果一會兒姓唐的不說人話，少不得就要當場給他個釘子碰。

「這個……」唐子豪的目光四下張望，臉上露出了幾絲猶豫。

「他們都是我的好兄弟，沒啥可瞞著的！」朱八十一見此，心中頓時又是一緊。

「那好！」唐子豪無奈，只得客隨主便，「那我可就實話實說了。劉帥託我給你說，水至清則無魚，人至察則無徒，朱總管如今雄踞一方，該裝的糊塗，不妨就裝一裝，一家人過日子，有力氣的出力氣，沒力氣的，能在旁邊幫忙吆喝一下也是好的，如果把帳算得太清楚了，反而會傷了感情！」

「嗯？」朱八十一愣了愣，他沒想到，劉福通竟然拿這樣一句話來勸告自己。的確，他現在遇到的麻煩，正如劉福通所料，並非出於兵力和輜重補給短缺，而是**聯軍內部出現了問題**。而劉福通給出的解決辦法，則是他多年的經驗之談，**裝糊塗**！用睜一眼閉一隻眼的方式，容忍某些盟友的出格行為，甚至做出某些犧牲，以維持整個聯盟的繼續存在。

如果唐子豪早來半個月，朱八十一肯定會將這句話視為金玉良言。但是，半個月的時間已經足夠他考慮很多事情，至少，關於聯盟內部的下一步該如何運作，他已經尋找出一個與以往完全不一樣的方案。

「怎麼？」唐子豪的反應非常迅速，很快就從朱八十一的表情中猜到自己可能來得不是時候，說道：「是不是劉大帥想太多了？你這邊跟汴梁畢竟隔著七八百里路，有時候他老人家不瞭解情況就下了論斷，疏漏在所難免！」

「是朱某無能，累劉元帥費心了！」

朱八十一迅速收拾起臉上的混亂表情，再度鄭重向唐子豪施禮，「無論如何，朱某都該謝謝劉帥，唐左使今天來得正好，高郵城裡有件事，正需要一個大夥都認識的人來做個見證，如果唐左使肯施以援手的話，朱某將不勝感謝！」

「見證？」

這回，輪到唐子豪露出複雜的表情了，又是詫異，又是擔心，還帶著一點無法掩飾的好奇。

「到底是什麼事情，朱總管弄得如此神秘？做見證沒問題，但至少……」

「左使大人請隨朱某來！」

朱八十一做了個邀請的手勢，帶著滿頭霧水的唐子豪向高郵城的府衙裡走。

「李平章、趙總管，郭總管還有孫都督他們都在裡面，待跟大夥見了面之後，朱某再詳細跟左使解釋！」

「行，隨你！」唐子豪也是個爽利人，見朱八十一不肯說，也不勉強為之。

但是走了幾步，卻又驚詫地瞪圓了眼睛，驚道：「李平章和趙總管，你是說芝麻李和趙君用？你把平章政事李大人和歸德大總管趙大人也請來了？他們兩個什麼時候到的，我怎麼一點風聲都沒聽見？」

「昨天和前天，剛剛從水路趕來，為了避免讓朝廷那邊聽到風聲，所以事先沒敢知會任何人！」朱八十一笑道。

芝麻李有傷在身，趙君用在歸德府最近一直忙得焦頭爛額，能讓這兩位也丟下手頭事情悄悄潛行到高郵，朱八十一所謀肯定不小。

猛然間，唐子豪心臟沒來由一凜，臉色瞬間變得雯白。

芝麻李、趙君用、朱八十一，再加上一個戰功赫赫的毛貴，可以說，徐淮系的主要人物幾乎全都到了高郵，如果他們想效仿彭瑩玉，脫離劉福通的掌控宣告自立的話……大光明神在上，千萬不要讓這樣的事情發生。否則，整個江北紅巾，就要徹底土崩瓦解！

正惶恐不安間，來到高郵城的府衙。

紅巾軍二號實權人物，河南江北平章政事芝麻李，帶著歸德大總管趙君用、蒙城大總管毛貴、濠州大總管郭子興，以及定遠都督孫德崖，還有剛被劉福通批覆下來沒幾天的常州都督張士誠、鎮江都督王克柔，都主動迎出了門外。

隔著老遠，紛紛向唐子豪抱拳問候：「唐左使，什麼風把你給吹來了，大夥可有些日子沒見了，我們正念叨你呢！」

「東風，東風！」大光明左使唐子豪抱拳衝大夥做羅圈揖，一邊打量在場所有人，芝麻李依舊像先前那樣慷慨豪邁，趙君用的臉色則有點陰，恐怕心裡不太痛快；郭子興和孫德崖兩個喜上眉梢，顯然是剛剛占了個大便宜。毛貴則是滿臉凝重！而另外兩個他不認識的新面孔，則個個把嘴巴都咧在了耳朵岔子上，就差找個沒人的地方，痛快地笑出聲來了！

「胡說，你明明從西邊來，怎麼可能乘得是東風！」芝麻李調侃道。

「呃！」唐子豪被嗆得打了個嗝，臉上的表情好生尷尬。

「我不管你乘的是哪股風，既然來了，就進去坐，等一會兒忙完了正事，老子再跟你酒桌上好好敘敘！」芝麻李拉起唐子豪的手，快步朝衙門裡頭走。

唐子豪心中愈發忐忑，幾次想停下來，找個藉口溜掉，然而看到芝麻李那大咧咧地模樣，他又在心中不停地安慰自己：

「沒事，沒事，他們真要是想跟劉元帥分庭抗禮的話，也該是李平章挑頭，在宿州登壇祭天，萬沒有大老遠跑到高郵來會盟的道理。況且李平章素來都是個厚道人……」

轉眼來到正堂內，卻沒見到任何座位，只看到一張巨大的圓形桌案擺在屋子中間，上面鋪了八尺見方的白布。白布上面，則用濃墨重彩勾畫出了一個碩大的輿圖，山川、河流、大海、荒漠，無不清晰可見。

「這是什麼？」唐子豪心裡又打了個哆嗦，試探著問道。

作為明教裡專門負責聯絡各地豪傑起兵造反的大光明左使，他的雙腳至少走過大半個蒙元帝國，不可不謂見多識廣，然而他在任何地方都沒見過如此清晰逼真的輿圖，簡直是將整個大元帝國的疆土用魔法縮小了似的，從頭到腳，沒一處走樣。

「是重九搞出來的神州廣輿圖！」芝麻李笑道，臉上帶著幾分驕傲，就像家長在外邊炫耀自己的孩子一般，「你也知道，這小子幹別的不行，最擅長鼓搗這些奇技淫巧！」

「如果這是奇技淫巧的話，以前大元朝廷的輿圖，就是小孩子的尿布了！」唐子豪感慨道，走到圓桌前定睛細看。大江，大河，還有夾在長江與黃河之間的河南江北行省，原本以為是千里膏腴之地，跟整個大元帝國比起來，居然只有巴掌大的一隅；汴梁，圻水更甚，居然只是兩個手指肚大的小圓圈！

就這麼巴掌大的一塊地方，如今還分成了勢同水火的南北兩家，南邊的徐壽輝和彭和尚建立天完帝國，關起門來自娛自樂；北面的劉福通劉大元帥雖然暫時還沒提建國的事，主要原因卻是由於失散的小明王還沒有找到。萬一哪天找到了小明王的蹤跡，立國也是定局。

想到紅巾軍內部現在的混亂狀態，唐子豪就顧不上再害怕，取而代之的，是一種無法壓抑的悲涼。爭資歷，爭糧餉，爭官職，三十餘家紅巾，數十萬大軍，你不服我，我不服你，擠在巴掌大的河南江北行省內部爭來爭去，對其餘十幾個省更廣袤的空間卻視而不見，**這和群犬爭食有什麼區別？怪不得朱重九說他自有計較，原來人家眼睛早就跳出了這巴掌大的地方！**

「張九四，老子這次如果真的能拿下鎮江，等養足了力氣，就逆著長江往西殺，到時候，你可千萬別來扯老子後腿！」

正想著，耳畔傳來一個粗豪的聲音，好像鎮江已經成了熟透的桃子一般，隨便伸一下手就能摘在口袋裡。

「誰稀罕！」被喚作張九四的漢子撇了下嘴，滿臉不屑地回道：「老子要以常州為基業，向東南去替大總管取蘇杭兩大糧倉，哪有功夫跟你爭西面那片窮山惡水！」

「那就說好了，咱們兩個過了江之後，就以運河為界，五年之內，運河東面我不染指，運河西面你最好也別過來！」

「沒問題，成交！」張九四伸出手掌，跟粗豪漢子凌空相擊，三言兩語就和對方將江浙行省一分為二。

唐子豪聽得好生稀罕，正準備湊過去，問問二人做白日夢的底氣何來？卻看到郭子興用胖胖的手指在輿圖上點了點，跟孫德崖說道：

「老孫，咱們兩個先前的眼皮子都太窄了，朱重八說得對，天下這麼大，哪裡去不得？何必窩在一個小水坑裡頭瞎撲騰！」

「哥哥說得極是，這次打完了揚州，即便朱總管不發兵相助，兄弟我也想去試試鐵木兒不花的斤兩！」孫德崖這兩天顯然也被點起了熊熊烈火，指著與定遠比鄰的廬州道。

「重八說，咱們這次兵臨揚州跟孛羅不花交戰，作為兄長的帖木兒不花不可能袖手旁觀，所以只要拿下了揚州，廬州基本上就唾手可得！」

多日未見，郭子興的眼光竟然暴漲了數倍。手捋著亂糟糟的鬍鬚說。

「那倒是！」孫德崖點頭，「聽朱總管說，當初孛羅不花的鎮南王位，就是帖木兒不花讓給他的，這哥倆關係可不是一般的鐵！」

「帖木兒不花和孛羅不花是親兄弟，蒙古人規矩和咱們漢人不太一樣，通常是幼子繼承父輩的家業，其他的孩子得自己去打天下，不過現在這樣做的蒙古人已經很少了！」唐子豪終於找到一個機會，湊上前插嘴說。

「其實這樣做也有好處，至少逼著年紀大的孩子上進！」眾人立刻就跑了題，七嘴八舌地議論起蒙古人和漢人間風俗習慣的差別。

「那當然了，否則人家當年怎麼把大宋給一口吞了呢！憑著的就是這股上進心！」能成為一方豪傑者，必有其過人之處。至少在氣度和胸懷方面，比普通人強出許多。

「豈止吞了大宋，據朱都督說，當初還有大金、西夏，和西域上百個國家，都被他們一口吞了。這輿圖上的察合台汗國、欽察汗國雖然不怎麼聽韃子皇帝的命令，但到現在為止，掌權的還是蒙古人，是那個什麼成吉思汗的子孫！」

「據那個伊萬諾夫說，蒙古人當年一直打到非常非常遠的西面，叫什麼歐羅巴！這幅輿圖上都畫不下。西面的好多國王，什麼這個牙那個牙的，爭先恐後給蒙古人當乾兒子！」

這些話題大大超出了唐子豪的見識之外，一時間，他又愣在了當場，看看這個，看看那個，彷彿跟大夥都不認識一般。

他記憶裡的郭子興、孫德崖、芝麻李等人，可不是現在這般模樣。雖然當年這些人也都堪稱英雄豪傑，可眼睛裡哪有什麼欽察汗國、察合台汗國，能知道大元朝的都城叫什麼已經難能可貴了，更甭提比欽察汗國還遠的什麼歐羅巴！

原來朱八十一在高郵停了半個多月，就是**為了激起眾人的野心，讓他們不要光看著眼前那一畝三分地，老想著窩裡互咬！**

猜到這些變化的來由，唐子豪心裡又是佩服又是詫異。佩服的是，這個辦法果然是神來之筆，至少到目前為止，成功地化解了聯軍的內部危機。詫異的則是，這朱八十一不過是個殺豬的屠戶，怎麼可能知道的如此多？他的眼光見識遠遠超出了自己所知道的任何英雄豪傑、名士大儒，甚至比彌勒教主彭和尚都不遑多讓！

莫非他當年彌勒附體的事是真的？回想起自己跟朱八十一打交道的過往，唐子豪就忍不住朝神仙鬼怪方面想，越想越覺得有這種可能。

如果朱八十一果真是彌勒佛在人間的肉身，則一切困惑都迎刃而解了。彌勒佛是三生之神，能洞悉過去、現在和未來，**這朱八十一不恰恰知道過去幾百年曾經發生的大事，並且每一步都走在別人根本看不到的正確路徑上麼？**

「慚愧，遇上些雜事，勞大家久等了！」

沒等他把紛亂的思緒理個清楚，門口便傳來朱八十一中氣十足的聲音。緊跟著，門簾被侍衛從裡邊拉開，此間的主人，淮東路大總管朱八十一攙扶著步履蹣跚的老進士逯魯曾，緩步走了進來。

「大總管！」「主公！」張士誠和王克柔趕緊走上前施禮。

朱八十一笑道：「二位不必客氣。我在這裡擺下了圓桌，意思就是今天大夥暫時不分尊卑，所有人肩膀同樣高矮。」

「這怎麼行？末將折殺了！」

「末將不敢！」張士誠和王克柔惶恐擺手。

朱八十一卻不再跟他們糾纏這些繁文縟節，攙扶著逯魯曾，徑直走到圓桌旁，四下拱了拱手，道：「李總管、唐左使，趙長史，還有各位兄弟，桌上的輿圖，想必大夥都已經看清楚了，這是朱某在祿老前輩和我淮安軍其他幾個文職官員的全力協助下，耗時十一天才畫出來的。不能說完全準確，但至少比目前大夥曾經見到過的任何輿圖都準確一些。」

「的確！」

「是啊，朱總管大才！」

「到底是中過榜眼的祿前輩，本事的確非同一般！」眾人紛紛七嘴八舌地誇讚。

「朱某之所以拿出這幅輿圖來，卻不是為了給大夥開眼界！」朱八十一將手向下壓了壓，示意眾人安靜。

「朱某只是想提醒大夥，我等目前所占之地，不過是大元帝國的十二個省之一，除了這裡以外，還有一個中書省，十個行省，等待著大夥出兵去光復。我等與其彼此看著對方碗裡誰的肉多一些，誰的肉少一些，不如齊心協力向另外十個行省去打，既然我等心裡從沒承認過蒙元朝廷，那另外十個行省，一個中書就都是無主之地，任何人都有權放手取之！」

「是這樣！」

「朱兄弟這話有道理！」

「大總管說得極是，我等先前都太鼠目寸光了！」

眾豪傑的心裡早就長了草，聽朱八十一正式提出來，立刻紛紛回應。

「可這裡也有個麻煩！」朱八十一笑容慢慢變冷，「如果朱某在跟朝廷的兵馬拼命時，被自己人抄了後路怎麼辦？屆時軍心大亂，恐怕朱某就算有神仙本事，也免不了身敗名裂的下場！」

眾人聞聽，立刻勃然大怒，紛紛露胳膊挽袖子，做拼命狀，表態道：「誰敢，老子第一個跟他沒完！」

「朱兄弟，你放心在前面打，後路我們替你盯著！」

「誰敢在自己人背後捅刀子，老子跟他不共戴天！」

……

「朱某當然相信諸位！」朱八十一自己卻沒有絲毫激動，笑了笑道：「但人的心思有時候就是這樣，哪怕是親兄弟，也怕一時昏了頭，做出什麼出格的事情來！畢竟，過後即便有人主持公道，該死的那個也早死透了，沒法再活轉回來！」

「嗯……」眾豪傑尷尬地笑了笑。

朱八十一說的是句大實話，在座眾人捫心自問，誰都不敢保證自己沒對盟友的地盤起過歪念頭。只是有人在念頭湧起來的第一瞬間，就立刻將其掐滅了；有人則是偷偷做起了動手的準備，就差找到機會實施而已。

「所以，朱某專程把李總管和趙長史兩位長者請了過來，與諸位兄弟坐在一起商量解決辦法，讓大夥都能放心大膽地去跟朝廷的兵馬拼命，不用老是回頭擔心自己背後頂沒頂著刀子！說實話，朱某這樣做，很可能是以小人之心度了君子之腹，因為朱某在前一陣子便一直提心吊膽，唯恐在攻打高郵時，拖拖拉拉走在後邊的郭總管和孫都督兩個突然掉頭撲向淮安。」

「哈哈哈……」

「嘿嘿嘿……」

豪傑們被逗得哈哈大笑，一邊笑，一邊拿眼睛朝郭子興和孫德崖兩個身上瞄。

郭子興和孫德崖二人面紅耳赤，拱著手，大聲替自己辯解：

「朱總管說笑了，郭某可以對天發誓，絕沒想過打淮安城的主意！」

「朱總管，孫某走得慢，是手底下的弟兄不爭氣，真的不是故意要拖在後面！」孫德崖也趕忙說道。

「我都說過了，是我以小人之心度了二位的君子之腹，二位哥哥原諒朱某，朱某這廂賠禮了！」朱八十一向郭子興和孫德崖兩人躬身道。

不待二人表態，他又將目光轉向張士誠，道：

「還有這個張都督，居然敢拿高郵城來跟朱某討價還價，朱某當時就想，乾脆宰了這廝，永絕後患！」

「嘿！」一眾人全都笑不出聲來了，看著張士誠，眼睛睜得老大。

張士誠則嚇得接連後退數步，敗伏於地，連聲告饒道：「末將當時的確孟浪了，多謝大總管寬宏大量！」

「我不是寬宏大量！」朱八十一笑了笑，走上前，將張士誠的胳膊托起來，

「我是想，如果我那麼做了，最高興的人肯定是契哲篤和李齊。畢竟，讓你死在我的手裡，等同於替他二人報了仇！所以，想來想去，這種親者痛仇者快的事情，朱某絕不願為！」

「是啊，白白便宜了韃子！」

「唉！到底是朱兄弟，想的就是清楚！」

眾人再度笑了起來，議論紛紛。

「所以，為了律己，也為了律人，朱某大膽把諸位叫在一起，想跟大夥立個約定：**韃虜未退，你我彼此間絕不互相攻殺，有做此事者，天下豪傑共擊之**。不知道諸位意下如何？」

「嘩！」宛若油鍋裡落進了一滴冰水，府衙大堂內人聲鼎沸，一片轟鳴。

朱八十一居然要立約，居然要跟大夥簽訂盟約，在韃子沒被打得退出中原之前，英雄豪傑彼此之間，絕不互相攻殺。**他為什麼要這樣做？這樣做，對他來說有什麼好處？**如果他真的不放心自己的臥榻之側的話，**何不直接用武力來解決？**以淮東軍在最近一段時間表現出來的強悍攻擊力，周圍的這些人，誰能擋得下他傾力一擊?!

其中最激動者，莫過於張士誠和王克柔兩個。二人互相看了看，一起走到朱八十一跟前，長揖及地，萬分恭敬地道：「朱總管大仁大義，高瞻遠矚，我等敢不從命！」

「今後凡總管旌旗所指，我二人必誓死相隨，縱刀山火海，也不皺一下眉頭。」

「廢話！你們倆要地盤沒地盤，要根基沒根基，連手下的兵都是姓朱的送你們的，當然姓朱的說東，你們絕不會往西！」郭子興在一旁忍不住吐嘈道。

但內心深處，他仍舊非常佩服朱八十一的胸懷和氣度。要知道，在座眾人之中，實力最為強大的就是芝麻李的宿州軍、趙君用的徐州軍還有朱屠戶的淮安軍。一句「韃虜未退，你我彼此之間，絕不互相攻殺」，非但限制了別人的野心，對朱屠戶自己來說，更是畫地為牢，今後無法再想著憑藉武力一統江湖。

定遠都督孫德崖心裡則完全是另外一番滋味。前陣子他故意走得拖拖拉拉，的確沒安著什麼好心，只是朱八十一把最善戰的胡大海留在了淮安駐守，又派了凶名在外的吳永淳在旁邊「全程陪護」，讓他一時有點拿不定主意而已。

此外，某個原本答應給他撐腰的人，也始終沒有任何動作，讓他愈發不敢輕舉妄動，所以一直拖到最後，他也沒敢將心中想法在淮東實施，只好耐著性子一路磨蹭到了高郵。

這下好了，朱屠戶把所有臨近他的豪傑都叫到了高郵，當面鑼對面鼓弄出一個提議來，要是一口答應下來吧，日後再想去窺探他的火炮作坊，恐怕就會犯眾怒；如果不答應吧，等於明擺著告訴所有人，我孫德崖就是那個一心想著在背後捅盟友刀子的傢伙，你們如果不先把我給幹掉，保證什麼事情都做不成！

貪婪歸貪婪，跳出來給大夥當箭靶子的蠢事，以孫德崖的聰明，是肯定不會幹的。他偷偷看了眼趙君用，又偷偷看了眼正與張士誠和王克柔兩個客套的朱八十一，把心一橫，大聲道：

「朱總管這個提議當然是好，孫某也說句實話，淮安軍實力如此強大，孫某先前也非常害怕朱總管借著合兵南下之機，一口把孫某和郭大哥兩個的部眾給吞掉了。呵呵，孫某這也是以小人之心度君子之腹，請朱總管千萬不要怪罪！」

「不怪！這其實都是難免的事，畢竟你我原來很少打交道！誰都不熟悉對方的脾氣秉性！」朱八十一笑了笑，輕輕搖頭。

「那孫某可就實話實說了，朱總管這份提議，孫某從心裡頭往外贊成！」孫德崖揮舞著胳膊，做迫不及待狀。「郭大哥，我可是要署名了，你呢，也一起署名麼？你說咱們倆是不是從今以後，心就可以放肚子裡頭了？」

「你這王八蛋，什麼都要扯上老子！」郭子興心裡罵道，臉上卻不得不裝出一副欣然的表情，「當然，郭某當然要在上面署名。在郭某看來，這份提議，實際上卻是便宜了我等這些實力弱的！朱兄弟，你果然是義薄雲天的大英雄！」

說完了場面話，郭子興又狠狠瞪了一眼孫德崖，心中把此人的祖宗八代數落了個遍。

要知道，就在十幾天前，孫德崖還不停地慫恿他，建議他趁著淮安軍主力出征在外的機會，跟孫某人一道拿下朱八十一的老巢，先把能像做燒餅一樣做火炮的淮東將作坊抓在手裡，然後平分了淮安城內的錢糧，憑城據守，並且還信誓旦旦的保證，這樣做不會有任何風險，某個大人物過後會出面收拾殘局。

誰料當著朱八十一的面，姓孫居然完全換成了另外一副嘴臉，變化之快，表情之真，令人無法不懷疑此人祖祖輩輩都是專職的戲子！

正恨得咬牙切齒之時，卻又聽見歸德大總管趙君用帶著幾分奚落的口吻說道：「朱兄弟把話都撂到這兒了，如果哪個敢不贊同，豈不是說明了他居心叵測？好，依趙某之見，早就該有人站出來提一提此事，否則一旦兄弟之間禍起蕭牆，只會白白便宜了外人！」

「現在提出來也不晚！」芝麻李為人素來穩重，也素來厚道，見在場大多數人都沒什麼異議，便接過趙君用的話頭，以老大哥的口吻道：

「這份盟約，李某肯定是要在上面署名的，非但自己署名，過後還會將其送往其他各家紅巾軍那裡，邀請大夥都來連署。總之，朱兄弟先前有句話說得好，咱們不能做親者痛仇者快的事，不能眼睜睜地看著英雄豪傑沒死在韃子的刀下，卻死在了自己人手裡！」

「的確如此！」眾人聞聽，又七嘴八舌附和著：「咱們提著腦袋造反，死在戰場上倒也沒什麼好說了，要是死在自己人手裡，恐怕做了鬼都無法甘心！」

「可不是麼？咱們漢人之所以被韃子給滅了，就是老自己算計自己。當年狗皇帝要不是跟秦檜一道謀害了岳爺爺，哪還有金兀朮什麼事啊！」

「就是，就是。咱們有本事去打蒙古人，自己窩裡橫有什麼意思！」

……

唯一還有疑慮的人是唐子豪，作為被請來做見證的旁觀者，他心裡想的難免會更多一些。趁著大夥議論聲稍微減弱的機會，輕輕咳嗽了幾聲，說道：

「朱兄弟弄這個盟約的用意，當然是極好的，對眼下咱們紅巾軍來說，也的確非常實用，但唐某在這裡有幾個疑問，不知道朱兄弟能否代為解答一二？」

眾人聞聽，紛紛將目光轉向了唐子豪。

此人貴為明教的大光明左使，又是劉福通的莫逆之交。雖然沒什麼實權，但出來給大夥攪局卻是足夠了。畢竟，定盟的事，誰也沒事先告知劉福通，也沒通知明教總壇，而大夥偏偏名義上都是明教的信徒，紅巾大元帥劉福通的下屬。

朱八十一既然把盟約提了出來，事先當然不可能沒有任何被質疑的準備，見唐子豪率先跳了出來，立刻做了個請的手勢，回道：

「唐左使不用客氣！有什麼話請直說！」

「剛才李總管說要把這份盟約傳遞出去，請天下豪傑來連署，如果有人不肯連署，或者今天在座當中，有人其實心裡不願意，只是沒敢反對，等會兒署名時卻推三阻四，朱總管將如何待之？」唐子豪提出心中的質疑。

「這份盟約，是朱某自己琢磨出來的，事先沒跟大夥商量，所以不會勉強任何人連署！包括在座當中，如果有人不願連署，朱某也絕不會為難！」

朱八十一早就猜到有人會心存類似的疑慮，想都不想回道：「但不肯在盟約上連署者，則不受盟約的保護，日後被別人算計了，也甭指望大夥替他出頭；他要是敢攻擊盟約上連署的任何一人，大夥便合兵擊之！」

不強迫，但其中利害先說明白，**盟約是把雙刃劍，既保護了立約者，也限制了立約者**；沒有在上面署名的人，自然會受到聯盟的排斥，想要攻擊盟約的參與者，將會遭到大夥聯手壓制，要是被盟約的參與者給打了，則是白挨，誰也不會替他主持公道。

不用過多說明，光是最後這一條，就讓很多豪傑擰著鼻子也得先把盟約簽下來；況且這麼多雙眼睛盯著，誰要是不簽，豈不是明白地告訴別人，自己在打其他人領地和部眾的主意麼？那他還折騰個屁?!大夥都是刀尖上滾過來的，誰還不懂先下手為強的道理?!

想到這兒，唐子豪笑著點點頭道：「善！此約一成，大夥彼此間就可以減少許多防備，的確是件善舉。但萬一，唐某只是說萬一，萬一哪個豪傑自己內部亂了起來呢？比如說有人以下犯上，奪了他的位置，或者幾個卑鄙小人聯手，將他架空起來當傀儡，其他盟友怎麼辦，難道乾看著麼？」

這個問題，讓朱八十一費了些時間考慮，在眾人殷切盼望下，終於回道：「當然不會！唐左使這條提得非常好，等會兒可以把這條也寫進盟約裡。所有在盟約上署名者，地位都受到盟約保護，其手下如果敢以下犯上，加以謀害，則大夥一起出面替他主持公道！」

「大善！那唐某的第三個疑問就是，如果參與定盟的任何一方受到了蒙元的攻擊，其他人將如何做？」

「靠得近者出兵，離得遠者出錢出糧！」朱八十一對這個問題倒是早有準備，直接給出了答案。

「亦善！」唐子豪滿意地撫掌稱道，提出另一個問題：「那唐某再問一件事，如果在盟約上連署者受到了劉福通大元帥的懲處，其他人該怎麼辦？」

這句話問到了最無法回避的地方，也是盟約最容易令人詬病之處，畢竟他也好，芝麻李也罷，名義上都是劉福通的手下，撇開紅巾大元帥劉福通，自己弄個盟約出來，未免有些太不把劉元帥放在眼裡。

不過對朱八十一來說，這個問題並不難回答，逯魯曾早就替他考慮到了這一點，並且給出了最佳答案：

「首先，劉帥處事向來公道，斷不會隨意處置任何人！其次，如果劉帥處置錯了，盟約上連署者會據理力爭，勸劉帥收回亂命。第三，如果劉帥真的昏庸到隨意處置大夥的地步，大夥自然誰也不會束手待斃，真要走到兵戎相見的地步時，聯盟將全力阻止，絕不准許戰事的發生！還是那句話，不能讓豪傑死在自己人手裡！」

唐子豪當即臉色大變，正準備開口駁斥時，芝麻李卻搶先一步，道：「胡鬧，劉帥怎麼可能是胡亂做事之人？況且大夥平素各自在各自的地盤裡蹲著，怎麼可能登門去挑釁劉帥的虎威？這條，要我看，寫與不寫根本沒啥差別！」

「嗯！」唐子豪深吸了口氣，已經到了嘴邊上的話又憋回了肚子裡。

的確，劉福通對各地豪傑的約束力原本就非常有限，朱八十一給的答案雖然在表面上挑釁了他的權威，實際上並沒有對他造成任何損害，只是把原來在桌子底下的事攤到檯面上而已，不值得自己發作，自己也不能發作，否則，逼得姓朱的反了臉，直接將自己丟出去，自己又能拿他怎麼樣？隔著這麼遠，即便是劉福通劉大元帥也不可能拿他怎麼樣！

想通了此節，唐子豪心中怒氣登時就平息了下去。思索一會兒，又拋出另外一個問題：「好，朱總管肯把話挑明了，比大夥都把心思藏在暗處不給人看要好，如此，請容唐某問最後一個問題，朱總管說，韃虜未退，豪傑不得互相攻殺，可要是韃虜一時半會兒退不了呢，諸位可以信守盟約一時，能否信守盟約百年？」

「對啊?!」眾人齊齊將目光轉向朱八十一，期待著他的答案。

凡是盟約，都得有個期限，否則其約束力反而會令人懷疑。此外，現在大夥實力都遠不如蒙元朝廷，互相不進行攻殺，的確是個好主意，可萬一今後某人的實力暴漲，憑自家力量就可以滌蕩中原了呢？還讓他遵守盟約？他又豈肯再受盟約的束縛?!

「五年！」在眾人殷切地盼望下，朱八十一深吸了口氣，給出了答案。「此約為期五年，五年之後，大夥如果都還沒戰死沙場，就再聚於高郵，咱們再商量，是繼續這個盟約，還是就此結束！朱某以為，五年之後，天下局勢必將與現在完全不同，那時保留不保留這份盟約，由大家共同決定。諸君以為如何？」

「昔宋政不綱，蒙元乘運，亂臣賊子，引虎迎狼，以危中國，遂使神州陸沉，中原板蕩，使我華夏之民，死者肝腦塗地，生者骨肉不相保。蛇蠍之輩，竊據社稷，貪佞之徒，橫行鄉里……」

「啪！」大元皇帝妥歡帖木兒一巴掌抽在朴不花臉上，將其抽得摔出去四尺多遠，趴在地上瑟瑟發抖。

鮮紅的血漿順著鼻孔淌出來，一滴滴落在他剛剛替妥歡帖木兒朗讀的高郵盟書上，讓原本就破舊不堪的盟書顯得愈發骯髒，上面的很多字已經徹底看不清楚。

「繼續念啊！怎麼不念了，死了麼？沒死就快點滾出去死，無論跳井還是抹脖子，儘管自便！」妥歡帖木兒像頭發了瘋的野狼般，佝僂著脊背追了過來。用靴子尖踢著朴不花的肋骨催促道。

「是，是，萬歲息怒，這不過是反賊自己給自己找的藉口而已，萬歲您千萬別為此氣壞了身子！」

朴不花受了無妄之災，卻不敢喊冤，雙手支撐著從地上爬起上半截身體，低聲哀告。

「朕生什麼氣，他們漢人的老祖宗不爭氣，被世祖皇帝所滅，他們活該！他們罵得再難聽，也改變不了這個事實，朕為什麼要生氣?!」妥歡帖木兒大聲叫嚷著，繞著朴不花來回踱步，呼吸之沉重，宛若拉著萬斤巨犁的老牛。

太可惡了，那群淮賊太可惡了！你怕同夥互相捅刀子，斬雞頭喝血酒盟誓也就罷了，為何要把我大元朝廷給牽扯進來！什麼「死者肝腦塗地，生者骨肉不相保」，如果我大元君臣真的一點兒好事都沒幹過的話，你們這些人是怎麼長大的？你們的父輩祖輩，哪個不是吃著大元朝廷的米糧過活？

「對，萬歲爺說得對，他們罵得再難聽，也改變不了他們亡國滅種多年的事實！」朴不花飛快地朝沾滿鼻血的盟書上掃了一眼，討好道：「他們亡國滅種……」

「啪！」又是一個大耳光抽過來，打得他眼前金星亂冒。

「該死！你居然也幫他們說話！」妥歡帖木兒紅著眼睛，用手指戳向他的鼻梁，劈頭罵道：「亡國滅種，什麼叫亡國滅種？九鼎無主，唯有德者才能居之，趙氏失德，我蒙古人一統江山，結束亂世，有什麼不對？況且古語云，入夷則夷，入夏則夏。我大元定都於故燕，便是中國！他們又何來的亡國滅種?!」

「是，陛下見識高遠，奴婢知道錯了！奴婢讀書少，所以總是詞不達意！」

朴不花捂著被打腫的臉，連聲回道。

「朕看你是故意的，故意和外面的賊人勾結起來氣朕。說！你這個高麗賤人，是不是跟那些淮賊早就勾結到了一起?!」

妥歡帖木兒早年際遇坎坷，心智受到了很大影響，因此發作起來，根本不講道理，三言兩語就將對他忠心耿耿的高麗太監朴不花歸到了朱屠戶的同黨裡頭。

朴不花嚇得魂飛魄散，俯身於地，拼命地磕頭道：

「冤枉啊，萬歲爺，奴婢冤枉。奴婢從七歲時就給淨了身，伺候您和皇后兩個，到現在為止，出宮的日子加起來都不夠一百天，奴婢連淮安在哪個方向都不知道，真的不可能跟姓朱的屠戶有什麼牽連啊！」

「冤枉？你還敢說冤枉！」妥歡帖木兒抬起腳，將朴不花當做出氣筒猛踹，「我冤枉你了麼？我冤枉你什麼了？你這個高麗賤種，跟那些漢人有什麼不一樣的地方？還不都是表面上對朕恭恭敬敬，背地裡恨不得朕立刻死掉。朕死了，你們就可以光復舊土，重建大宋，重建你們的大高句麗！朕偏不，朕就是不死，看你們能折騰出什麼花樣來！」

「不是的，陛下，萬歲爺，奴婢的榮華富貴都著落在您身上，別人怎麼想，奴婢不知道，但離開您，奴婢上哪找好日子去！萬歲爺您明鑑啊！奴婢就是一個太監，高麗舊土光復不光復，關奴婢什麼事啊，沒了萬歲爺，誰還會拿正眼看奴婢一個無根之人啊？」

朴不花被踢得滿地打滾，一邊大口大口地吐血，一邊淒涼地哀告著。

最後這句話，算是說到了重點上，太監的富貴，必須依仗於寵信他的皇帝，所以從某種角度上來看，他們的忠心應該最為可靠才對。

妥歡帖木兒恰恰就是這種論調的支持者，愣了愣，停住了腳掌，「你是說，你這輩子只會忠於朕一個人?!」

「奴婢這輩子只能忠於萬歲爺一個人，不是只會，是只能啊，萬歲爺！」朴不花借機向旁邊滾開數尺，吐著血哭喊道。

見到他鮮血淋漓的模樣，妥歡帖木兒忽然變得心軟了，大聲咆哮道：「來人啊，都死了麼？進來扶起朴大伴，傳太醫進來，給他治傷！」

門口立刻呼啦啦跑進一大堆太監宮女，七手八腳地上前攙扶起朴不花，拿起棉布手巾替他擦臉。

「不要太醫！」朴不花艱難地趴在一名小太監的肩膀上，用力晃動手絹，「陛下，奴才真的不要太醫，奴婢受得，受得住。」

「不要太醫？」妥歡帖木兒一愣，旋即明白朴不花是不想讓剛才自己的瘋狂舉動被更多人知曉，心中頓時覺得一暖，說話語氣也變得愈發柔和，嘆道：

「蠢貨，你剛才怎麼不躲遠點兒啊？朕就是這個脾氣，你躲遠點，過會兒回來就沒事了，你怎麼不躲啊！」

「陛下雷霆雨露都是君恩，況且奴婢自小就跟著您，知道該如何讓您心情盡快好轉起來。奴婢已經習慣了，這幾下奴婢真的受得住！」

「朕，朕……」

朴不花的種種好處立刻湧上了蒙古皇帝妥歡帖木兒的心頭。的確如後者所說，他小時候受了委屈，唯一也是最佳的出氣方式，就是把此人痛打一頓，從七歲一直到現在，二十幾年下來，挨打的和打人的，都成了一種習慣。

想到這兒，妥歡帖木兒再也無法忍受發自內心深處的負疚，把牙一咬，向距離自己最近的一名太監命令道：

「劉不花，替朕擬旨，監門將軍朴不花伴君多年，忠心可嘉，加榮祿大夫銜，賞大都郊外糧田一萬畝……」

「萬歲，不可！」朴不花立刻又跪了下去，重重叩頭，「國事艱難，奴婢不敢領如此厚賞，請陛下收回成命，將萬畝良田賞給有功將士吧。奴婢能日日見著陛下，就已經足夠了！」

「你這不知道好歹的老狗！」妥歡帖木兒橫了他一眼，笑罵道：「封你做榮祿大夫，是讓你多風光一下。誰說讓你真的出宮去做事了，你要是出了宮，朕和皇后兩個讓誰來伺候？趕緊給朕滾起來，朕的賞賜既然給出了就無法收回，你不能不要！」

「謝陛下隆恩！」朴不花跪在地上重重磕頭，其他大小太監則個個滿臉羨慕。

挨了一頓打能換回個從一品散職，這頓打，無論如何都挨得過；況且朴不花雖然看起來被打得很狼狽，事實上，血多為從鼻子和嘴巴流出來的，根本沒受什麼內傷，完全為了讓打人者感到痛快，才將血漿塗得到處都是。

發洩了一通肚子裡的怒氣，又顯示了一下皇恩浩蕩，妥歡帖木兒的心情終於平和了下來，走到朴不花身邊，一把搶過後者始終沒有丟下的盟書手抄本，說道：「你先滾遠點兒，省得朕一會兒再揍你。這混帳玩意，朕自己來看，朕倒要看看，那朱屠戶的嘴巴裡，還能吐出什麼象牙來！」

說著話，他用衣袖胡亂在盟書上抹了抹，凝神繼續觀看。只見幾片模糊不清的血跡之下，用工筆小楷寫著：

「如是七十二載，惡行流罪，罄竹難書，我江北義士，不堪其辱，遂揭竿而起，以圖光復。誓驅逐韃虜，整山河於淪喪，斬除奸佞，救萬民於水火。然聖人未出，群雄無首，慮有宵小之輩趁機挑撥，使兄弟鬩牆，豪傑飲恨，特會盟於高郵，約為此誓。

誓曰：吾等起義兵，志在光復華夏山河，韃虜未退，豪傑不互相攻殺。有違背此誓者，天下群雄共擊之。

誓曰：吾等起義兵，志在逐胡虜，使民皆得其所。必約束部眾，無犯百姓秋毫。有殘民而自肥者，天下群雄共擊之。

誓曰：吾等起義兵，志在平息暴亂，恢復漢家禮儀秩序。必言行如一，不做狂悖荒淫之事。有以下犯上，以武力奪其主公權柄者，天下群雄共擊之。

誓曰：我等起義兵，志在剷除不公，匡扶正義……

誓曰：我等起義兵……」

・第四章・

五虎將

五名身材差不多高矮的淮西大漢齊聲答應，抱拳道：
「我等願聽從朱總管號令，刀山火海，絕不皺眉！」
「好一群精壯漢子！」
即便已經見過了胡大海、傅友德這樣的蓋世猛將，
朱八十一的眼前依舊一亮。

「誓曰：吾等起義兵，志在擺脫外族奴役，謀子孫萬世之自由。必廢苛法，除惡政，還公道於民間。如有失其本心，作威作福，所行比異族還甚者，天下群雄共擊之。

「誓曰：吾等起義兵，志在滌蕩北虜之野蠻，重振漢家之文明……」

「且住！」紅巾大元帥劉福通疲倦地揮了揮手，示意參知政事盛文郁停止念誦盟書。「這東西是什麼時候送過來的？路上用了幾天？」

「是今天上午剛剛到的，路上用了四天。」盛文郁想了想，回道：「走的是旱路，光明左使唐子豪專門派人騎著快馬送回來的，同時送到的還有他給大元帥的親筆信！」

「噢！」劉福通用力揉著自己的太陽穴，顯然被盟書上的內容弄得頭昏腦脹，「信呢，放哪裡了，拿來我看！」

「當時丞相不在，下官就按照老規矩，給丞相放左側書櫃倒數第二個格子裡頭了！」參知政事盛文郁一邊快速走到書櫃旁取出信函，一邊回道。

「給我！」劉福通接過信函，先檢查了一下上面的密封火漆，然後從書案上拿起一把象牙做的小刀，割開厚厚的信皮，取出裡邊的宣紙。

進入眼簾的，是一手漂亮的行草，寫得龍飛鳳舞，但字裡行間卻充滿了困惑和感慨。

唐子豪在信裡毫不隱晦地告訴他，朱八十一才是大元帥府最該留意的豪傑，雖然此子行事看似毫無頭緒，但此子至今為止做過的所有事，可能都非率性而為，就像他當初費心費力去鼓搗火藥，鼓搗銅炮，鼓搗武器作坊，大夥都覺得他是錢多了沒地方花，事實上，最後這些東西都在戰鬥中起到了至關重要的作用，並且現在還給淮安軍帶去了滾滾財源。

「彌勒附體之說未必為假，三生佛子，知過去，現在，未來……嗤！」信看到一半，劉福通就看不下去了，煩躁地將其丟在書案上。

雖然起兵之初利用了大光明教，隨後聯絡天下豪傑，也沒少派人去裝神弄鬼。但對於鬼神之說，劉福通自己反而不怎麼相信。在他看來，如果這世界上果真有神佛的話，也肯定都是一群貪官加混蛋，要不然，怎麼會保佑蒙古人得了天下，並且毫無顧忌地明火執杖了這麼多年？

「丞相？」感覺到劉福通今天心情很差，盛文郁走上前，小心翼翼地替他收起書信，「需要宣幾個美人進來給您捏捏腳麼？有幾個是新送來的，相貌品味肯定出挑！」

「算了！」劉福通先是有些意動，隨後又覺得興趣缺缺，「你沒看芝麻李弄出這個盟書來，裡邊整了這麼幾句麼？失其本心，作威作福，所行比異族還甚，他是在罵老夫呢，說老夫當了紅巾元帥，就忘了當老百姓時受過的罪，反而學著蒙元那些官老爺們，騎在百姓頭上胡作非為了。呵呵，咱們這位李平章，可越來越有當世大賢的模樣了！」

「這……」

盛文郁愣了愣，半晌不敢接話。劉福通心胸並不是很寬廣，這點他非常清楚，但劉福通這個人有一個好處，就是很能克制自己，即便對某些人再不滿，也能從大局出發，一再忍讓，除非被逼得忍無可忍。

而芝麻李最近一段時間的所作所為，在盛文郁看來，應該還不算太過分。該出的力絕不推脫，在地盤劃分方面也非常大器，從來不試圖占劉元帥半點便宜，相反還主動做出極大的讓步。

況且這份盟約的發起人是朱八十一，而不是芝麻李！據特殊管道傳回來的消息，芝麻李最開始並不知情，是被朱八十一請到了淮安之後，才不得不參與，並且被公推為此番會盟的主事人。

正當他猶豫著是不是該勸一勸劉福通的時候，耳畔又傳來對方的聲音：「算了，不就是幾個美人麼，咱們既然要謀大事，就該有所捨棄。東民啊，回頭你去後營一趟，把美人都遣散了吧！每個發五吊銅錢，讓她們各回各家，或者自己找人嫁了算了，省得本大帥沒吃到魚，卻無端弄了一身腥！」

「是，丞相！」盛文郁躬身領命，又猶豫了片刻，方道：「以卑職觀之，這篇盟書不似出於李平章之手。」

「當然不是，芝麻李哪有如此文采，不用問，這東西是逯魯曾那老不死幫忙寫的！」劉福通撇了下嘴，不屑地說。

他號稱文武雙全，一眼就能看出盟書中所表現出來的文采絕非普通人能為之，縱觀徐淮一系，文字功底能達到盟書水準，又能參與決策的，恐怕只有逯魯曾一個，其他人，要麼地位不夠，要麼水準不夠，反正是打死都寫不出來。

「逯魯曾現在是淮東路的判官，隸屬於朱重九帳下！」盛文郁看了看劉福通的臉色，小聲說道。

「你是說，這份盟書的發起者是朱八十一？」劉福通眉頭挑了挑，驚詫地說。

如果盛文郁的猜測沒錯的話，就能跟唐子豪的親筆信對上號了。聯手南下，高郵會盟，還有發佈盟書的事，都是朱八十一在暗中策劃並推動的，所以唐子豪才提醒說，此人才是元帥府最大的挑戰，而不是地位在他之上的芝麻李。

此人一舉一動都所謀甚遠，包括這份盟書，都不能只看眼前的效果和影響，必須向更長遠了去看，才能發覺其**背後隱藏的深意和圖謀**！

「卑職以為，李平章未必能管得了朱重九的所作所為，相反，以李平章的性子，倒是很容易被朱重九影響並操控，替他出頭呼風喚雨！」盛文郁的聲音繼續傳來，讓劉福通的頭髮根根直豎。

如果那樣的話，此子就太可怕了，文武雙全，且老謀深算。不動聲色，就把若干英雄豪傑玩弄於股掌之上！但是，世上真的有如此厲害的人物嗎？他不過才十七八歲，即便是生而知之，也不可能老謀深算到如此地步，除非……除非他是個帶著記憶投胎的千年老妖。

「信！」一想到這兒，劉福通心中倦意全消，立刻從盛文郁手裡重新搶回唐子豪的親筆手書，從上次中斷處仔仔細細地閱讀。

果然，情況跟盛文郁的猜測大體相差無幾。據唐子豪的觀察，高郵會盟的推動者和第一主事者，就是朱重九，而不是帶頭簽署盟書的芝麻李。

此外，據唐子豪的觀察，盟書上所列舉的幾項誓言中，卻並非所有都出自朱重九之手。至少，第三項，不得以下克上，篡權多位；第五項，不得加害下屬，亂安罪名，都是其他幾個參盟者的提議。第七項，也是最後一項，關於文明和野蠻的論述，則可以確定為逯魯曾所加，與朱重九沒半點關係。

真正完全屬於朱重九本人所提，並且極力推動的，只有第一，第二和第六這三條。特別是第六，當時很多人都不太明白。直到朱八十一問了句：「蒙古人欺凌漢人為罪，諸位以為漢人欺凌漢人即天經地義麼？」眾人才恍然大悟，勉強同意將其加了進去。

「嗤！」讀到此處，劉福通忍不住又搖頭冷笑。

互不欺凌，眾生平等！他還真把自己當作彌勒佛了！眾生真的能夠平等的話，誰來做官？誰負責種莊稼？誰來灑掃收拾，伺候他朱某人的飲食起居？

既然人生下來資質就有賢有愚，運氣就有厚又薄，又怎麼可能誰都不欺負誰？只要這世界上有官民之分，有貧富之別，欺負就是必然的，只是欺負程度的區別罷了！

帶著幾分不解和鄙夷，他繼續往下看信。只見信的末尾，唐子豪刻意提醒道：「余觀高郵會盟諸軍，有強有弱，參差不齊，然無一人之部屬能與淮安軍相提並論。其軍，非但紀律嚴明，儀容齊整，官職及制度也是別出新裁，最為獨特之物，乃其軍之歌，俗稱『三大紀律八項注意』，字字句句皆強調軍民一體。如今兩淮百姓都不以淮安軍稱之，而取其歌中一詞『革命』，蓋為『湯武革命，順乎天而應乎人』之意。稱之為『革命軍』，旌旗所指，蟻民贏糧而景從！」

「革命軍人個個要牢記三大紀律八項注意，第一，一切行動聽指揮，步調一致才能得勝利。第二，不拿百姓一針線，百姓對我擁護又喜歡，第三，一切繳獲要歸公，努力減輕百姓的負擔……」

長龍一樣的隊伍，踏著歌，沿著運河東岸緩緩南行。隊伍中，每一張年輕的面孔上，都寫滿了驕傲。

隊伍的主將吳二十二騎著一匹棗紅色的阿拉伯馬，脊柱挺得筆直。這樣的姿勢，人和馬很難協調得起來，實際上比走路還累。他卻不肯將脊柱放鬆一些，用身體去主動配合戰馬的起伏，而是旗桿一樣在馬背上端著架子，暗黃色面孔板的比身上的鐵甲還要僵硬。

「熙宇兄，你再這樣騎，人不趴下，馬也得給累趴下！」第四軍副指揮使陳德策馬從後面趕上來，笑呵呵地提醒。

前一陣子在沙河之戰中，用亂炮轟死了蒙元的湖廣平章鞏卜班，大仇得報，讓他立刻放下了心頭的枷鎖，整個人看起來就像枯木逢春一般，從頭到腳煥發著勃勃生機。

「沒事，下一個五里行軍，我會與弟兄們一道走！」吳二十二兩眼盯著正前方，目不斜視。

熙宇是他的表字，連同他的大名，吳永淳，都是老進士逯魯曾所取。為此，吳二十二還付出了四罈陳年老酒和一條熏豬肉，只可惜，名字和表字都取了之後，他才發現此舉的意義著實有些雞肋。整個淮安軍中，原來知道他吳二十二名字的，大多已經叫順了嘴，誰都懶得改口；而那些原本就不認識他的，見到他，通常也只能恭敬地行了禮，喊聲吳指揮，或者吳將軍。很難跟他直呼姓名或者表字平輩論交了。

第四軍副指揮使陳德，則是少有的一個能記住他表字的人。論資歷，後者是在黃河北岸投軍，不算朱都督的起家老班底，所以不會沒大沒小的叫他吳二十二；論地位，他們兩個也只差了半級，所以叫一聲「熙宇兄」也算不得高攀。

不過副指揮使陳德本人，顯然並不是很在乎這些繁文縟節。與吳二十二並轡走了一小段，又笑著數落道：「我說老吳，我的熙宇兄，你到底怎麼了？自從進了高郵城，我幾乎就沒看見你笑過，咱們現在是在趕路，又不是在打仗。你放鬆一點行不行！」

「別胡鬧，傅有德在後邊看著呢！」吳二十二兩眼繼續盯著前方，低聲道：「你我兩人得給弟兄們做個表率，無論如何，這次不能給趙秀才的兵馬比下去！」

「嗯！」陳德愣了愣，然後無奈地搖頭。原來是這樣，怪不得吳二十二今天的表現比平日更加緊張，原來是肚子裡憋著股氣，要跟傅有德一爭短長。

也是，作為淮安五支新軍當中作戰經驗最豐富的一支，大夥前段時間受郭子興和孫德崖兩個王八蛋所累，一直跟在隊伍後面「招呼客人」，把寶應和范水兩場大戰全都給錯過了；而客軍主將傅有德，卻只帶著一百五十名騎兵就奪下了高郵城，兩相比較之下，讓咱們的吳大指揮使如何不眼紅？

更何況，咱吳大指揮使在徐州之時，就跟趙君用不對脾氣。總覺得此人品行不端卻竊居高位，早晚會給徐州紅巾帶來災難。所以恨屋及烏，連帶著看趙君用的下屬也同樣不順眼。

「我就不信，師父能比徒弟差！」見陳德一副不以為然模樣，吳二十二皺了下眉頭，低聲道：「他們那邊練兵之法都是跟咱們朱都督學的，兵制和武職也是照虎畫貓，怎麼可能把第五軍和第一軍都比了下去。傅友德本事再大，也終究是一個人，而領兵打仗，向來不是主將自己的事！」

這話說得倒是在理，不由得陳至善不點頭附和，「然！吳將軍說的極是，但傅有德所部兵馬卻是從趙總管麾下精挑細選出來的，大部分都是去年八月就入伍的老兵，咱們這邊幾支新軍訓練雖然得法，卻終究是六、七月份才剛剛經歷了一次擴編，到目前為止還不滿四個月，一時間自然很難分出高下來！」

「那可未必！」一聞聽此言，吳二十二的腦袋終於開始轉動，不再一直盯著前方。只見他回頭看了看不遠處跟著的傅有德部，然後又迅速掃了眼自家隊伍，反駁道：「他們那邊的確是老兵居多，但人老，三魂七魄也老；而咱們這邊，卻是完完全全的新軍，從裡到外，連骨頭都是新的，雖然只成軍三個多月，也絕不會輸給他們！」

「嗯？」陳德被吳二十二雲山霧罩的說法弄得有點找不到頭緒。

「你別光用眼睛看！」吳二十二橫了他一眼，用命令的口吻說道：「過來！跟我一樣，抬頭，挺胸，眼睛只盯著前方，看到天邊那朵雲彩沒有，像是白馬般的那朵？對，就盯著那，然後用耳朵聽，鼻子聞，用身體去感受，然後你就知道，咱們跟他們是何等的不同！」

每一句話都透著不加掩飾的自豪，副指揮使陳德聽了，少不得要裝模作樣配合一番，結果剛把耳朵豎起來，就聽自家隊伍中明快的軍歌：

「革命紀律條條要記清，百姓子弟處處愛百姓，保衛華夏永遠向前進，全國百姓擁護又歡迎……」

雖然是一支新軍，六千五百張嘴在唱，其中還有一半是幫忙運送鎧甲兵器的輔兵，然而，六千五百多張嘴巴裡發出的卻是同樣的詞句。充塞於天地之間，令運河兩岸的所有嘈雜都變得單調而又輕微。

只是偶爾順著風，還能傳來幾句俚調，是傅有德部隨口唱來解乏的，很雜亂，並且略帶一點淒涼：

「五月下田收新麥，收了新麥還舊債。舊債還完倉底空，扛起鋤頭挖野菜……」

「男兒可憐蟲，出門懷死憂。屍喪狹谷中，白骨無人收……」

「感覺到了麼？」吳二十二盯著天邊的流雲，下巴微翹，脊背筆直如旗槍，「不一樣，**咱們跟他們已經完全不一樣了**，當初聽到『革命』兩個字，我還以為就是造反。革命就是造反，造反就是革命，現在卻越來越覺得，都督的用意恐怕不止這麼簡單。**革命軍，咱們是革命軍！**而他們，其實跟蒙元那邊的官兵沒啥區別！」

「早就聽說朱總管麾下的兵馬厲害，只是沒想到居然精銳如斯！」跟在淮安第四軍身後不遠處，趙君用麾下大將，雄武指揮使李喜喜低聲感慨。

他是跟著趙君用一道前往高郵的，會盟結束之後，便被對方留下來輔佐老部下傅友德。

雖然這個安排多少有點讓他感到委屈，但大隊人馬開拔之後，李喜喜卻一天比一天覺得趙總管的安排無比正確。自己留得十分值得，如果沒有留下，永遠沒有機會在如此近的距離上知道真正的精銳是什麼模樣。

前軍都督傅友德卻沒有說話，目光癡癡地望著第四軍的背影，滿臉羨慕，直到李喜喜不高興地拿起馬鞭子柄去捅他的護心鏡，才戀戀不捨地將目光收回來，嘆道：「是啊！傅某到了淮安之後，才知道人外有人，天外有天！怪不得趙總管整日將朱總管和淮安軍掛在嘴邊，換了傅某，這次回去之後，恐怕也難以將他們忘掉。」

作為趙君用麾下風頭最勁的將領，若說他身上沒絲毫傲氣，那是不可能的，然而，與淮安軍並肩作戰的日子越長，傅友德越是驕傲不起來。單論個人武藝，整個淮安軍中，恐怕除了胡大海之外，沒有第二個人是他的對手，然而新編的淮安五支大軍，隨便拉出一支來，都不遜他麾下那五千精銳分毫。

兩軍交戰可不能光憑著主將的個人勇武，像飛奪高郵城那種戰鬥，能再一卻不可再二，若不是發現守軍的士氣已經到了崩潰的邊緣，像張士誠、李伯升這樣的「義兵」又佔據了城內防守力量的絕大多數，即便有人再賣力氣鼓動，傅友德也不會冒那麼大的險。而同樣是攻城掠地，淮安軍打得卻四平八穩，一步步向前推過去，一步步將敵軍的抵抗碾壓得土崩瓦解，只要按部就班地打，勝利就能水到渠成！

正所謂善戰者無赫赫之功，把取勝的希望寄託在主將的神勇或者陰謀詭計上，遠不如憑實力碾壓對手來的踏實。雖然後一種勝利聽起來遠不如前面兩種引人入勝。但凡是有經驗的武將心裡都清楚，到底哪一種才更穩妥，才該是自己夢寐以求的目標。

「是啊！」李喜喜雖然名氣和能力都不如傅有德，但見識卻也不差，嘆了口氣，繼續大發感慨，「當初趙總管專門精挑細選了五千弟兄給你，還有人覺得他未免小題大做了些，如今想來，好在咱們麾下這些弟兄都是十裡挑一的，否則真的像後面那些人一樣，即便能打下揚州，也沒底氣跟朱總管分紅！」

「你是說他們？」傅友德回頭看了看跟在自家隊伍不遠處的郭子興和孫德崖部，冷笑著搖頭，「你看到的，已經是重新篩選過一回的了，在進入高郵之前，他們有兩萬人，模樣比現在還要不堪，除了朱六十四帶的那兩千近衛還湊合著能看之外，其他的簡直就是一群流民。甭說跟前面的第四軍對陣，即便跟咱們在戰場上交手，傅某帶著麾下這五千弟兄，半日之內都足夠滅他們十回！」

「呵呵呵……」李喜喜搖頭而笑，滿臉得意。

拉上傅家兄弟兩個一起投奔趙君用，是他這輩子所做的最明智決定。至少，在遇上朱八十一之前，他一直這樣認為。否則，就憑他們哥三個的本事，恐怕這輩子都要在碭山上坐井觀天，永遠不知道外邊的世界到底有多大，外邊的英雄到底活得有多精彩。

想到這兒，他又慢慢收起笑容，朝傅友德身邊湊了湊，以極低的聲音道：

「你這些日子留過心沒有？這淮安軍的練兵之法與咱們那邊有啥不一樣的地方？你別拿這種眼神看我！我不是那意思。我的意思不是說朱總管藏了私，沒把他的秘笈盡數傳授給趙總管，我的意思是，咱們趙總管可能學得不夠仔細，不，不是，我的意思是，這徒弟和師父終歸是差了一層，不信，你看看前面的淮安軍，再看看咱們，還有再往後的毛總管麾下，這精氣神上差了好多，雖然是同樣練兵方法練出來的弟兄，咱們和他們卻完全不一樣！至少給我的感覺是這樣。」

「朱總管沒有藏私！」

傅友德一身傲骨，決定了他不會歪著嘴巴說瞎話，然而，他同樣感覺到了淮安軍和自己麾下這支隊伍之間的巨大差別。

「在高郵城停留這半個多月，吳佑圖的第五軍就跟咱們的隊伍比鄰而居，他們怎麼出操，怎麼訓練，從沒刻意背過人，我在旁邊看了不下十次，方法肯定還是那些方法，但是……唉！」

他嘆了口氣，一時間心裡充滿了失落和不甘。方法還是那些方法，但練兵和接受訓練的人卻早已跟徐州那邊完全不同，有些東西，你明明知道，人家也願意手把手地教你，卻怎麼學就是學不來，也沒能力和機會去學，至少在趙君用這裡，他看不到任何機會。

「但是什麼？好端端的，你老嘆個什麼氣啊！」聽到最關鍵處卻突然沒了下文，李喜喜皺起了眉頭，不滿地追問：「趕緊說，但是什麼？朱總管那邊到底還有什麼壓箱底的絕活？」

「淮安軍比咱們有錢！」

傅友德猶豫了一下，開始努力尋找藉口。有些話，他自己心裡想想就行了，不敢跟李喜喜說。雖然對方是他的好兄弟，可這個好兄弟的腸子卻是一直通到底，如果把心裡話告訴了他，只會害了他，所以還不如讓他繼續糊塗著。

「比咱們有錢？」李喜喜不知道傅友德是在刻意誤導自己，歪著頭問：「這關錢什麼事？練兵打仗總不能拿錢去砸，否則誰能砸得過蒙古朝廷！」

「怎麼說不關錢的事？」既然決心誤導好兄弟了，傅友德索性錯到底。

「隔三岔五就吃一次肉，和半個月都難見一次葷腥，體力能一樣麼？咱們趙總管雖然占著睢陽、徐州兩座大城，可都不是什麼富庶地方，至少兩地加一起都比不上淮安這個大鹽倉。朱總管那邊鹽利豐厚，兵馬又少，所以士卒們非但吃得好，穿得好，鎧甲、兵器也無不精細，這樣用金子堆起來的兵馬，士氣能不旺盛麼？

「再加上他們手裡火炮多，打仗從來不靠人命往上堆，誰還不樂意用心訓練？況且能當上戰兵，至少軍餉就能養家糊口，從十夫長起，據說每升一級就能翻上一倍。換了你我兄弟，若是從小兵時做起，恐怕也會個個拼了命地訓練，拼了命地立功。不圖別的，就圖多拿幾吊錢，讓家裡的老婆孩子活出個人樣來！」

「那倒是，咱們這邊如果也給那麼高的軍餉，兵馬至少得砍掉一半。好多人啊，呵呵，估計也就沒錢娶小老婆了！」李喜喜聽了說道。

雖然傅友德在誤導他，可他卻依舊察覺出了一些東西，比如說士兵和底層軍官的待遇，淮安軍和徐州軍放一起比，簡直是天上地下；但往高層走，情況恰恰反了過來。

雖然按傅友德的說法，淮安軍的將士級別每提高一級，軍餉都可以加倍，可將領們拿的都是明白數，而徐州這邊，花樣可就多了去了，除了趙總管私人賞賜的，還有各種心照不宣的暗招，拿多拿少，完全靠將領自覺。但風氣一開起來，即便再潔身自好的人也免不了隨波逐流，否則就會失去麾下部屬的真心擁戴，徹底成為一名光桿將軍！

據李喜喜所知，傅友德現在就有點孤芳自賞的趨勢。而他的兄長傅友仁恰恰相反，總是能夠和光同塵。所以現在兄弟兩個互補一下，還能在軍中站穩腳跟，並且都能得到趙總管的重用。哪天若是傅友仁不在了，恐怕傅友德的本事再強，也會成為眾人合力打壓的目標，進而迅速失去趙總管的寵愛。

「都是過慣了苦日子的，窮人乍富，娶幾個小老婆炫耀一下，也是自然的事！」被李喜喜的話徹底勾起了心事，傅友德笑了笑，滿臉苦澀。

「其實沒啥大不了的，怕就怕，娶完了小老婆，就掉進紅粉大陣裡爬不出來。你沒聽人說過麼，溫柔鄉乃是英雄塚，蒙元朝庭這麼久沒動靜，說不定哪天就會以傾國之力來攻，大夥卻還忙著比誰的小老婆多，誰的小老婆漂亮……唉！」

「不會的，你多慮了！」

李喜喜聽了，立刻將頭搖成了撥浪鼓，非但沒有再去追究淮安軍和徐州軍到底差別在什麼地方，反而努力安慰起傅有德來：

「至少，咱們趙總管心裡頭一直繃著根弦兒，我跟你說，他那個人雖然表面上隨性，心裡頭可明白著呢。就在你出征的這些日子，他又拉起了兩萬多弟兄，並且徹底收編了黃河上的幾夥水上好漢，蒙古人想要報復咱們，至少得先過得了黃河才行。」

「是嗎，那就是我多慮了！」傅友德想了想，強顏裝笑。「唉，最近天天被淮安軍比著，難免會多想一些，呵呵……」

收編水上好漢，恐怕不光是為了阻止蒙元朝廷的大軍南下吧！**有些事，不去想，也許永遠不會明白，真的去想了，瞬間就能夠讓人不寒而慄。**

朱重九為什麼不早不晚，打下了高郵之後便按兵不動，弄什麼高郵之盟？郭子興和孫德崖兩個走那麼慢，真的是因為麾下弟兄不爭氣麼？

「韃虜未退，豪傑不互相攻殺」，這一條又是針對哪個？就憑郭子興和孫德崖那兩萬烏合之眾，朱重九會在乎麼？隨便將五支新軍派出一支，都能輕鬆碾壓的貨色，直接幹掉豈不一勞永逸，何必拉著他們簽署什麼盟約？

連郭、孫兩人的烏合之眾都要拉上，卻把淮安軍中最善戰的胡大海部留在了後方，**這朱重九到底在提防著誰，還不清清楚楚麼！**

正鬱鬱地想著，前方忽然傳來一陣淒厲的號角，嗚嗚，嗚嗚嗚嗚——，宛若清晨的北風。緊跟著，從正南和正東兩個方向同時有數匹快馬飛一般跑了回來。馬背上，淮安軍的斥候拼命揮舞旗幟，高喊著：

「敵襲，敵襲，前方三里出現敵軍！」

「敵襲！側面二里半有敵軍埋伏！」

「敵襲，前方有大股敵軍出現，規模尚不清楚！」

「側翼有兩支敵軍，總兵力不下三萬！正快速向我軍撲過來！」

「正南方出現偽鎮南王，偽青軍總管的認旗！總兵力不明！」

「東面出現偽宣讓王、偽廬州知州、偽寧州達魯花赤的認旗，總兵力不明，目測在四萬到六萬之間！」

「敵襲，東北方出現一夥黃巾包頭的民勇……」

……

斥候一波緊跟一波，接力將敵情向自家主將身邊傳遞。

「列陣！趕緊命令弟兄們列車陣！讓船隊靠岸，把火炮加起來！」老進士逯魯曾慘白著臉發出命令。

「來人，送祿長史去船上！」朱八十一急急令道。

「是！」立刻有幾名親衛上前拉住逯魯曾的戰馬韁繩朝運河走。

已經嚇得腿都無法伸直的老進士卻不肯離開，聲嘶力竭地喊道：「不用管我，趕緊列陣備戰，咱們中了人家的埋伏。」

「帶祿長史走！」朱八十一揮了下手，無奈地說：「別讓他再喊了，再喊，就把他的嘴巴堵上！」

「嗚！」逯魯曾怕丟臉，不敢再大聲喊叫，看向朱八十一的眼裡充滿了焦慮。

親兵們不理睬他的抗議，繼續拉著戰馬朝河畔走。很顯然，逯魯曾的老毛病又犯了，這老頭眼光、見識都是一等一，權謀本領也不容小瞧，唯一致命的缺點就是怯場。平素做沙盤推演，整個淮安軍中很少有人是他的對手，可真要是上了戰場，甭說朱八十一帳下的五個指揮使，隨便拉一個輔兵千夫長出來，都能虐得這老人家沒半點脾氣。

朱八十一迅速總結了一下目前的敵情，深吸了口氣，下令道：

「吹角，命令第四軍原地結陣，頂住正南方敵軍。徐州軍傅友德部向正東前推一百步列陣，與第四軍互相支撐。第四軍向傅友德部靠攏，與後者並肩列陣。毛貴部留在原地，護住全軍尾翼。其他各路人馬，一起向我身邊集結！」

「是！」徐洪三大聲答應著，將馬背上的令旗一支接一支抽出來，流水般發給幾個傳令兵。

眾傳令兵立刻催動戰馬，高舉著令旗奔向各自的目標。軍隊中的號手則舉起十二支巨大的牛角，將命令化作角聲，分批次向外傳去。

「嗚嗚，嗚嗚嗚，嗚嗚嗚嗚——」

號角聲宛若龍吟，迅速傳遍運河東岸。

聽到中軍傳來的角聲，原本有些緊張的淮安軍士卒們，立刻安定下來，在夥長、都頭、連長、營長們的帶領下，列著隊，不慌不忙地走向各自的目的地。

其他各路盟友看到了淮安軍的舉動後，也漸漸安定下來，按照軍令的安排移動位置，調整隊形，準備迎接即將開始的惡戰。

「嗯！」朱八十一滿意地點點頭，接著發布第二輪將令：

「傳令給第一軍，讓他們把黃老二的炮團交給第四軍統一指揮。其他兩個團在我身邊做總預備隊。傳令郭總管和孫都督，請他們帶著濠州軍和定遠軍撤到河岸邊來，跟第一軍一道待命！」

「是！」又一波傳令兵大聲答應著，接過將旗，策馬奔向剛剛被朱八十一點及的幾支隊伍。

有一個營的近衛旅的弟兄，則在旅長徐洪三的指揮下，迅速從輜重車上抽出鐵管、鋼製碗扣和木板，按照早已練得滾管爛熟的步驟，將各種配件組合在一起。

眨眼間，就有座一丈三尺多高的指揮臺出現在運河東岸。近衛旅長徐洪三第一個沿繩梯攀了上去，雙手握緊旗桿用力一抖，「呼啦啦！」一面猩紅色的戰旗便展現在了所有人的頭頂。

「我淮安軍，威武——！」

「革命軍！革命軍，威武！」

看到朱總管的認旗在身後的半空中升起，淮安將士立刻扯開嗓子，發出一陣陣劇烈的歡呼。聲沿著運河兩岸來回激蕩。很快，臨近的幾支友軍也紛紛受到感染，也扯開了嗓子，加入宏大的節奏。

「朱總管，威——武！」

「淮安軍，好樣的！」

「紅巾軍，威武——！」

在山崩海嘯般的歡呼聲中，朱八十一沿著繩梯緩緩攀上指揮臺。

居高臨下，他可以清晰地看見從正南、正東和正東偏北三個方向迅速靠近的敵軍。每一支規模都頗為龐大，從高高揚起的煙塵來判斷，敵軍的總兵力加起來恐怕已經超過了十萬。

十萬人級別的大會戰，居然這麼快就讓老子就趕上了！還是中了敵軍的埋伏！朱八十一又深吸了口氣，握在殺豬刀柄的右手微微發顫。

若說一點兒都不緊張，那是裝出來穩定軍心的，但是，生生死死走過了這麼多回，他的心臟和神經早已變得無比粗大，絕不會因為緊張而亂了方寸，只看了幾眼，就又大聲吩咐：

「傳令給連老黑的抬槍營，讓他們去傳友德身邊，加強友軍的火力；傳令給毛總管，東北來的那支敵軍就完全交給他了。開戰之後，我這裡不做任何干涉。東、南兩線務必時刻與中軍保持聯絡，接受中軍的指揮，不得自行其是；鼓手，給我擂鼓邀戰，請敵軍儘管放馬過來！」

「咚咚咚咚……」震耳欲聾的戰鼓聲，在河畔迅速響起，中間夾雜著龍吟般的號角。

從正南、正東和東北三個方向撲過來的敵軍明顯停頓了一下，然後像被激怒了的公牛般，加速向前推進。人和戰馬踏起了煙塵，遮天蔽日。

「呼——！」朱八十一長長地吐了口氣，繼續在指揮臺上掃視整個戰場。

敵軍主將是個用兵的老手，所以在聯軍前往揚州的必經之路上設下了埋伏，以求畢其功於一役。但淮南地區特有的地形，使得他的謀略效果略微打了些折扣，過於平坦的地貌，讓朱八十一派出的斥候們及時地發現了陷阱，大大小小的水溝和池塘又嚴重拖慢了敵軍的行軍速度，使得他們很難在半炷香時間內推進到聯軍身側，及時的發起猛攻。

「傳令給各支隊伍，輔兵將武器和鎧甲交給戰兵之後，就立刻後撤，到運河邊列陣觀戰！」

既然敵軍還沒有推進到位，朱八十一就可以繼續從容地調整部署。

「傳令給各炮團，提前將火炮分組排列，射擊時注意保持火力的連續性；傳令給水師，讓他們迅速開到第四軍側翼，為吳二十二提供火力支援，並根據戰場實際情況，自己把握戰機！」

「嗚嗚，嗚嗚，嗚嗚——」號角聲從身邊傳出，越來越清晰從容。

將輜重車在戰兵身前粗略地排成一道拒馬之後，輔兵們在各自旅長的指揮下，快速脫離第一線，整個聯軍的陣列立刻就變得層次分明了起來。

從南到北，由淮安第四軍、徐州軍傅友德部、淮安第五軍、還有毛貴的蒙城軍戰兵，全部加起來兩萬多精銳，組成了一個不連續的弧線，與身後的運河一道，像一把未張開的角弓般，對準了從正南、正東，和東北三個方向撲過來的敵軍。

而角弓內部，除了正在撤向運河的三萬多輔兵之外，還有第一軍第一旅，近衛旅，以及郭子興、孫德崖二人麾下的全部力量，一道充當預備隊，隨時準備上前為第一線提供支援。

從指揮臺上往下看去，雖然聯軍的動作略顯凌亂，但細部觀察每一支隊伍，都準備得非常從容。

敵人還在兩里之外，聯軍陣形基本上已經展開完畢，戰兵們在夥長、都頭的指揮下，迅速從雞公車上取出盔甲，互相幫襯著，朝身上披掛。火槍手們則咬開紙袋，將火藥從槍口處倒了進去，然後從容地塞進第一枚鉛彈，小心翼翼地用通條壓緊，壓實。

「繼續搭，把這裡再接出一丈長來，然後再搭出一排臺階！這樣的話，有人來找大總管彙報戰況，就能沿著臺階直接跑上去！」

指揮臺附近，還有百十名近衛繼續在忙碌，將鐵管、木板不斷組合起來，使指揮臺的規模繼續擴大，使用起來也越方便，就好像遠處敵軍踩起的滾滾煙塵與他們沒有關係一般，每個人都幹得從容不迫。

「這種情況，祿長史在沙盤推演時好像曾經提過！」參軍陳基站在戰旗下，小聲跟葉德新等文職幕僚嘀咕。

作為第一批科舉考試的優勝者，他們都在朱八十一的幕府裡得到了不低的官職。然而鑑於淮安軍特殊的運轉方式，他們以前所學到的那些東西，能發揮作用的地方非常有限。因此，為了跟上淮安軍的整體步伐，大夥不得不抓緊一切機會來充實自己，以免稍不留神就被甩在了後面，進而成為整個時代的旁觀者。

「的確提起過！」一名叫做羅本的年輕參軍，用顫抖的聲音回應。

「胡通甫也曾經說過。只要斥候運用得當，自家弟兄又能沉住氣的話，在兩淮這個地方，埋伏很難起到作用！」其他參謀和文職幕僚們，紛紛啞著嗓子附和。

臨戰的狂熱氣氛，讓他們每個人身體裡的腎上激素暴漲，大腦運轉速度也成倍的增加。平素列席會議和沙盤推演時看到的，聽到的，很多根本無法理解的內容，與眼前的情景互相印證，迅速就變得清晰無比。

兩淮地區，特別是運河沿岸，地形開闊，溝渠縱橫，嚴重限制到了騎兵的發揮，而這一帶的冬天又過於寒冷潮濕，讓戰馬發病率和死亡率都成倍的增加。因此，兩支「本地」軍隊的交戰肯定是步兵對步兵，騎兵只能以少量、精銳的身分出現，最多的應用便是充當斥候和替主將傳遞命令。

人的裸視距離，在平地通常為十里上下，某些眼神特別好的傢伙，甚至能看到十六里之外的目標，所以在地形相對平坦戰場上，斥候很容易就能在四、五里外發現敵人。

而步兵在沒披甲的狀態下，走完三里路程至少也得一刻鐘上下，故而戰場的上實際情況正如逯魯曾和胡大海兩個事先所料，只要被伏擊的一方能沉住氣，保證自己不亂，伏擊者就很難抓住機會，只能像雙方事先約定好時間和地點一般，各自憑藉實力，來一場堂堂正正的對決。

正說話間，奉命向中軍集結的幾支隊伍，已經來到指揮臺下。

孫德崖鐵青著臉，氣喘如牛。郭子興則跑得滿頭大汗，仰起頭，衝著指揮臺上的朱八十一抱拳施禮，「朱總管，俺老郭奉命撤下來了！」

「好！郭總管和孫都督請帶著麾下弟兄稍事休息，等會兒哪面出了情況，自然會派二位去救場！」正在觀望敵軍動向的朱八十一點點頭，客氣地回道，心裡卻全然沒把這兩支生力軍計算在預備隊之內。

實力差距太明顯了，如果毛貴、傅友德和吳二十二等人頂不住，把郭子興和孫德崖兩個派上去也是白搭，還不如就放在自己眼皮底下，免得他們到時候突然崩潰，亂了自家陣腳。

郭子興卻絲毫沒有做壁上觀的打算，喊道：「朱總管，郭某這裡有個不情之請，望朱總管務必成全！」

「說！」朱八十一耐著性子應付道。敵軍已經推進到了三百步距離內，第四軍、第五軍和傅友德部也已經披甲完畢，這個時候，他沒時間和精力跟兩個命中註定的旁觀者浪費口舌。

「郭某不才，沒練出朱總管麾下那種虎狼之師，但郭某手中卻有兩千親軍可堪一用，郭某就把他們全都交給大總管了，請大總管隨意差遣，千萬別讓他們閒著！」說罷，將手用力向身後一揮，大聲招呼道：「朱六十四，鄧伯顏，湯鼎臣，吳國興，吳國寶，你們五個過來，給大總管見禮。等會兒朱總管讓你們打到哪裡，你們就給我去哪裡，否則大總管即便饒過你們，郭某的刀子也決不會放過你們！」

「是！」五名身材差不多高矮的淮西大漢齊聲答應，並肩走到指揮臺下，抱拳道：「我等願聽從朱總管號令，刀山火海，絕不皺眉！」

「好一群精壯漢子！」即便已經見過了胡大海、傅友德這樣的蓋世猛將，朱八十一的眼前依舊一亮。

朱六十四他認識，就是歷史上那個大明太祖朱元璋。前段時間還只是個小小的親兵牌子頭，因為促成了淮安軍和濠州、定遠兩家的聯手，所以被郭子興破格提拔，兩個月內連升數級，迅速做到了統領兩千精銳的親兵指揮使。

而此刻站在朱元璋身側，被喚作湯鼎臣的那名漢子，既然和朱元璋一起，都是郭子興的部將，十有八九就是歷史上大名鼎鼎的湯和。

但是其他三個人，朱八十一心裡就沒有任何印象了。不過既然郭子興把這三人和朱元璋一道推了出來，作為整個聯軍的主帥，朱八十一當然就得一視同仁。於是趕緊拱手換了個半禮，同時大聲回應，「多謝諸位將軍支持。請披甲備戰，需要之時，朱某自然不會客氣！」

「謝大總管成全！」朱元璋等人再度行了個禮，大步退開，走到各自的嫡系隊伍當中，與弟兄們一起收拾鎧甲兵器，隨時恭候主將的調遣。人數雖然單薄了些，卻比周圍那亂哄哄一萬多濠州袍澤，精銳了不下五倍！

「也難怪能扛起驅逐蒙元的重擔，著實算得上一群精兵強將，只可惜被老郭給耽誤了！」朱八十一悄悄在肚子裡誇讚了一句，收回目光，再度掃視整個戰場。

就在郭子興向他薦賢的這段時間，正南、正東和東北三個方向的敵軍，已經各自向前又推進了一大截。

其中以正南方向，偽鎮南王孛羅不花麾下的將士推進得最快，足足前行了有五十餘步。而來自東北方向的那支打著黃色戰旗，隊伍中士卒大多數以黃布包頭的隊伍，則更明顯地擺出了牽制的姿態，只向前推進了三十多步，就開始整理隊形。

正東方的隊伍，推進距離則在二者之間，不過，最前方卻有三面青綠色的戰旗，在滾滾煙塵中，顯得格外扎眼。戰旗下，則是三個巨大的方陣，人馬規模不下五千人，無數長槍在方陣上方豎立，就像三座移動的森林。

「從旗號上看，是帖木兒不花麾下的三個義兵萬人隊，領頭的分別是廬州朱亮祖、寧州謝國璽和泗水廖大亨，其中那個廖大亨，在數月前曾經跟郭子興他們打過一次，沒占到任何便宜，又退回了廬州，不過郭子興也沒敢派兵追殺！」參軍陳基走上前，非常盡職將看到的情景與大夥事先收集到的情報逐一對證。

「對，應該就是他們！」朱八十一輕輕點頭。

廬州朱亮祖、寧州謝國璽和廖大亨三人的出現，絲毫不令他感到奇怪。畢竟這三位「義兵」統領，都是宣讓王帖木兒不花的手下。帖木兒不花既然親自趕過來了，他們三個不可能不跟著過來助戰。

讓他略微覺得驚詫的是，三個義兵方陣所持的兵器和方陣內部的隊形排列。從指揮臺上看去，入眼的幾乎是清一色的長槍，只有方陣的中央位置，有幾百人持著角弓或者擎張弩。而每個大方陣中間，都藏著無數個百人規模的小方陣，臨近的三個小方陣，則呈現非常明顯的品字形。移動起來，就像一團團浮在水面上的海藻，令人看得眼花繚亂。

「是三才陣和魚鱗陣，這三個人恐怕都是出身於將門，並且仔細琢磨過如何應付我軍的火炮轟擊！」參軍羅本走上前說道：「他們三個各自照管一個大方陣，彼此間呈品字形向前推進。每個方陣裡邊的百人隊，則互相堆疊成小品字形，接戰時能夠互相照應，行軍之時，我軍這邊的火炮很難再像以前那樣，一打就是一道血胡同！」

「轟！」

正說話間，第五軍的火炮已經開始發威，三十餘門四斤炮同時開火，將黑漆漆的實心彈丸朝著二百五十步外品字正前方射了過去。

「嗚——！」三十顆彈丸帶著淒厲的呼嘯，在敵我雙方的天空當中畫出數道絢麗的弧線，然後「轟」地一下砸在敵軍的方陣裡，濺起十數團猩紅色血光。

只有一小半擊中了有用目標，其餘則砸在敵軍方陣內部的空檔處，徒勞地打著滾，然後無聲無息。而那些擊中目標的彈丸當中，也只有不到三分之一形成了跳彈，從地面上彈起來，給敵軍造成了第二輪第三輪殺傷，場面雖然慘烈，波及到的人數卻非常有限。

「嗡！」組成品字最前端的那個方陣，明顯的停頓了一下，然後忽然開始加快腳步。

「別怕，他們打不到幾個人！」隊伍中，有將領在大聲地鼓舞士氣，同時竭力維持隊形，「跟上，跟上，看各自的百夫長認旗，各百人隊保持距離，別往一起擠，擠得越密，越容易挨炮彈砸！」

第五章

功狗義兵

所謂「義兵」，
都是蒙元官吏打著護衛鄉鄰旗號而拉起來的地方團練，
成軍速度快，各堡寨的頭面人物，
多為開國時的「功狗」之後，有家傳的武藝和兵略。
每個堡寨裡頭，有莊丁可以作為兵源，兵將間極為熟悉。

他的話非常精闢，第二輪炮彈砸過來，幾乎全砸到了人數相對密集的位置。這一輪炮擊，效果比上一輪嚴重得多，足足造成六十幾人的傷亡。有七、八個百人隊，因為折損過重而士氣瀕臨崩潰，不得不停下來重整隊形。

整個方陣也受到了拖累，正中央處出現了一個明顯的空檔。隔在空檔四周的，則是受火炮重點照顧的十幾個百人隊，千餘名士兵手握著角弓和擎張弩，兩條腿哆哆嗦嗦，半晌才能向前挪動一步。

「嗚——嗚——嗚嗚——！」空氣中再度傳來淒厲的嘶鳴。第三輪炮擊來了，又是三十枚黑色的實心彈丸，像長著翅膀的魔鬼般，凌空撲向大方陣。

「嘩啦！」整個大方陣從中央一分為二，幾十個魚鱗般的百人隊挨挨擠擠，徒勞地互相推搡，試圖逃開炮彈的落地位置，卻根本做不出準確判斷，只是將恐慌加速向四周蔓延。

「咚咚，咚咚，咚咚咚……」

就在此時，三個呈品字向前推進的方陣後面，忽然響起了一陣低沉地戰鼓。緊跟著，品字最頂端的方陣緩緩停了下來。隨即，品字底部的另外兩個方陣猛的向前加速，將整個品字從正立變為倒立。底部兩個方陣靠前，頂部一個方陣拖後，三個方陣呈倒立的品字，朝著第五軍和傅友德部方向，再度快速推進。

「轟，轟，轟！」炮彈繼續朝方陣當中猛轟，目標卻從一個變成了三個，威脅性顯著降低。而三個方陣的指揮者，朱亮祖、謝國璽和廖大亨三人，卻咬著牙關衝在各自隊伍的最前方。身先士卒，毫不畏懼！

「嗯！」站在品字陣正後方兩百步遠的宣讓王帖木兒不花手捋鬍鬚，頻頻點頭道：「不錯，怪不得能將契哲篤打得毫無抵抗之力。大盞口銃這樣使起來，的確很難對付！」

「但此物只能震懾屬下這等不知兵的文官，在王爺的神機妙算之前，其能起到的作用非常有限！」廬州知府張瓊識趣地湊上前奉承道。

「是啊，朱將軍他們已經壓上去了，馬上就可以短兵相接，到那時，大火銃更發揮不了多大作用。更何況，王爺還有真正的殺招跟在後面！」和州知府劉文忠不甘其後，也點評道。

「可不是麼？等打敗了朱屠戶，咱們就將那大火銃繳過來，帶著去轟高郵城！」

「轟高郵，轟淮安，轟徐州，沿著運河一路轟過去，也讓朝廷那邊知道知道，誰才真正懂得用兵！」

……

其他一眾文武幕僚聽了，也紛紛開口，好像此戰已經分出結果了一般，就等著他們帶著繳獲去炫耀武功。

「諸君還是不要掉以輕心！」宣讓王帖木兒不花聽著非常受用，卻故作謙虛地擺手道：「能以千把賊兵奪下淮安，那朱屠戶肯定不是個尋常角色。亮祖他們之所以能推得上去，是因為麾下弟兄們肯拼命，捨得下本錢而已，畢竟到目前為止，我軍還沒殺死對方一兵一卒！」

「是王爺謀劃得當，所以朱將軍他們才能以最小代價走到敵軍近前！」眾幕僚立刻換了個說法，向宣讓王帖木兒不花臉上貼金。

「是啊，王爺一次擺出三個方陣，輪番向前，賊兵手中的大火銃雖然犀利，但畢竟數量有限，顧得了這個，顧不了那個，難免手忙腳亂！」

後一句馬屁，倒也拍對了地方，用三個方陣排成品字形來分散淮安軍的火力，的確是宣讓王帖木兒不花自己想出來的妙招。朱亮祖、謝國璽和廖大亨三個只是奉命執行而已。

而這樣充分發揮自己一方兵力充足特點的戰術，也的確給淮安軍的炮兵造成了一定困擾，讓他們很難再集中起火炮始終攻擊同一個目標。

很快，三個方陣就頂著火炮推進到了距離傅友德的戰旗七、八十步的位置上，然後猛的發出了一聲吶喊，同時發起了最後的衝鋒。

「砰！」連老黑的大抬槍營射出一排彈丸，將數十名衝在最前方的敵軍射倒。

但根本就是杯水車薪，上萬人發起的衝鋒面前，幾十人死亡，簡直可以忽略不計。沒有被子彈射中的廬州「義兵」腳步沒做絲毫停頓，踩著同伴的屍體和血跡，平端明晃晃的長矛，繼續低著頭猛衝，彷彿站在對面的，是自己的生死寇仇。

「探馬赤軍出擊！」宣讓王帖木兒不花毫不猶豫地揮動令旗，將手中另一張籌碼推了上去。

這，才是他給淮安軍準備的真正殺招。前面三個長槍方陣，只是為了分散敵軍的注意力而已，憑著這一手，他與孛羅不花兩個一道平集慶、平靖州、平霍山，平蕪湖，將大江兩岸的反抗者殺得血流成河。今天再度祭了出來，定要斬下朱屠戶的人頭！

「來得好！」第五軍指揮使吳良謀咬著牙大叫，將目光轉向剛剛奉命趕過來助戰的黃老二，「兩個炮團全交給你，注意，敵軍的弓箭手和弩手都藏在方陣中央稍微靠前的位置！」

「是！」黃老二毫不猶豫地回應了一聲，然後高高地舉起了一面暗紅色角旗，「一軍一旅三團，炮口下調半指，右前方六十步，三組輪射！四軍炮團準備，右前方五十步，接力射擊！」

「轟！」三十門四斤小炮朝著戰場右側正衝過來的長槍方陣噴出了怒火。有三分之一落在空地上，砸出一個個巨大的深坑。其餘三分之二則砸進了正在前衝過來的敵軍隊伍，從中央位置砸出了十餘道血淋淋的豁口。

近半炮彈去勢未盡，從血泊中跳起來，打著旋衝向距離自己最近的元軍，將數名躲避不及的「義兵」當胸掏出一個血窟窿，然後又翻滾著砸向周圍其他人的大腿和腳掌，所過之處，留下滿地的殘肢碎肉。

「轟！轟！」第二輪，第三輪轟擊緊跟著發起，砸入敵軍當中，引發一陣鬼哭狼嚎。緊跟著，又是三輪炮彈凌空而至，填補前三輪留下的空檔，打得元軍屍骸枕籍。

「嗚嗚——嗚嗚——嗚嗚——」元軍的方陣中吹響號角，開始組織弓箭手和弩手進行反擊。早已緊張得臉色煞白弓箭手們，咬著牙在五十步遠處站穩身形，彎弓搭箭，以最快速度將上千支羽箭射上了天空。

「嗖——嗖——嗖——！」紅巾軍頭頂立刻下了一場白毛雨，然而，取得的效果卻非常寥寥。大部分羽箭都被站在最前排的刀盾兵給擋了下來，小部分飛躍了盾牆，卻奈何不了長矛手頭頂的鐵盔和火槍手胸前的半片板甲，濺出數點火星，徒勞地落在地上。

「嗖嗖嗖！嗖嗖嗖嗖！」緊跟著，又是一陣白亮亮的冰雹迎面急撲而至。元軍中的擎張弩也開始激發了，在五十步的距離上展開了一輪平射。

這一輪的效果，比羽箭稍微好些，但也非常有限，弩箭只能平射的性質，導致他們幾乎沒機會突破紅巾軍的盾牆。而零星幾支從盾牆縫隙穿過者，又要面臨板甲的阻攔，很難給目標造成致命傷害。

「換破甲錐！給我用破甲錐射他！」義兵萬戶廖大亨暴怒，沙啞著嗓子發佈命令。

「是！」方陣中的弓箭手和弩手答應著，一邊小步向前跑，一邊手忙腳亂地更換破甲錐。後一種特製的箭矢，能對付世間大多數鎧甲，但有效射程卻只有三十幾步，他們必須再往前推進一段，才有機會充分發揮出此物的威力。

紅巾軍豈肯再給他們第二次出手的機會？很快，成排的炮彈便砸了過來，「轟轟轟，轟轟，轟轟轟！」將弩手和弓箭手的隊伍砸得七零八落。

作為整個淮安軍中最早接觸火炮的人，黃老二無論經驗還是眼力都遠遠超過了其他炮兵軍官。

在他的指揮下，每輪轟擊至少都有二分之一彈丸能落在目標附近區域，三分之一能形成跳彈。接連七八輪射擊過後，品字形左側的長槍方陣已經被撕得四分五裂，不得不放緩前進速度，重新整理隊形。

另外兩個長槍方陣，卻在朱亮祖和謝國璽二人的帶領下，將速度加得更快。甩掉自家弓弩手和左翼的廖大亨不顧，全力衝向已經近在咫尺的淮安第五軍和徐州傅友德部，明晃晃的槍鋒對著紅巾將士的心窩畫影。

「盾牌手和長槍兵穩住陣腳！」

第五軍指揮使吳良謀絲毫不為敵軍的聲勢所動，深吸了一口氣，大聲命令。雖然明知道火繩槍的有效射程強於弓箭，從開始交手到現在，他卻一直沒有下令開槍，而是不停地用手指在身側曲曲彎彎，計算著敵軍的推進速度，計算著敵軍與己方之間的距離！

「站穩，把長矛端穩，咱們的鎧甲比他們結實！」

「穩住，穩住，都是一個鼻子倆眼睛，誰比誰慫多少！」

劉魁和阿斯蘭兩個大呼小叫，端著長矛走到各自的營頭正前方，用長矛指向正在衝過來的敵軍。

敵軍則繼續大步靠近，光是第一波衝上來的，兵力就足足有新五軍的兩倍。

然而新五軍的兩個戰兵團卻毫無懼色，在隊伍中的夥長、都頭和連長們的帶領下，排著密集的三列橫隊，像堵堤壩般，堵在了急衝過來的槍潮之前。

「火槍兵，單線排列，上前三步，站在長槍兵身側，舉槍！」新五軍指揮使吳良謀又深吸了一口氣，聲音裡略微帶著一點緊張。

從淮安一路打到這兒，他還是第一次遇到敢頂著火炮轟擊前衝的敵人，佩服之餘，心中亦隱隱湧起了一股驕傲，「這是真正的精銳，擊敗他們，第五軍就能橫行兩淮，擊敗他們……」

「轟！」「轟！」「轟！」臨近的傅友德部那邊，擲彈兵開始發威，衝著對手的頭頂砸出近百枚手雷。

元軍朱亮祖部的長槍方陣四處開花，濃煙夾著血霧扶搖直上，然而手雷從落地到爆炸的延時性，卻使衝在最前方的上千名蒙元士卒平安逃過了一劫，扯開嗓子發出一陣瘋狂的叫喊，紅著眼睛撲向了傅友德的將旗。

「殺！」長槍元帥謝國璽也扯開嗓子高喊了一句，帶著身邊的幾十個家丁，身先士卒，全力衝向吳良謀的認旗。

那個年輕後生是眼前這兩千淮安賊的主心骨，看身板不像個勇將，如果能一個衝鋒拿下他，眼前的這股淮安賊將不戰而潰……

二十步，十五步，十步……眼看著雙方之間的距離越來越近，越來越近，「呼！」對面的吳良謀奮力朝前吐出一道白霧，同時用力揮動手中的暗紅色角旗，「開火！」

「開火！」「開火！」「開火！」三個火槍營的營長相繼揮動指揮旗，將吳良謀的命令傳遍了全軍。

「呼！」「呼！」「呼！」爆豆般的火槍射擊聲響了起來，在不到十步的距離上，朝迎面衝過來的蒙元士兵射出了六百多枚鉛彈。

已經做出突刺準備動作的蒙元士兵們，像被冰雹砸過的莊稼一般，瞬間就倒下去了整整一層。那些僥倖沒被鉛彈射中的，也愣愣地停住腳步，望著對面軍陣中湧起的滾滾白煙兩股戰戰，茫然不知所措。

太恐怖了，太狠毒了，那淮安賊兵居然在隊伍中藏著這麼多大銃，並且一直隱忍到現在！

如此近的距離上，瞎子都難射失目標，而一旦被火繩槍擊中，目標的軀幹上就從前到後被打出一個碗口粗細的大洞，當場就死得不能再死，任神仙都救不回來！

「火槍兵自由射擊！」吳良謀的聲音又在淮安中的軍陣裡響起，字裡行間充滿無法隱藏的驕傲。「其他人，給我向前十步，推！」

「一團一營，二營，向前十步，推！」一團長劉魁用力端平長槍，大聲喊著，帶頭向前走去。彷彿迎面呆立著的敵軍，是一群土偶木梗。

「二團一營，二營，跟著我，向前十步，推！」阿斯蘭不甘於後，也大聲吶喊著，帶領自己麾下的戰兵向前推去。沿途遇到的敵軍，要麼一槍刺翻，要麼奪下兵器踹倒於地，任他們自生自滅。

抵抗微乎其微，第一波冒著炮彈轟擊衝向第五軍的蒙元將士，雖然足足有兩千人，但一瞬間就被火槍直接對著胸口轟死了四百多，剩下的，則是魂飛魄散。

看到新五軍將士一個個穿得像鋼鐵怪獸一般，排著密集隊形向自己發起反擊，根本不知道該怎麼辦。直到鋼刀都快砍到了身上，才慘叫一聲，抱著腦袋向後逃去。

「立——定！」一團長劉魁用力猛的將手中長槍向地上一頓，大聲斷喝。十步推完，他近前已經再也沒有站立的敵人。第一波衝上來的蒙元將士要麼被殺，要麼逃走，與後續衝上來的第二波蒙元將士撞在一起，在戰場中央擠成了一團。

「立——定！」二團長阿斯蘭也大喝一聲，將自己的隊伍與劉魁的隊伍肩膀並著肩膀停了下來。

對面第二波衝上來的敵軍更多，稍遠處，好像還有第三波，第四波，第五波。但是他心裡卻沒有半點臨戰的緊張，整個人都顯得氣定神閒。

就在此時，於他身後三尺遠的屍體堆裡，突然跳起一個人影。看起來還像是個大官，全身穿著鍍了金的板甲，手裡揮舞著半截長槍，瘋瘋癲癲的。

「來，殺我啊！」盧州義兵萬戶謝國璽大口吐著血，將半截長槍奮力揮舞。「殺我啊！哪個放馬跟我一戰！放馬跟我一戰。老子是長槍元帥謝國璽，敢戰者速來送死！」

附近所有紅巾將士都憐憫地看著他，彷彿是在看一具屍體。此人身上的板甲，肯定是花費重金從淮安買的，為了增加賣相，黃老歪等人在板甲的胸口上還特地鏨出一頭獅子，並且表面鍍了金。

這樣一套板甲，市面售價至少得一百二三十貫，淮安軍自己的將領都捨不得穿，大部分都拿來交給商販發賣，還有少部分作為禮物送到了盟友的將領手中。待它輾轉到了蒙元那邊，售價肯定還要上浮數成，通常沒有有二百貫銅錢根本不可能拿得下來。

也多虧了這套市面上售價超過了兩百貫的板甲，謝國璽才沒有直接被火槍射出的子彈打個透心涼。然而，彈丸卻和塌陷下的鎧甲一道，硬生生擠碎了他的胸骨和內臟，讓他現在即便將斷矛舞得再歡，也不可能活過今晚了。

果然，就在眾人悲憫的目光中，謝國璽猛的向上跳了跳，大叫一聲「殺！」隨即就如同破了洞的豬尿包一樣萎頓了下去，氣絕身亡。

「快，快把他的將旗找出來，和頭盔一起逃到前面去！」第五軍長史逯德山狠狠踹了自己的親兵隊長祿凡一腳，大聲提醒。

按照淮安軍的內部規定，行軍長史不必衝殺在一線，所以他幾乎完整地旁觀了敵軍從發起衝鋒到被火槍打得倒崩而回的整個過程。對戰場局部細節的瞭解，也遠比負責指揮整個第五軍的吳良謀清楚。看到謝國璽身死，立刻意識到這是一個瓦解敵軍士氣的絕妙良機。

親兵隊長祿凡的反應也不慢，挨了一腳之後，立刻跳著撲向地上的謝國璽，同時嘴裡大聲叫喊：「祿順、祿豐、祿厚，你們幾個跟我來，趕緊拿幾把最長的槍過來，把這個挑到陣前面去，把這面旗子跟頭盔一起舉起來，然後大夥跟我一起喊，陣斬元軍萬戶一名，俘獲其屍體和認旗！」

「陣斬元軍萬戶一名，俘虜其屍體和認旗！」

「陣斬元軍萬戶一名，俘虜其屍體和認旗！」

幾個出身於祿府家丁的親兵用長矛將謝國璽的頭盔挑起，與將旗一起搖晃著大喊大叫。

幾萬人的喧囂當中，他們的聲音根本不可能傳得太遠，然而擠在距離第五軍四十多步外的那些寧州「義兵」們看到了，卻嚇得魂飛魄散。

所謂「義兵」，都是蒙元官吏打著護衛鄉鄰旗號而拉起來的地方團練，其主將，則是地方上驍勇、不甘寂寞而又素負人望的「忠義之士」，即一些精通武藝的堡主、莊主和寨主們。

放眼天下，從南方的苗軍、兩淮的青軍、黃軍，一直到北方的「毛葫蘆兵」，皆是如此，只是名稱上有所差別而已，具體編制、運作以及將領選拔方式都大同小異。

這種成軍方式的好處很多，第一，官府的花銷少，大部分日常吃穿訓練，都由鄉間自籌。第二，成軍速度快，受蒙元一統天下時的「分贓方式」影響，各堡寨的頭面人物，多為開國時的「功狗」之後，有家傳的武藝和兵略。而每個堡寨裡頭，也有大量的莊丁可以作為兵源。

第三個好處就是，兵將互相之間極為熟悉，命令上傳下達通暢，不會出現兵不知將，將不知兵的情況，導致臨陣指揮亂成一團。

然而，「義兵」在擁有諸多好處的同時，卻有一個極大的缺陷，那就是主將在這支隊伍的影響力過於龐大，以至於關係到整支軍隊的生死存亡，一旦主將戰沒，整支隊伍的士氣都會瞬間低落到極點，在下一次形成新的核心之前，根本無法再恢復戰鬥力。

眼下的情況便是如此，謝國璽的金盔和認旗都落到了第五軍手裡，意味著他即便不死，也做了俘虜。他麾下那些平素視其為靈魂的寧州「義兵義將」們，哪裡還有勇氣再戰？紛紛哭喊著向後竄去，連緊跟過來的探馬赤軍都受了影響，不得不原地停下來列陣佈防，以免淮安軍追著潰兵的腳步衝將過來。

受影響最大的則是朱亮祖和他旗下的「廬州義兵」！他們先前付出了巨大的代價，才換取了一個與傅友德部短兵相接的機會，不料想自家右翼的寧州義兵居然因為主將的被殺而崩潰了，一下子把「廬州義兵」的整個小腹都露在了紅巾軍面前，嚇得朱亮祖亡魂四冒，不敢再逞能，大喝一聲將與自己放對的李喜喜逼退數步，帶著數百名親信掉頭便走。

「哪裡走！」李喜喜也是個膽大包天的，見敵軍倉惶後退，立刻帶著親信緊追不捨，試圖把朱亮祖部也徹底打垮，推著潰兵給後邊推過來的探馬赤軍來個倒捲珠簾。

「你上當了！」朱亮祖再度大聲斷喝，猛的一轉身，再度朝運河方向衝去，迎面撞見李喜喜，抖手就是一槍，直奔對方咽喉。

「啪！」李喜喜在最後關頭才勉強用槍桿磕了一下，將刺向自己的槍鋒砸開。沒等他喘過一口氣來，朱亮祖的第二槍就又到了，閃著寒光直奔他的胸口。

「呀！」李喜喜嚇得頭皮發麻，用盡了渾身解數才勉強將這一刺擋開。然而，不幸的是，朱亮祖的動作遠比他敏捷，第三槍緊跟著又到，像一隻被激怒了的毒蛇，吐著芯子直撲他的小腹。

「完了！」李喜喜根本沒有機會再擋，把眼睛一閉，準備等死。

然而意料中的劇痛卻沒有傳來，肩膀上突然感覺到一股大力，拖著他向後飛奔。緊跟著，一把纓槍貼著他的脖頸向前刺去，目標正是朱亮祖的咽喉。

「無恥！」朱亮祖不得不撤槍自保，以免跟李喜喜弄個同歸於盡。傅友德卻把左手中的李喜喜向後一丟，雙手擎槍，再度向朱亮祖的胸口捅了過去。

「無恥！」朱亮祖一邊招架，一邊破口大罵：「原來玉面槍王也是這等貨色，居然躲在別人身後偷襲！」

傅友德一句廢話也懶得跟他說，只是帶著自己的親兵繼續朝前猛攻，百餘桿長槍好像百餘隻小龍，搖頭擺尾，需要敵方的血肉才能滿足。

朱亮祖的武藝未必差傅友德分毫，奈何手下的親兵卻遠不如對方麾下的精銳，再加上側翼上還有一個吳良謀虎視眈眈，不敢再耽擱下去，領著最後幾百名「義兵」且戰且退，一會兒功夫就退到了廖大亨部的弓箭手保護範圍之內，徹底與紅巾軍的戰兵脫離了接觸。

傅友德看到跟在三支「義兵」背後的探馬赤軍，不敢托大，見朱亮祖雖敗不亂，也主動拉住了隊伍，然後一邊小步後退，一邊調整隊形，再度與吳良謀的第五軍銜接到一起，守望相助。

「轟！轟！轟！」看到自家隊伍與敵軍脫離接觸，黃老二指揮下的炮兵再度發威，以五息一輪，每輪十發的頻率，朝對面一百步外嚴陣以待的探馬赤軍展開了轟擊，將那些以悍勇而著稱的契丹人打得屍橫滿地，痛苦不堪。

「王爺有令，著朱、廖兩位將軍重整隊伍，再像先前那樣衝一次！」騎著快馬的王府親兵飛奔而至，一邊跑，一邊高高舉起手中的令箭。

「你說什麼？」朱亮祖暴怒，額頭上的青筋根根直冒。

剛才的戰鬥雖然只持續了短短幾個呼吸時間，卻折掉了他的老朋友長槍元帥謝國璽及其麾下近半「義兵」。他自己所率領的五千「廬州義兵」，也死傷了至少有七百餘，再衝一次，還不知道有多少弟兄要飲恨沙場。

況且，不做出任何改變的話，像先前一樣頂著炮彈往上衝，也未必能收到什麼成效。紅巾賊隊伍站得很密。自己這邊如果分散開往前推，短兵相接時就註定會吃大虧，而一旦站成密集隊形，那討厭的炮彈就會成串砸過來，用不了幾下，就能讓隊伍分崩離析。

「王爺有令，著朱、廖兩位將軍重整隊伍再衝一次，給探馬赤軍創造戰機！」負責傳令的王府親兵皺起了眉，高舉著令箭，又重複了一次軍令。

「末將接令！」廖大亨輕輕推了朱亮祖一把，然後上前接過令箭，「請王爺儘管放心，即便前面是刀山火海，我二人也絕不敢辜負王爺的厚恩！」

「嗯！」親兵點點頭，「兩位將軍亦請放心，王爺說了，這次他會讓探馬赤軍走得更快一些，也請二位堅持住，不要像先前一般那麼快就退下來！」

說罷，一抖韁繩，揚長而去。

「你個該死的……」朱亮祖氣得兩眼冒火，抄起一桿長矛，就想朝著王府親兵後心處擲。

老成持重的廖大亨卻一把拉住了他，低喝道：「別胡鬧，軍令如山，對錯都必須執行，我替你在前面開道，你帶著你的弟兄們慢慢跟在後面，隊形先分散向前靠，待走到二十步處，再盡力朝身邊收攏！」

「不行，你我本事再好，也擋不住那該死的火銃！」朱亮祖用力搖頭。

「未必就那麼倒楣！再說，王爺平素厚待咱們三個，不就為的這一刻麼？」廖大亨鬆開他，一針見血地說道。

正所謂食人之祿，忠人之事，宣讓王帖木兒不花身上雖然有很多蒙古貴族特有的毛病，如傲慢自大，喜怒無常等，但平素對待他們幾個義兵萬戶卻相當不錯，非但職位和賞賜方面盡力與其他各族將領一碗水端平，相互間交往時，也很少在意什麼蒙古人與漢人的差別！

換句話說，廖大亨、朱亮祖等人能有今天的地位，完全依賴於忠順王帖木兒不花的信任和提拔。如果關鍵時刻貪生怕死拒絕往前衝的話，非但會面臨軍法的嚴懲，過後傳揚出去，世人也會無情地恥笑他們忘恩負義，讓他們根本無法再於大夥面前抬起頭。

「嗤——咚！」一枚實心彈丸帶著風聲呼嘯而來，落在距離二人不遠處的空地上，砸出一個碩大的土坑。

「我呸！」朱亮祖本能地朝遠處跳開幾步，破口大罵：「什麼玩意，有種就面對面單挑！」

罵過之後，卻又咬了咬牙，衝著廖大亨說道：「等會兒老子不跟你後面！老子在前，你在後，咱們倆合力撲徐州軍。淮安軍那邊，你隨便派些人虛晃一槍就行了，那邊火銃密，不好啃。徐州這邊雖然有個傅友德，但火銃卻使得遠不如淮安那邊多，咱們倆能在這邊突破，也是一樣！」

「好，那咱們兄弟就聯手再攻一次！」廖大亨毫不猶豫地回道，然後快步返回自己的隊伍，重新調整部署。

「大仁，大義，你們兩個各帶一支千人隊，朝徐州軍方向佯攻。記得把人馬分散開，一步步朝前挪，其他三個千人隊，也都給我把人馬散開，跟在廬州軍的後面。」

「是！」眾將領啞著嗓子答應了一聲，強壓住心頭的恐慌，各自去執行命令。

「都給我把腰桿子直起來！」見眾人士氣低迷，廖大亨扯開嗓子，衝著將領們的背影大喊大叫：「一次不過是二十幾顆彈丸，只要大夥分散開，未必砸得到人，即便砸到了又怎麼樣？無非是一死罷了，總好過窩窩囊囊一輩子！」

「散開，散開，大夥分散開上，腦袋掉了，不過是碗口大個疤！二十年後，咱們又是一群好漢！」朱亮祖也大聲嚷嚷著，在自家隊伍裡來回跑動。用盡全身解術鼓舞士氣。

眾「義勇」當中，大多數都是他們兩個的族人和佃戶，平素就同氣連枝。此刻見兩個大莊主都要豁出性命去再攻一輪，豈有推三阻四之理？也紛紛振作起精神，拉開彼此之間的空檔，小跑著向前衝去。

「嗤——咚！」「嗤——咚！」

黑乎乎的彈丸繼續凌空砸落，不時濺起一團團殷紅色的血霧，卻好像已經不如先前那般可怕了，凡是被彈丸恰巧砸中的倒楣鬼，基本上都當場氣絕，很難發出慘叫來擾亂其他人的心神。即便有跳彈的形成，因為隊形過於疏密的緣故，也很難再給隊伍造成大面積的殺傷。

發現每輪炮擊給自己這邊造成的死傷都是個位數之後，兩支「義兵」的士氣頓時又朝上攀升了好大一截，持長槍和刀盾者，開始注意尋找距離自己最近的百夫長，努力跟上後者的步伐。那些持角弓和擎張弩者，則在行進中偷偷將破甲錐掛上弓弦，準備在關鍵時刻給對手致命一擊。

「嗤——咚！」「嗤——咚！」成排的炮彈繼續凌空砸來，阻擋住「義兵」們的前進腳步。

按照眼下淮安軍的編制，每個炮團有九十門四斤炮，聽起來數量雖然頗為龐大，但無論是殺傷力和準頭，都不能與後世的火炮同日而語。瞄準結成陣列的密集目標殺傷力還頗為可觀，瞄準單個移動目標，簡直就是浪費彈藥，幾乎每三十枚炮彈砸下來，收穫都是個位數，遠不如先前給元軍造成的打擊巨大。

「停止射擊！調高炮口三指，準備打後續上來的另外一波！」黃老二迅速發現了炮擊的效果不佳，果斷地調整了戰術，命令手下兩個炮團放棄對「義兵」的蹂躪，把目標第二次對準稍遠處正列陣前行的探馬赤軍。

「停止射擊，調高炮口三指，瞄後面！」炮長們紛紛蹲下身去，一邊重複傳來的命令，一邊幫助麾下弟兄清理炮膛，調整炮口。

六名裝填手立刻跑上前，合力扯起炮身上的繩索，將炮口抬高，一炮手和二炮手則麻利地撿起事先預備好的墊塊，迅速塞進炮身與沙包壁壘之間的空檔，使得火炮達到制定傾角。三炮手則拎起一根濕漉漉的拖把，用力塞進炮膛，反覆拖動，清理裡邊的火藥殘渣，保持炮膛內壁的整潔。

「嗤！」清理炮膛時遺留下的水分被滾燙的炮壁迅速變成蒸汽，從炮口冒出來，熏得人眼淚鼻涕齊流。

淮安軍的炮兵們卻顧不上擦眼睛，迅速打開彈藥箱，將用絲綢包裹著的火藥塞進炮膛，然後拿杵子用力搗緊，再塞進一個與炮膛差不多粗細的軟木進去，搗緊，最後又迅速填入彈丸。

當他們把這一切忙碌完畢之後，黃老二終於判斷出了敵軍的要害位置，跳上一個人工堆起來的沙包，扯著嗓子高喊：「一百步，各營輪射。放！」

「轟！」三十多門青銅鑄造的火炮噴出一道道濃煙，利用火藥爆燃提供的動力，將四斤重實心彈丸推上半空。掠過一百多步的距離，齊齊紮入探馬赤軍的隊伍。

原本打定了主意要讓「義兵」給自己擋炮彈的廬州探馬赤軍沒想到對手這麼快就看穿了自己的如意算盤，被砸了個措手不及。密集的隊伍當中，立刻出現了數道巨大的傷口，每一處傷口附近，都是屍骸枕籍。

「哎呀！」朱亮祖嚇得一縮脖子，隨即扯開嗓子大聲叫嚷。「弟兄們，跟著我往前衝！大火銃打不了近的地方！」

「殺啊！」隸屬於他麾下的三千多名廬州義兵扯開嗓子，聲嘶力竭地大叫，同時加快腳步，迅速朝傅友德的認旗撲了過去，誓要跟對方分個上下高低。

朱亮祖自己的左腳卻在前衝的過程中，「不小心」絆在了一具屍體上，多虧了親兵們的攙扶，才勉強沒有一頭摔進血泊。然而，他的身影也從隊伍的最前方，迅速隱沒入人群背後，輕易無法被敵軍發現。

「我呸！」對面的軍陣第二排，正在瞄準朱亮祖胸口的連老黑不屑地吐了口吐沫，迅速將槍口指向新的目標。

「開火，自由射擊！」

「呯！」「呯！」「呯！」一百四十多桿大抬槍陸續噴出火蛇，將迎面衝過來的「義兵」們紛紛打翻在地。

但抬槍的裝填速度太慢了，針對移動目標的準頭也有些差強人意。沒被擊中的「義兵」們只是稍稍愣了下神，就從同伴們的屍體上踏了過去，動作沒有半分猶豫。

「跟上，大夥一塊上。火銃裝填慢，打不了第二輪！」朱亮祖的身影迅速在自家隊伍中央偏後方重現，面目顯得格外猙獰。

「列隊一起上，火銃打不了第二輪！」朱亮祖的親兵隊長朱丞將手中長槍一抖，帶頭衝了上去。

上百名平素最受朱亮祖恩遇的親兵緊隨其後，在極短的衝刺距離內形成一個三角形，一頭扎進了徐州軍的陣地。

「弟兄們跟我上，人死鳥朝天！」千夫長朱良也大聲吆喝著，將身邊的數百名「廬州義兵」聚集到一塊，跟在朱亮祖的親兵隊伍後，繼續朝徐州軍的陣地猛攻，寧可戰死，也絕不旋踵。

站在最前排的紅巾將士受到擠壓，明顯向內凹陷，呈現出一個倒燕尾形，但是很快就在隊伍中的低級軍官組織下開始了反擊。朴刀，長槍，鋼叉、鐵斧交替使用，將「廬州義兵」砸出來的突破口重新封堵。

「弩兵，瞄準了射！」緊跟過來的廖大亨見勢不妙，立刻採取了無賴打法。好不容易移動到位的弩手們聞聽命令，立刻快速扣動機關，將三稜頭的破甲錐朝對面不到二十步遠的徐州紅巾射了過去。

「啊！」一名正在與「廬州義兵」廝殺的紅巾壯士被弩箭正中面門，慘叫著栽倒。

那名「廬州義兵」大喜，立刻搶步突破。然而，又一支弩箭緊跟著飛了過來，將他射了個透心涼。

「啊！」「啊！」敵我雙方都有幾十人相繼栽倒，全都是傷在強弩之下。

在不到二十步的距離上，紅巾軍的全身板甲和半身胸甲，對弩箭還有一定防禦之力，只要不是射在了關鍵部位，傷者也許還有機會逃得一劫。但僅有皮甲護身的「廬州義勇」卻沒那麼好的運氣了，只要被弩箭射中，基本上就是個透明的窟窿，或者當場氣絕，或者因為失血過多，死得殘不堪言。

「姓廖的，你幹什麼？」朱亮祖心疼得兩眼冒火，扭過頭，衝著廖大亨怒喝。

後者卻根本不回答他的話，一邊整理隊形向前猛衝，一邊大聲叫道：「繼續，趕緊往裡頭突。別耽誤，別給他們扔掌心雷的機會！」

「啊！」朱亮祖這才意識到，如果繼續成堆地擠在徐州軍的陣地前會導致什麼後果，大叫一聲，以最快速度朝傅友德的認旗下衝去，一邊大聲道：「衝上去，都給我衝上去，攪在一起他才不敢扔掌心雷，也不敢拿大盞口銃轟咱們。」

「衝上去，攪在一起，死在一起！」

朱丞、朱良，還有許多朱家莊的家將們，帶領著眾「廬州義兵」捨命向前擠壓，避免紅巾軍以自己為手雷的攻擊目標。

陸續趕過來的弓箭手和弩手們則在十五步外分散開，不停地朝紅巾軍的身上施放冷箭，即便導致大量的同夥被誤傷也在所不惜。畢竟在人數方面，他們佔有絕對的優勢，即便以命換命，換到最後，還能留下一大半來！

「轟！」一枚手雷在朱亮祖身後十步遠的地方爆炸，將後續的隊伍炸出一個窟窿。

那名紅巾擲彈兵剛剛要舉起第二枚手雷，卻被幾把強弓同時找上，瞬間身上就插滿了羽箭，慘叫著栽倒。

「轟！」「轟！」「轟！」數枚手雷在遠離徐州紅巾軍陣地的位置爆炸，將陸續衝上來的「義兵」隊伍切成數段。

然而，這種打擊效果遠不能對「義兵」們造成震懾，反倒促使他們加快的腳步，以更猛烈的攻勢，向徐州軍的陣地狠插。

「嗖嗖嗖！」半空中又落下一片箭雨，將缺乏防護的徐州軍手雷兵和已經衝入陣地的「義兵」們同時放倒。

沒來得及扔出去的手雷冒著煙，在人群中陸續爆炸，不分敵我，炸得周圍血流成河，屍橫滿地。

第六章

力挽狂瀾

「弟兄們，跟著我上！」傅友德在人群中高舉長槍，大聲呼和。
差一點就被敵軍透陣而過，全靠了濠州軍的援助才躲過了一劫。
這對他來說，無異於奇恥大辱，無論如何他都要衝上去，
跟朱重八彙聚在一起，共同力挽狂瀾。

傅友德很顯然不太適應敵軍這種無賴戰術，幾度組織擲彈兵發起反攻，都因為怕誤傷到自己人，沒能收到如期效果。

在如此短的距離上，黃老二的炮兵也是一籌莫展，只能不斷地向朱亮祖和廖大亨等人的身後發射彈丸，阻止更多的敵軍以及後面的探馬赤軍跟上來。

「給我把槍架高些，瞄著那些弓箭手打！」抬槍營長連老黑急得滿頭是汗，啞著嗓子，向後招呼。

「呯！」「呯！」「呯！」終於裝填完了彈藥的大抬槍手們陸續開火，將敵軍中的弩手和弓箭手挨個清除。然而，他們的人數畢竟太少了，裝填速度也太慢了，雖然絕大多數子彈都擊中了目標，卻始終無法壓住對方的攢射。

「呯！」吳良謀的第五軍又發出了一輪齊射，將撲向他們那一側的「義兵」打得倒崩回去，死傷遍地。

然而，那一側的「義兵」原本就是為了牽制而設，即便被擊潰了，也不會再令朱亮祖和廖大亨二人感到慌亂，反倒使得他們愈發珍惜眼前機會，寧可將左翼負責牽制第五軍的那些將士全都犧牲掉，也要從傅友德身邊撕開一條突破口。

「親兵隊，跟我來！」

眼看著自家軍陣岌岌可危，傅友德的臉色紅得幾乎要滴下血來。

對第五軍那邊進行佯攻，卻試圖從他這裡尋求突破，這本身就是一種赤裸裸的羞辱！更何況，他這邊的將士數量，遠遠高於吳良謀的第五軍，並且還有整整一個營的大抬槍助陣！

無論是從戰局考慮，還是從維護個人尊嚴考慮，傅友德都決不允許突破口出現在自己這裡。

他帶領著自己的三百親兵，向敵軍攻勢最猛的地方衝了過去。轉眼間來到第一線，手中纓槍一抖，將一名盧州百戶挑起來，高高地向陣外丟去！

「啊——！」那名百戶尚未氣絕，在半空中手舞足蹈，血如瀑布般，濺了其同夥滿頭滿臉。

數十名「盧州義兵」被嚇得膽寒，腳步立刻開始放慢，而朱丞、朱良等「盧州義兵」的核心卻哇哇怪叫著，朝傅友德撲了過來。

「找死！」傅友德挺槍刺穿一名敵將的咽喉，隨即快速將碗口粗的槍桿當作長鞭，朝另外一名敵將腰桿抽去。

那名敵將躲避不及，被抽了個正著，整個人被抽得橫飛而起，接連撞翻了兩三名同夥，才慘叫著倒下，一邊痛苦地在地上翻滾，一邊大口大口的吐血。

擋在傅友德近前的敵軍瞬間一空，隨即有兩桿纓槍一左一右，向他胸口扎了過來。

好個傅友德，抖槍、跨步，橫移，翻腕，倒捲，將兩桿刺向自己的長槍攪在一起，然後一拉一挑，只聽「砰，砰！」兩聲，兩桿長槍如死蛇一般飛上了天空，朱良和朱丞二人均是雙手空空，大步後退。

傅友德豈肯讓他們在自己眼皮底下逃走！向前追了一步，槍鋒猛抖，「啪！啪！」兩次金雞點頭，朱良和朱丞二人腦門上各自留下了一個血窟窿，軟軟地栽倒。

「小良子！」朱亮祖悲呼一聲，從側面挺槍衝上，直取傅友德小腹。廖大亨則悶聲不響，帶著幾名親信從正面補位，迎面給傅友德來了個抽屜刺。

這二人在長槍上的功夫可都是已臻化境，非但速度快，角度也極其刁鑽。把傅友德給逼了個手忙腳亂，防得住這桿防不住那桿。眼看著就要命喪槍下，他的親兵隊長傅升大叫一聲，捨身撲上，用自己的胸口擋在了朱亮祖面前。

朱亮祖視線受到干擾，無法繼續攻擊傅友德，立刻長槍橫掃。親兵隊長傅升豎起盾牌防禦，擋住了這必殺一擊，整個人也被砸得踉踉蹌蹌。

還沒等他站穩身形，朱亮祖的第二招已經攻到，槍鋒如閃電般在目標的喉嚨處一掃而過。可憐的傅升連哼都沒哼，哽嗓處猛然噴出一股血，仰面朝天栽倒。

「我要你的命！」一見到自己的貼身侍衛隊長橫死，傅友德也紅了眼。接連三槍逼開廖大亨，轉身撲向朱亮祖。

登時，又將傅友德部的隊形砸出數個血淋淋的缺口。那朱亮祖此刻卻快速恢復了清醒，左撥右擋，將傅友德的殺招盡數化解。然後一邊反擊，一邊衝著再度帶領著親兵湧過來的廖大亨提醒道：

「我纏住他，你繼續往裡撲。那邊那個肯定不如你！」

不用他提醒，廖大亨也準備這樣做。兩軍交手，比的是誰能更好地實現自己的戰術目標，而不是武藝高低，立刻毫不猶豫地帶領自家親兵，從傅友德身側急衝而過，直取這支徐州軍的第二號人物李喜喜。

李喜喜早就聞聽過廖大亨的凶名，自知不是對手，趕緊將身邊的親兵組織起來，列陣相迎。

他和親兵身上所穿的盔甲，全為淮安將作坊所打造。結實程度遠非普通皮甲能比，憑著這一點優勢與嫻熟的陣形配合，一時半會兒，倒也不至於給廖大亨突破機會。

然而就在這個時候，宣讓王帖木兒不花麾下的真正精銳，**廬州探馬赤軍卻殺了上來。**

這支探馬赤軍有整整一萬人，從上到下，都由清一色的契丹族壯士組成。從元世祖忽必烈時代開始，就追隨著九皇子鎮南王脫歡四處征戰，隨後一直效力於脫歡家族，接連三代都沒有任何變更。算得上職業軍戶，無論是武藝還是戰陣配合，都非常精熟。

當他們冒著炮火的轟炸趕到，傅友德部所面臨的壓力倍增。很快，整條戰線都擠得向後退去，一步接著一步，轉眼間，已經將連老黑的抬槍營給暴露了出來。

「呯！」連老黑扣動扳機，在極近的距離上，將一名衝向自己的「廬州義兵」打了個對穿。

沒有機會再裝火藥和子彈了，那些已經滲透過陣地的「義兵」們，不會給他時間開第四槍，他咬了咬牙，從大抬槍的槍托裡，抽出熟銅通條當作短劍，護在了自己胸前大喊道：

「抬槍營，向我靠攏，都督在後面看著咱們！」

「一起上，都督在後面看著咱們！」只有一件鐵坎肩護身的抬槍兵們射出最後一顆子彈，或者抽出通條，或者掰下一根槍架腿兒當武器，快步彙聚到連老黑身邊，靜靜地迎向蜂擁而來的敵軍，就像一塊山洪中的磐石。

「先殺了這群使火銃的！」義兵千戶廖大勇長槍一擺，帶頭衝向連老黑。對手只有一把短棍做兵器，對手只穿了一件鐵坎肩兒，對手腳步虛浮，一看就不是一個高手，殺了他，把那根巨大的火銃搶回來獻給王爺，肯定足夠自己升到副萬戶……

然而，夢想和現實之間，總會有一道巨大的鴻溝，就在他即將衝到連老黑面前之時，斜刺裡忽然轉過來一名古銅色面孔的漢子，手中九尺短槍猛的一擺，就將他的丈八長矛撥離了方向，隨即又向前一遞，二尺長的槍鋒直奔他的哽嗓咽喉。

「啊！」廖大勇嚇得魂飛天外，趕緊大步向後退去。那名漢子手中的短槍卻好像有了靈性一般，追著他的腳步，繼續直咬他的喉嚨。

「別殺我大哥！」關鍵時刻，廖大勇的兩位叔伯兄弟大仁，大義，各自帶領著數百義兵捨命撲上，才終於將來人的攻勢遏制住。

再看廖大勇，整個人就好像剛從湖裡撈出來一般，從頭到腳濕了個通透，臉色也如死屍一樣慘白。

「列陣！」來將見廖大勇退入了人群，也不孤身冒進。向身後擺了下手，大聲招呼。

「是！」兩名長相差不多的黃臉漢子，各自帶著五百精銳跟了上來。先留下一個百人隊護住連老黑等大火銃手，然後其他人迅速變換陣形，在古銅臉將軍的身後排成一個巨大的三角。

「啊？」廖大勇又是大吃一驚！

他不是沒見過勇將，然而在廝殺過程中還隨時保持著頭腦清醒，並能認清形勢，及時調整戰術的，卻是寥寥無幾：特別是能做到像對方古銅臉漢子這般收放自如的，簡直可用鳳毛麟角一詞來形容，即便是他的當家大哥廖大亨，剛才與古銅臉漢子異位而處，都未必能做到如此從容。

說時遲，那時快，就在他微微愣神的一瞬間，古銅臉漢子忽然將九尺短槍一舉，嘴裡喊了聲「殺」，大踏步向前逼來。

「殺！」其身後那些精銳齊聲回應，邁著同樣的步伐緊緊跟上。整個三角形陣列就像一把犁杖般，將迎頭碰上來的盧、寧兩地「義兵」，接二連三割倒。

「一起上，擋住他們！」廖大勇越看心裡越發虛，卻不敢掉頭逃命，只好硬著頭皮叫嚷了幾聲，率領身後的「義兵」們迎頭攔截。

敵我三方再度廝殺於一起，比拼的就不光是主將的個人勇武了，**士兵的訓練程度和團隊配合都至關重要**。這兩方面，無疑是「義兵」佔據了上風，畢竟他們的成軍時間更長，彼此之間也更為熟悉。

然而，古銅臉漢子和他身後那長相差不多的黃臉兩兄弟，身手卻硬得嚇人。每每在關鍵時刻，都能衝到最要緊位置化解危機，然後又憑藉過人的武藝將局面逆轉過來，繼續帶著其麾下的紅巾軍向前推進。

「敵將通名，我要殺了你！」廖大仁被逼得心頭火起，帶著一小隊親信，直撲紅巾軍隊伍左側的黃臉漢子，丈八長矛在烈日下泛著慘白的光芒。

「定遠吳國興！」黃臉漢子把手中長矛一擺，大步迎了過來。雙方的親信立刻以主將為鋒，從各自的軍陣中分出兩個利芒，然後高速互相接近，隨即「轟」地一聲撞在了一處，血流成河。

廖大仁和吳國興兩個也戰在了一處，冰冷的矛鋒努力向對方的要害處招呼，作為當年宋人和蒙古人戰爭的前線，兩淮民間向來有練武的傳統；而造價低廉並且殺傷力巨大的長矛，無疑是大夥的首選，因此，凡是成了名的武者，都能將長矛使得出神入化，廖、吳兩人也不例外。

只是，在用矛的具體手法上，二人又大相徑庭。廖大仁出身於將門，學的是岳家槍路子，招數古樸大氣，氣勢雄渾；而吳國興則明顯帶著草莽風格，動作乾淨俐落，一往無前。**兩種不同的槍術相遇，登時撞得火花四濺。很快，就殺得難**

解難分，煙塵滾滾。

二人麾下的弟兄也陷入了苦戰當中，每個人都想儘快幹掉對手，但每個人都發現對手跟自己的本事旗鼓相當。一時間，兩個從各自軍陣中分出來的利芒，居然成了兩個咬在一起的鎖扣，令雙方的軍陣都受到了拖累，運轉起來舉步維艱。

就在此時，紅巾軍的古銅臉漢子猛的一轉身，帶著身邊百十名親信，從側面兜向了廖大仁。手中九尺槍雖然短小，靈活得卻像一條小龍。隨著他移動的腳步不停地上下躍動，左右搖擺，將沿途擋路的「義兵」挨個刺倒，絲毫不做停留。

此人的那些親信則緊緊跟在他身後，將缺口不斷拓寬，帶動三角形軍陣緩緩左轉，由橫轉縱，被三角形寬大側翼接觸到的「義兵」，要麼如稻草般給割翻，要麼一邊招架一邊拼命後退，根本無法阻擋。

「衝我來，你的對手在這兒！」

廖大勇被壓得苦不堪言，帶著自己的親信努力跟上去，試圖阻擋古銅臉漢子的腳步，然而卻始終無法跟上，對方的推進速度太快了，快得像一把剃刀，從他眼前不遠處飛一般剃過去，割倒沿途攔路者，直本廖大仁右肋。

廖大仁對付一個吳國興已經有些吃力，哪還有本事以一戰二？才在敵方的夾攻下支持了兩三招，肩膀處就飆起了一股血箭，隨即慘叫著向後退去，身邊的小形軍陣四分五裂。

「跟上我，變陣！」古銅臉漢子看了一眼大汗淋漓的吳國興，大聲招呼，然後猛的一轉身，帶領著身邊的百十名弟兄追著廖大勇向前衝去，手中短槍左挑又刺，神鬼難擋！

「跟上重八哥！跟上重八哥！」吳國興大聲高呼，滿臉崇拜，帶著整個左翼緊跟在古銅臉身後。

左翼和正在旋轉過來的右翼迅速收攏，由一個巨大的橫三角形，在移動中變成一隻鐵燕尾。兩條邊緣處，掛滿了血淋淋的屍體。

「擋住他！」廖大勇終於跟了上來，帶著隊伍中最為精銳的百餘名士卒替下廖大仁，在正面擋住古銅臉漢子的去路。

然而，他卻驚詫地發現，這個任務艱難得無法想像。在古銅臉漢子的帶領下，眼前這千餘名紅巾軍攻擊力大得出奇，才一輪前衝，就將自己身邊左側的親信給抹掉了三分之二。緊跟著，又是一輪前衝，抹向自己右側，如砍瓜切菜。

轉眼間，身邊已經出現了兩個巨大窟窿，左右兩翼都失去了保護。廖大仁無奈，只好也大步後退，對面那個古銅臉漢子，卻如影隨形般跟了過來，紅色的認旗在他身後的親兵手中驕傲地飄蕩：

「**親軍指揮使，朱**」

「你是朱，**朱六十四**？」

猛然間想起了一個人的名字，廖大仁以更快速度大步後退。今天自己真的碰到殺星了，幾個月前廬州軍進攻濠州，很多有名的將領就死於此人之手，自己當時站得遠，沒看清楚對方的面孔，沒想到今天卻被殺星給堵了個正著。

朱重八卻根本不屑回答他的問題，帶著吳國興、吳國寶兩兄弟和九百多名濠州精銳，繼續緊追不捨。

他們是奉了朱八十一的命令前來封堵缺口的。前來封堵徐州傅友德部被敵軍衝出來的缺口。他們要用事實告訴周圍所有人，濠州軍並非如他們想像的那樣衰弱不堪。有朱重八，有湯和鄧愈，還有吳氏兩兄弟，這支隊伍雖然發展緩慢，卻依舊是一支可與友軍比肩的勁旅。

事實也的確如此，在朱重八和吳國興、吳國寶三人的帶領下，只有皮甲和布甲護身的濠州軍銳不可擋，很快就將滲透至傅友德部背後的敵軍倒著給逼了回去，並且迅速朝李喜喜身邊靠攏，為後者提供強而有力的支援。

正在壓著李喜喜打的廖大亨立刻覺察出情況不對勁，猛的發起一輪衝殺，逼得李喜喜大步後退，然後斷然停止追擊，一邊站在原地整理隊伍，一邊舉頭朝戰場上瞭望。

他看到，武藝不比自己低多少的叔伯兄弟廖大勇且戰且退；

他看到，以勇氣而聞名的堂弟廖大仁渾身是血，被人追得狼狽不堪；

他看到，以忠誠而著稱廖大義披頭散髮，像個瘋子般在隊伍裡跑來跑去，一股敵軍卻始終追逐著他，以他為先鋒，將整個義兵的隊形攪得支離破碎。

下一刻，他看見朱重八帶著隊伍衝向自己，**就像一頭老虎帶著數千隻餓狼，沿途任何阻擋都被他們一口吞下，然後踏著血跡繼續前行**，而自己麾下的「義兵」們，幾乎沒有還手之力，被殺得丟盔卸甲，抱頭鼠竄。

「擋住他們！別讓他們衝起氣勢來！」廖大亨當機立斷，甩開李喜喜，帶領著自己身邊的全部人馬迎頭撲向朱重八。

不能讓此人再往前衝了，再衝，就能將廖大勇等人徹底殺沒了膽，萬一讓朱重八形成驅趕著潰兵的倒捲之勢，後面跟上來的探馬赤軍雖多，也未必能擋得住他全力一突。屆時，如果讓朱重八動搖了宣讓王的帥旗，他和他身後的廖家軍就百死莫贖了！

擋住？談何容易！朱重八所帶的弟兄雖然只有千把人，卻是在整個濠州軍中千挑萬選出來的精銳。

這支隊伍前一段時間因為郭子興的猶豫和孫德崖的個人野心，沒能走上戰場一線，幾乎個個都憋了一肚子怨氣。如今終於得到釋放機會，豈肯再落於人後？跟在自家主將身邊呼喝酣戰，轉眼之間就將擋路者殺了個乾乾淨淨。

「跟上！」朱重八大喝一聲，迎面衝向廖大亨，古銅色的面孔上沾滿了血跡，看起來顯得格外猙獰。

「跟上重八哥！」吳國興和吳國寶兩個一左一右，像兩隻翅膀般緊貼在朱重八身側偏後位置。再往後，則是九百多名濠州精銳。或擎鋼刀，或端長槍，迅猛如一群獵食的野狼。

「該死！」廖大亨大聲罵了句，挺矛刺向朱重八的胸口。

朱重八手中的九尺槍猛的一擺，將廖大亨的長矛格開了三尺遠，隨即猛的向前踏了一步，嘴裡大喝一聲「殺！」，明晃晃的鋒迅速兜出一道匹練，由上向下朝廖大亨劈去。

「來得好！」廖大亨也不示弱，橫過長矛遮擋，誰料朱重八槍鋒突然一滯，在與矛桿發生接觸之前猛的倒抽回來，再度刺向他的胸口。

「啪！」廖大亨趕緊豎矛向外遮擋。碗口粗的矛桿與槍鋒相交，木屑飛濺。

朱重八一擊落空，立刻轉身迴旋上刺，槍鋒如同活蛇一般，第三次衝廖大亨的前胸挑了過來。

廖大亨手中的長矛有一丈八尺餘，用起來勢大力沉，靈活方面卻差了許多。被朱重八欺近了身側，連攻三招，立刻有些招架不及。趕緊大步向後退，同時擰著腰閃避。然而畢竟慢了半拍，耳畔只聽「吱嘎」一聲響，精鋼打製的胸甲上被切出了條深深的傷痕，雖然沒有傷到裡邊的皮肉，卻震得半邊身體都麻了起來。

那朱重八卻咬上一口還不滿足，立即右手下壓，左手翻腕，同時雙腿再度向前跨步，「刷」地又是一槍，直奔他的小腹。

身上的淮安甲即便再結實，廖大亨也不敢賭朱重八這一槍到底刺得穿刺不穿，慌忙繼續邁動雙腿大步後退，以期能跟對手拉開距離，發揮長矛的作用。

這一退，可正中了朱重八的下懷，猛然間停住腳步，將九尺槍向空中一舉，「呼啦啦！」身後的燕尾陣瞬間舒展，從左右兩翼，朝廖大亨麾下的兵將兜了過去，霎那間將「義兵」們給推到了一大片。

喊殺聲忽然高了起來，中間夾雜著長矛刺入鎧甲的摩擦聲，鋼刀砍中盾牌的敲擊聲，戰靴踏進血泊的腳步聲，還有傷者的叫喊，瀕危者的悲鳴，交織在一起，共同形成一首宏大而又蒼涼的樂章。

天空的顏色也瞬間變暗，空氣裡飄著一股濃郁的紅色煙塵。忽聚忽散，眷戀著血泊中的屍骸，好像一群無家可歸的魂魄，若即若離。

粉紅色的煙塵中，廖大亨的隊部被逼得節節後退，很快就退過了朱亮祖身側，將友軍的軟肋給露了出來。

剛剛被朱重八替下的李喜喜看到機會，立刻帶著周圍百十名親信衝上前，與傅友德一道夾擊朱亮祖，嚇得朱亮祖亡魂大冒，慘叫一聲，倒拖著長槍快步退走。

這一退，可就不是什麼戰術上的調整了，而是被傅有德、李喜喜兩個追著潰敗。轉眼間，就拖累到了原本就站立不穩的廖大亨，與後者一起，狼狽向後逃竄。

「頂上去！回頭頂上去！」探馬赤軍萬戶蕭不花嚇得滿頭是汗，扯著嗓子高喊。

他的隊伍付出了極大的代價，才終於衝到了第一線，如果被潰退下來的「義兵」撞破了陣形，先前所有努力可就白費了，非但無法衝破徐州軍的防線，反而會被對方趁機打一個倒捲珠簾。

那些探馬赤軍的千戶和百戶們也知道形勢緊迫，因此不敢高抬貴手，看到有衝向自家軍陣者，迎面就是一刀。

這下，可苦了盧、寧兩州的「義兵」們，身後有紅巾軍追殺，前面有契丹人亂砍，轉眼之間，就被殺了個人頭滾滾，血流成河。

「向兩側退，向兩側退！」朱亮祖和廖大亨二人看得雙目俱裂，一邊喊著，一邊指揮義兵們朝探馬赤軍方陣的兩側敗走。

蕭不花做得沒有任何錯誤，換了他們與後者易位而處，也決不允許潰兵衝擊自己的軍陣，然而「義兵」們畢竟是他們的鄉黨和起家之資，如果損失殆盡，他們二人就很難再於官場立足。

「弟兄們，向兩側退，把紅巾賊讓給契丹人。」

「向兩側退，把紅巾賊讓給契丹人。」

廖大勇和廖大仁等，心中則沒那麼多顧忌，見蕭不花的人敢向自家同鄉舉刀，立刻將對方恨到了骨頭裡，毫不猶豫地放棄了一切抵抗，帶頭向軍陣兩側跑去，把身後的紅巾賊完整地露出來，讓他們跟契丹人去拼個你死我活。

「穩住陣腳！」蕭不花又氣又急，再次揮刀砍翻一個靠近自己的「義兵」，跳著腳大喊。

紅巾軍來勢洶洶，而他這邊卻因為火炮和潰兵的雙重影響，立足不穩。雖然兵力上佔據了很大優勢，可真正發生對撞的話，**鹿死誰手卻未必可知**。

「穩住陣腳！」其他探馬赤軍將領，石守田、葉雄、韓豹子等人也大聲叫嚷，像一頭頭暴怒的猛獸。在他們的聯手努力下，契丹人的陣形越來越齊整，越來越厚重，宛若一塊巨大的礁石。

「轟！」緊追著廬、寧兩州「義兵」腳步衝過來的濠州紅巾，一頭撞在了礁石上，深入數尺，濺起幾百道血光。

朱重八手握九尺槍，上挑下刺，將靠近自己的契丹人挨個捅死。

他的步伐非常敏捷，手、腰和雙腿的配合也協調到了極點，九尺槍靈活敏捷的優勢，被他發揮了個淋漓盡致，每次都是欺近對手身邊才發出全力一擊，每一擊不中立刻變換角度，然後挺槍再刺，根本不給對手還招的可能。

濠州軍的吳國興和吳國寶哥倆，則專門負責約束隊伍，跟緊朱重八這個領頭的獅子。整個隊伍在敵軍的人海中，緩緩收斂為燕尾形。隨著朱重八的進攻方向來回擺動，將左右兩側遇到的敵軍挨個擊殺，將砸出來的缺口盡力擴展到最大。

然而，他們的對手探馬赤軍也不是一群下九流的廢物，在受到最初的打擊之後，很快就鎮定下來，並且憑藉祖輩父輩們流傳下來的經驗，開始了大規模的反撲。

只見他們從左右兩側結著一個個方陣湧來，手中盾牌、鋼刀和長矛密切配合，每次遇到紅巾軍的碾壓，則彼此呼應，共同承擔壓力，每次看到反撲機會則並肩湧上，不斷從濠州軍的燕尾陣中扯下一塊塊濕淋淋的血肉。

燕尾陣的運轉很快就艱澀了起來，儘管作為陣頭的朱重八依舊勇不可擋，但作為陣刃的兩個側翼，卻要花費極大代價才能跟上陣首的節奏。

吳國興和吳國寶兩個用盡全身解數，殺散一波又一波敵人，卻不斷有新的敵人從側面擠過來，將燕尾擺動的空間繼續壓縮，二人身上很快就掛了彩，分不清敵人還是自己的血，淅淅瀝瀝，從肩膀一直淌到地面。

來自濠州的士兵們也奮不顧身，無論付出多少代價都決不退縮，他們不光是為了支援傅友德而來，他們要挽回整個濠州軍的聲譽。

他們的命，可以死在戰場上，可以為掩護自家袍澤而捨；這是他們的榮耀，即便今天全軍覆沒於此，也永遠好過躲在幾百里外，為了某些人的野心而做無謂的犧牲。

他們是士兵，是起義者。他們自打拿起刀來反抗那一刻，就已經不畏懼死。他們只求死得其所。

「弟兄們，跟著我上！」傅友德在人群中高舉長槍，大聲呼和。

差一點就被敵軍透陣而過，全靠了濠州軍的援助才躲過了一劫。這對他來說，無異於奇恥大辱，所以絕不會在旁邊看著濠州軍被契丹人圍攻，無論如何他都要衝上去，跟朱重八彙聚在一起，與後者並肩而戰，共同力挽狂瀾。

「跟上，跟上，濠州弟兄們都上去了，咱們怎麼有臉躲在後邊?!」

有道是什麼將帶什麼兵，傅友德心高氣傲，其手下的弟兄們，自尊心也都強到了極點，雖然迎面湧過來的探馬赤軍兵力遠超過自己，雖然他們每個人其實都已經疲憊不堪，但是濠州軍已經衝進敵陣中去了，他們就**不能留在後邊。這是他們的原則，哪怕是為此流乾體內最後一滴熱血。**

「跟上，跟上！」

李喜喜帶著百十名弟兄，結成一個小三角陣，大步向前推進。

哪裡敵軍最密集，就拼命殺向哪裡，每前進一步，身邊都血流滾滾；每前進一步，都有無數具屍體倒下，或者是敵人，或者是自己。

「弟兄們，把炮抬到車上，然後跟著我來！」

被眼前情景燒得渾身滾燙，黃老二把腰一貓，奮力拉動拴在炮耳上的麻繩。敵我雙方混戰在一起，炮兵怕誤傷到自己人，在遠處無法再發揮任何作用，但是**他們卻不能眼睜睜看著弟兄們去犧牲，他們必須走上前，和袍澤們一同面對敵人。**

「把炮放到車上！推到跟前轟那些契丹人！」

幾個炮兵營長與黃老二心有靈犀，立刻明白了將軍大人的意圖，帶頭彎下腰去，抬起一門火炮，重新擺到旁邊的車架上，然後又快步衝向下一門。

「先上十門，後面的慢慢跟過來！」黃老二大聲叫嚷，兩隻眼睛紅得像初冬時的柿子。

只見他快速走到炮車前，彎腰取出一包火藥，順著炮口填了進去，然後又取出一包散彈，從炮口倒入，再抄起一把鐵炮杵，用力向炮口內壓了數下，丟在腳旁，然後邁開大步來到炮車後面。

「跟我一起推，弟兄們，走到近處用散彈轟他們！」

「走到近處用散彈轟他們！」眾炮長們齊聲答應著，學著黃老二的模樣，給火炮填上散彈。然後指揮著各自手下的炮兵推起炮車，大步朝前衝去，一邊衝，一邊扯開嗓子叫嚷：

「讓開，讓開，大炮來了，老子要用大炮轟他們！」

位置稍稍靠後的傅友德部將士聽到喊聲，詫異地讓開一條通道，黃老二將自己的位置讓給炮車交給一名炮長，大步走到炮車的正前方，扯著嗓子繼續驕傲地喊著：「讓開，讓開，大炮來了。老子今天讓契丹人看看，什麼才是真正的萬人敵！」

陸續有傅友德部將士讓出通道，也有很多人忙著上前與敵軍搏殺，根本沒聽見黃老二等人的吶喊，但是，第一輛炮車卻沒有在路上做絲毫耽擱，或者硬生生擠過人群，或者拐著彎繞行，很快就推到了兩軍交手最激烈的地方，將炮口對準了一個探馬赤軍小方陣。

「保護炮車，讓開後面！」黃老二衝著四周一堆陌生的傅友德部將士大叫，然後跳到火炮側後方，用力將炮尾戳進地裡，迅速點燃引線。

「嗤——嗤——！」包裹著火藥的引線，冒出滾滾濃煙。

對面二十步遠的探馬赤軍將士本能地感覺到了危險，在百夫長的指揮下，大喊著衝了過來。

二十步，十五步，十步，眼看著他們就要衝到炮車前，猛然間，炮口處冒出一團火光，「轟隆！」數以百計的散彈瞬間被火藥推出。

像一陣狂風般，由下朝上，掃過衝過來的探馬赤軍百人隊，整個百人隊被從正中央撕開了一條血淋淋的通道，靠在最前面的幾個人半邊身體都被打成了篩子，上面佈滿了透明的窟窿。

「啊！」剩下的八十多名探馬赤軍瞬間就被打懵了，兩眼直勾勾地望著自家袍澤的屍骸，茫然不知所措。

就在他們一愣神的瞬間，第二輛炮車已經推到，將炮口對準他們的身體，「轟隆！」又是數百顆散彈，如狂風掃蕩殘荷！

這一炮距離稍遠，覆蓋面積卻更大，站在方陣最前排的探馬赤軍士兵，有近一半人受到了波及，被彈丸打得血肉橫飛。

偏偏其中很多人卻沒能當場死去，雙手捂著身上的彈孔，絕望地在血泊裡翻滾哀嚎！而他們身上的傷口卻又多又密，兩隻手根本捂不過來，血如噴泉般四下亂濺。

「快，快，前面的弟兄借個道，萬人敵來了！」

第五軍炮團長徐一推著第三門四斤炮，一邊跑，一邊提醒前面的同伴讓開道路。聲音雖然不高，卻將附近所有敵人的目光吸引了過去。被連續轟了兩次的那個探馬赤軍方陣先是爆發出一聲慘叫，緊跟著，齊刷刷扭過頭，撒腿就跑！

「哪裡去，你們這群懦夫！」

正帶隊趕過來增援的探馬赤軍千夫長韓豹子氣得臉色青黑，揮刀接連砍翻了好幾名帶頭逃跑者，卻根本挽回不了頹勢。太可怕了，紅巾軍用的火炮太可怕了，與其被打成一面篩子，探馬赤軍的士兵寧願死在刀下，至少那樣他們的屍體還相對完整。

「這邊，把炮尾頂在地面上，炮口壓低！」炮兵團長徐一的聲音繼續傳來，聽得人毛骨悚然。

第三門四斤炮迅速對準韓豹子所站位置，尾巴處冒出一股灰白色的濃煙，

「嗤——嗤——！」

「大人快躲！」一名親兵手疾眼快，飛身跳起，將韓豹子撲倒在地。

「轟隆！」一聲巨響過後，冰雹般的彈丸貼著他的後脊梁骨掃過，將其他躲避不及的親兵們打得鬼哭狼嚎。

「混蛋，你幹什麼？趕緊給老子滾起來！」

韓豹子兀自不知道發生了什麼事情，憤怒地舉起刀，用刀柄衝著壓在自己上的親兵亂砸。

接連砸了兩三下，卻沒得到任何回應，定神細看，只見可憐的親兵後背如同被鐵耙子刨過了一般，佈滿了深深的血口子，白花花的脊柱已經從傷口處露了出來。

「啊——」韓豹子被嚇得亡魂大冒，一把推開親兵的屍體，跳起來，衝進了距離自己最近的自家隊伍。

那群探馬赤軍士兵卻不肯為他提供保護，像躲瘟疫般，紛紛朝兩側躲去。唯恐距離他太近，遭受池魚之殃。

「混蛋！你幹什麼？趕緊到我身邊結陣！」韓豹子本能地感覺到事情不妙，一邊督促將士們朝自己匯攏，一邊快速回頭。

他看見又一門火炮被紅巾軍士兵推了上來，在距離他三十步遠的地方，不斷調整角度瞄準他的身體，而周圍的探馬赤軍士兵們，只要被炮口指到，就如蝗蟲般四下散開，誰也不肯成為誰的遮擋。

「啊！——」韓豹子嘴裡再度發出絕望大叫，一個魚躍，撲向附近士兵的腳下。

「火炮打高不打低，趴在地上的基本打不著！」電光石火間，兩個念頭快速閃過他的腦海。緊跟著，耳畔又聽見「轟隆」一聲巨響，他頭頂上的契丹人像暴雨中的麥秸一般紛紛倒下，鮮血將天空染得通紅。

「不要躲，衝過去，衝過去搶大銃！」又一名探馬赤軍千戶帶著親兵趕到，試圖重新架構防線。

這一段軍陣崩潰得太快了，快得超過了所有人的意料。而雙方的主將居然都不在此處，誰也來不及對這一突發情況做出應對，所以他必須快，搶在傅友德之前堵住這個缺口，否則任其繼續崩潰下去，那可真是老天要亡大元，非戰之罪了！

「衝過去，衝過去搶大銃！」他身邊的親信大聲重複著，帶頭衝向第五門正推上前的火炮。

周圍的紅巾軍將士豈肯讓他們的圖謀得逞，紛紛舉起長槍短刀護在炮口的周圍，阻止任何人向火炮靠近。

雙方在極近的距離上用兵器互相招呼，以命換命，一瞬間就有數十具屍體交替著倒下。但炮車卻穩穩地停了下來，炮口輕抬，炮尾戳進被血水打濕的地面，引線冒出股股白煙。

「轟隆！」上百顆彈丸對著探馬赤軍千戶噴出，將他和左右兩側數名士兵轟得倒飛出去，身體破得就像一床爛棉絮。

五百三十多斤重的火炮也因為尾部固定不穩，迅速後退，將炮車左右兩側躲閃不及的紅巾軍士卒撞得筋斷骨折。

但只猶豫了一彈指功夫，其他紅巾軍士卒就踩著袍澤的屍骸衝上前，死死地堵住了缺口。隨即，第六、第七、第八門炮車又從後方推了上來，穿過人群，從兩名弟兄之間的空隙探出黑洞洞的炮口。

「轟隆！」又是一次近距離噴車。正對著炮口的三名探馬赤軍被散彈射成了篩子。臨近他們三個位置，還有七八人受到了波及，前胸、小腹和大腿等處被打出了一個個拳頭大的破洞，倒在血泊當中，翻滾哀嚎。

「嗤嗤嗤——嗤嗤——噗！」

第七門火炮的引線不合格，居然放了啞炮。然而，炮口指處的契丹人卻誰都沒有趁機反攻。只是愣愣地看著黑洞洞的炮口，滿臉難以置信。隨即，開始兩邊交替著後退，忽然嘴裡發出一聲悲鳴，轉身向遠處逃去。

「衝啊！契丹人敗了！」

第二波奉命前來增援的湯和恰好趕到，當機立斷，帶領麾下弟兄尾隨著契丹潰兵向前殺去，刀鋒所指，正是探馬赤軍主將蕭不花的帥旗。

與他連袂而至的鄧愈，則果斷地將隊伍分成了十份，每五十人護住一門火炮，邁開步子，齊頭並進。遇到落單的敵人，就亂刀齊下；遇到大股的敵軍，則用長槍抵住陣腳，然後將炮口從身後露出來，頂著對方胸口轟擊！

「都督！」指揮臺上，近衛旅長徐洪三急得抓耳撓腮，空有一身好武藝，大多時候，他卻只能做個看客，實在有些難以甘心。

「傳令給吳佑圖，讓第五軍放棄陣地，全軍前壓！」朱八十一笑著揮揮手，大聲吩咐。

「是！」傳令兵上前接過令箭，翻身跳上坐騎。

「你帶著近衛旅一團，去給我把帖木兒不花的帥旗拿回來！」又看了一眼滿臉沮喪的徐洪三，朱八十一繼續吩咐，彷彿讓對方去撿一隻熟透了的柿子。

沒有必要故作謙虛狀，也沒必要裝什麼淡然。**此戰，他已經贏定了，不再有任何懸念！**

此戰的確已經沒多少懸念。

東北方的黃軍自打開戰以來，就被毛貴給看死在那裡，至今沒敢向前移動半步。

正南方的鎮南王孛羅不花先後發起了不下五次狂攻，都被第四軍和水師用大炮給轟了回去。

正東方的帖木兒不花先後投入了三支義兵萬人隊，一個探馬赤軍萬人隊，卻被傅友德、吳良謀和朱重八等人打得倒捲而回。

他身邊此刻雖然還有足夠的後備力量，但在士氣已沮的情況下，也無力發起新一輪攻擊。

而紅巾軍這邊，士氣卻如烈火澆油。特別是吳良謀的第五軍，先前礙於將令，不敢隨便移動位置，只能眼巴巴看著身邊友軍盡情揮灑，此刻忽然被釋放了出來，勇猛得如出柙的獅子。在劉魁和阿斯蘭兩人的帶領下，咆哮著從側面向探馬赤軍撲去，將對方打得節節敗退，根本沒有還手之力。

「穩住，向我靠攏！」探馬赤軍萬戶蕭不花兀自不甘心戰敗，高舉著一把門板模樣鋼刀，大聲約束隊伍。

只有把隊伍重新聚集起來，才有機會扭轉眼前戰局；

只有把隊伍重新聚集起來，才能穩住陣腳，固守待援；

只有把隊伍重新聚集起來，才能且戰且退，給探馬赤軍保留下最後一口元氣。

甚至連逃命，大夥都必須抱成團一起走，否則朱屠戶麾下那群大大小小的野狼從後面撲上來，誰也無法保證自己能活著撤回廬州。

「穩住，穩住，大炮沒有那麼可怕！」

「穩住，穩住，契丹男人沒有孬種！」

「穩住，穩住，穩住……」

石守田、葉雄等千夫長也紛紛扯開嗓子大喊，努力幫助蕭不花收攏潰兵。今天這仗輸得太冤枉了，大夥還沒來得及施展本事，就稀里糊塗敗下了陣來。而對面的那群紅巾賊，除了鎧甲漂亮一些，旗幟光鮮一些之外，哪裡像一群軍人？可偏偏就是這樣一群流寇，卻把世代以征戰為業的探馬赤軍打得毫無還手之力，如此詭異之事，讓人怎能心甘?!

不甘心，但是卻毫無辦法。平心而論，探馬赤軍的職業水準遠在潰退下來的義兵和追殺過來的紅巾軍之上。但是，他們卻無法適應紅巾軍突然冒出來的戰術。

好不容易聚集起數百人，準備結陣自保。結果還沒等陣腳立穩，紅巾軍卻已經推著大炮逼上前來。隔著三十幾步遠，「轟隆」一下，就將軍陣最前排的探馬赤軍掃翻一大片，剩下的頓時失去了信心，再度落荒而去。

「轟隆！」「轟隆！」戰場混亂不堪，到處都有火炮在轟鳴。

硝煙起處，探馬赤軍的方陣一個接一個土崩瓦解，失去勇氣的潰兵宛如沒頭蒼蠅般，倒拖著兵器四下亂竄。

有的跑著跑著就一頭撞到了另外一支紅巾軍的刀鋒上，稀里糊塗被剁翻於地，有的則不管不顧朝後逃，將蕭不花的帥旗撞得搖搖晃晃。

「吹角，向王爺求援——示警！」

探馬赤軍萬戶蕭不花深吸一口氣，無奈地吐出最後兩個字。

正所謂自家人知道自家事，宣讓王帖木兒不花身邊至少還有兩萬五千餘人做預備隊，可其中的一萬五千人，都是像廖家軍、朱家軍這種義兵，此刻派上來，恐怕也無濟於事。

還有整整一個萬人隊，則是清一色的蒙古武士。無論兵器還是鎧甲，都屬一流。只是，這支蒙古軍自打數十年前，就再也沒跟任何敵人交過手，每次抵達戰場，都被擺在最後方，觀戰，督戰，然後分享戰功，名副其實的兵不血刃。

「張知州，你親自帶所有義兵頂上去！」

果然如蕭不花所料，聽到前方傳來的求援號角，宣讓王帖木兒不花依舊只肯派出義兵，「把蕭萬戶接應下來，然後就地組織防禦。從現在起，咱們主守，為鎮南王那邊創造戰機！」

「是！」廬州知州張松用顫抖的聲音答應著，撥馬走向周圍的另外三支義兵，「劉瓊、許興、吳文化，你們三個帶著隊伍跟老夫來，朝廷養兵多日，大夥報效朝廷的時候到了！」

「殺啊，跟著大人去殺紅巾賊啊！」劉瓊、許興、吳文化三人抽出鋼刀，高高地舉過頭頂。

喊聲雖然響亮，他們胯下的戰馬卻遲遲加不起速度，連帶著身後的一萬五千「義兵」也好像腿上拴了繩子一般，半晌才爬出一丈多遠。

而前方探馬赤軍那邊明顯已經堅持不下去了，整個軍陣被分割得支離破碎，僅剩下了主將蕭不花的認旗附近還留著最後的千把人，彷彿海浪中的一座孤島。但是這最後的孤島也在不斷地向後漂移。僅僅是比其他各處的潰兵撤得稍微有組織一些，步伐稍顯緩慢而已。

「我和劉魁帶一團頂上去，你帶火槍兵隨後來！」耿再成嫌孤島太礙眼，扭過頭跟吳良謀商量。

老搭檔胡大海已經獨領一軍，坐鎮淮安，而他自己，卻給鬍子都沒長齊的吳良謀當了副手，這讓耿再成心裡一直感覺不是很舒服。所以說話的語氣也一直沒大沒小，彷彿自己才是第五軍的主將一般。

「好！」吳良謀根本不跟他計較這些，點點頭，非常痛快地答應。「不要拼命，頂住他們就好。然後我拿火槍去轟！」

「劉魁，帶著一團跟我來！」耿再成心裡猛然湧起幾分愧疚，向後用力揮了一下手，然後拎著一把長矛，率先撲向蕭不花。沿途遇到阻擋，全堵一槍一個，結果掉性命。

唯恐他有什麼閃失，劉魁帶領著新五軍一團緊緊跟上。在移動中，將隊伍展開成雁行，推著潰兵一道湧向人流中的孤島。

還沒等雙方發生接觸，傅友德帶著五百親兵，朱重八帶著吳國興、吳國寶以及七百多濠州精銳，也分別從左翼和正面押了過來，大夥三個方向齊頭並進，如同一張巨大的龍口，咬向蕭不花和他身邊最後的親信，準備將其一口吞下。

蕭不花的本陣受到了擠壓，立刻以肉眼可見的速度縮小，一排又一排的契丹勇士倒在紅巾軍的刀下，轉眼間，整個軍陣就從長方形被擠壓成了一個扁扁的斜三角形。

·第七章·

人間鬼域

「轟！」「轟！」「轟！」
早已排成六組的九十門四斤炮發出連續的怒吼，
從正面打過去，與河岸上飛來的炮彈交織，
將第四軍正前方的陣地砸成了一片人間鬼域。
「轟！」天璿艦射出炮彈，自身也被火藥的反衝力震得搖晃。

「穩住，大夥要撤一起撤！要死一起死！」苦候援軍不至的蕭不花大喊大叫，帶領著身邊的親信且戰且走。

正前方的朱重八銳不可當，左側翼的傅友德也如同一頭瘋虎，唯獨右翼，剛上來的淮安軍好像還沒完全適應戰場節奏，推進得稍微慢一些，讓他還能多少能感覺到一線生機。

然而，**這一線生機很快就被黑暗吞沒了**，又一支淮安軍快步衝了過來，人手一支火銃，以非常生澀的動作，將火銃從先前那支淮安軍的身側探了出來，對準探馬赤軍將士的胸口。「呯！」狂風暴雨，將契丹人像割麥子一樣掃倒！

「一團原地列陣保護二團，二團，重新裝填！」新五軍指揮使吳良謀大步跟了上來，肩膀上的將星璀璨奪目。

這是他剛剛總結出來的新戰術，一個團的弟兄持冷兵器擋住敵人，另外一個團用火槍近距離對準敵人的胸口襲擊。雖然笨拙了些，但效果卻好得驚人。

畢竟，在殺人效率上，任何武器都比不上小小的一顆鉛彈，只要近距離挨上一顆，連三寸厚的門板都會被轟出個拳頭大的窟窿，更甭提血肉之軀。

「豎槍，清理槍管，藥孔和藥鍋！」

「咬開彈包，裝火藥，塞進紙包和子彈！」

「用通條壓緊，端槍，檢查火繩！」

火槍兵的操作條令，在隊伍中接二連三地響了起來，冰冷中帶著一股莫名的興奮。

……

剛剛在暴風雨般打擊下緩過神來的探馬赤軍將士聞聽，先是發了一下愣，然後丟下兵器，撒腿就逃。

「穩住，契丹男兒，生在一起，死在一起！」

蕭不花還想努力收攏隊伍，眼淚順著面孔稀裡嘩啦地往下掉。

然而，再也沒人肯停下來聽他的招呼，**未知的恐懼面前，誰也鼓不起更多勇氣**。刀盾兵、長槍兵、弓弩手，一排又一排調轉身體，順著紅巾軍故意留下的缺口倉惶逃命。

連最勇敢最忠誠的親兵們，也紛紛丟下兵器，低著頭加入逃命大軍，再也不敢留下來和他一起面對黑洞洞的槍口。

「契丹男兒！」探馬赤軍萬戶蕭不花仰頭發出一聲悲鳴，舉起門板狀的大刀，衝向了吳良謀。

別人都可以逃命，他不能。他是這支探馬赤軍的萬戶，卻眼睜睜地看著這支隊伍在自己面前覆滅。他，無意間成為這支探馬赤軍的最後一任萬戶，他要履行完自己的職責。

「回家去吧！」耿再成搶先一步迎上去，穿過亂轟轟的潰兵，長槍輕輕一撥，就將蕭不花的板門大刀挑飛到了天空當中，然後將槍鋒壓在對方的肩膀上，大聲道：「回家去吧！契丹男兒，這不是你該來的地方。回去吧，天變了，你該回家去了！」

「嗚嗚——！」蕭不花雙手捂臉跪在了血泊中，哭得像一個未成年的孩子！

「唉！」耿再成將長槍收回來，轉身離開。

不是因為心軟，而是實在提不起殺人的興趣。對手完了，經歷了這一次之後，恐怕在有生之年都很難再把武器撿起來！對於這樣一個失敗者，殺與不殺基本沒什麼分別。

湯和也拎著長槍趕了過來，用槍桿支撐著身體大口大口喘氣，「此戰，此戰之後，世間恐怕再無名將！」

「那可未必！」朱重八身手在臉上胡亂抹了兩把，喘息著道：「武器變了，戰術自然也會跟著變，契丹人被打了個措手不及而已。我敢跟你打賭，用不了三年，就會有人琢磨出火器的戰術。淮安軍中，今後註定要將星雲集！」

「那是！」湯和想了想，用力點頭。

朱重八跟他自幼相交，看問題的眼光一直準得令人嘆服，況且火炮和火槍都是淮安軍最早開始使用，裡面出現用火器打仗的行家也是自然。

「把隊伍整理起來，咱們追著潰兵去衝帖木兒不花的本陣！」朱重八用手指在自己的槍鋒上摸了摸說道，漆黑的眼睛在這一刻顯得格外深邃。

「這……」這一次，湯和沒有盲從，瞪圓了眼睛，提醒道：「帖木兒不花那邊至少還有兩萬多人，其中還有一萬是真蒙古……」

蒙古兵的威名可不是吹出來的，當年元軍南下，一萬蒙古兵就能追著十倍的宋軍打，此刻大夥周圍的紅巾軍氣勢雖盛，可全加在一起不過萬把人，一旦追殺受阻，恐怕要前功盡棄。

「幾十年不打仗，真蒙古又怎麼樣？我很懷疑他們還會不會用刀！」朱重八輕輕橫了他一眼，說道：「讓大夥跟上我，肯定不會有錯。你看，朱總管把他的親兵都派出來了！」

湯和聞言扭頭，果然看到徐洪三帶著一個團的親兵，正在快速向帖木兒不花的本陣推進。而吳良謀的新五軍也重新收攏了隊伍，將一個戰兵團、一個火槍兵團和一個炮兵團依次排開，大步流星地向前推去，對沿途落單的敵軍都懶得出手收拾。

「朱將軍，我家總管命令你帶領濠州軍，與第五軍一道追殺潰兵，尋機攻打帖木兒本陣！」還沒等他將目光收回來，已經有一名傳令兵騎著高頭大馬趕到，手裡的紅色令旗上下晃動。

「得令！」朱重八大步上前，將令旗接在手裡。然後高舉起來，衝著身後的濠州將士大喊，「弟兄們，跟我去殺韃子！」

「殺韃子，殺韃子！」鄧愈、湯和，吳國興，吳國寶等人扯開嗓子回應，各自收攏起麾下士卒，緊跟在朱重八身側，邁開大步朝已經率先出發的第四軍趕去，雖然只剩下了一千六七百人，卻像一整個萬人隊般氣勢洶洶。

傅友德部也接到了來自中軍的命令，卻不是跟第四軍一道向帖木兒不花發起反擊，而是迅速轉向正南，去與第四軍並肩作戰。那邊從開始到現在一直是三千對四萬，雖然有水師在運河上以火炮相助，想必也打得艱苦至極。

素有大局觀的傅友德當然知道輕重，立刻整理起隊伍向第四軍靠攏。

還沒等趕到指定位置，他就隱隱感覺到情況恐怕不太對勁。第四軍的陣地太安靜了，安靜得有些令人毛骨悚然。

「怎麼回事？」迅速跳上坐騎的後背，他將雙腿站在馬鞍子上，居高臨下向遠處瞭望。

只見第五軍的陣地前黑漆漆的，佈滿了大大小小的彈坑，彈坑的周圍則是數不清的屍體，或沒了腦袋，或缺了四肢，幾乎沒有一具完整。

「嗚嗚，嗚嗚，嗚嗚……」第四軍指揮使吳永淳顯然已經發現了援兵的到來，及時吹響號角，發出聯絡信號。

緊跟著，有名騎著駿馬的通信兵如飛而至，遠遠地看到傅友德，躬身施禮，雙手將一塊腰牌遞了上來，「傅將軍，我家吳指揮多謝貴軍高義。請原地結陣，靜待戰機。千萬不要靠運河太近，更不要超過我軍的位置！」

「怎麼回事？」傅友德被弄得愈發滿頭霧水，從馬背落回馬鞍上，劈手接過腰牌。腰牌是精鋼鍛造的，上面壓著一頭老虎。這是淮安軍特有的水鍛壓花技術，普通工匠根本無法仿製，當然也不可能造得出假來。

「水師那幫小子，炮打得根本沒有準頭！」猜到傅友德可能會誤解，通信兵解釋道：「以河邊那幾個大柳樹為界，敵軍不過那幾棵大柳樹，水師和我們都不開炮。但萬一水師開起火來，炮彈就落得到處都是，根本沒有什麼準頭，您如果事先不知情，難免會受到誤傷！」

「嗯！」傅友德皺了下眉頭，將信將疑。

先前的戰鬥中，淮安軍的火炮的確發揮了極大的作用，但是最後能將敵軍打得倒捲回去，卻離不開戰兵的配合。光是火炮就能解決的戰鬥，他以前從來沒聽說過，況且四斤炮的最大距離不過是三百五十步，而自己即便超越了第四軍，距離河道也有六百步遠。

正迷惑間，遠處敵軍已經開始了新一輪進攻。看上去大概有六七千人的模樣，隊形排得極其鬆散。隨度極慢，並且儘量遠離運河，彷彿河道上的那十幾艘戰船裡頭，藏著妖魔鬼怪一般。

「嗚嗚——嗚嗚——」河面上傳來一陣畫角聲，雄渾而又豪邁。

「嗚嗚——嗚嗚——」第四軍的戰旗下，也有畫角聲相應，彷彿兩頭怒龍在雲端彼此打著招呼。

最靠近河岸的五艘戰船開始緩緩移動，船頭接著船尾，努力排出一個整齊的一字。看到戰船的動作，正在埋頭前進的敵軍立刻變得有些慌亂，距離河道最近處的人開始拔腿狂奔，距離河道稍遠些的，也扭歪了身子，腳步踉踉蹌蹌地向前跑動，彷彿隨時都準備主動倒下一般。

「他們在幹什麼？大夥都停下，結陣，不要再往前走了，小心被友軍誤傷！」傅友德越看越困惑，趕緊下令自己的隊伍停止前進。

淮安軍的戰船造得很怪異，又細又長，高度也遠遠超過了運河上的其他船隻，並且在側面還開了十幾個小窗口，每一個窗口看上去都黑洞洞的，彷彿魔鬼瞪圓了的眼睛。

「結陣，原地結陣！」李喜喜主動上前幫忙，與傅友德一道約束隊伍。

淮安軍的戰術太古怪，作為一個外來人，他本能地選擇不給友軍添任何麻煩。多看少說，把自己的位置儘量放低，能多學一點就是一點。

這個原則，註定讓他眾生受益無窮，而此時此刻，受益的則是那些剛剛血戰過一場的徐州紅巾。聽到來自上峰的命令後，他們迅速停住了腳步，在與第四軍位置差不多齊平的地段，排除了數十個彼此相連的小方陣，隨時準備迎接對面的敵軍的衝擊，並且給側翼的友鄰提供支援。

大夥的腳步還沒等站穩，運河上，排在第一位置的戰船側面首部，忽然噴出了一股濃煙。緊跟著，最末一艘戰船的尾部也噴出了一股，兩顆彈丸一南一北，交替著落入敵軍的隊伍，一枚帶起數點血光，另外一枚則徹底打了個空，只濺起幾股暗紅色的泥土。

「交叉測位？」李喜喜瞪大了眼睛，嘴裡喃喃有聲。

這是他剛剛學到了名詞，在東側作戰時，好像聽徐州軍的某個人說過。但具體意思卻不是非常理解，至少不太明白區區兩枚炮彈能起到什麼作用？

正困惑間，耳畔忽然聽見一連串聲響，「轟！」「轟！」「轟！」「轟！」「轟！」五艘收尾相連的戰船從第每一艘的船頭開始，以同樣的節奏陸續噴出了六十餘枚彈丸。

正如通信兵事先強調的那樣，這些炮彈有的遠，有的近，準頭奇差無比，但是威力大得嚇人，有的尚未落地就在半空中爆炸，將周圍的青軍掃到一大片。有的卻是落地之後再跳起來，畫著詭異的曲線在人群裡竄來竄去，然後在某個不可預料的瞬間炸開，屍橫遍野。

剎那間，第四軍前方的地面上就好像開了鍋，猩紅色的血霧，扶搖直上九霄。

而那五艘戰船放完了炮之後，立刻探出無數支木槳，快速朝南北兩個方向拉開，將第二排，另外五艘戰船露了出來，隨即又是一連串霹靂聲響，節奏分明，持續不斷。

每一枚炮彈出膛，都將船身震得左右搖擺，每一次船身擺正，第二枚炮彈就迅速飛出炮口，兩種不同的力量疊加起來，讓炮彈的落點和運動方式更加的詭異。

「炮團準備，實心彈，六輪射！」吳永淳毫不猶豫地揮動寶劍，下達了攻擊命令。

「轟！」「轟！」「轟！」「轟！」「轟！」早已排成六組的九十門四斤炮發出連續的怒吼，從正面打過去，與河岸上飛來的炮彈交織，將第四軍正前方的陣地砸成了一片人間鬼域。

「轟！」天璿艦射出一枚炮彈，自身也被火藥的反衝力震得搖搖晃晃。

水手們探出蜈蚣腿一樣密集的槳，在船老大的指揮下努力穩定戰艦。火炮長則在赤著腳，在甲板上大喊大叫，命令炮手們將打過的火炮推回原位，將尚未發射的火炮儘量瞄準目的地區域。

由於運輸方便的緣故，船上的火炮遠比陸地上的火炮鑄得大，炮彈已經重達五斤半，最大射程高達八百餘步，配上改裝過引線的開花彈後，殺傷力非常驚人。

然而，火炮的反衝力也同樣大到令人恐慌的地步，害得戰艦每次開火，只能從船頭到船尾，一門一門按著次序放，否則，冒險來一回單側齊射，肯定是艦翻人亡的結局。

對於水師統領朱強這種習慣於水上顛簸的漢子而言，船隻搖晃得再厲害也沒任何妨礙。相反，他還很享受每次開炮時船隻晃來晃去的感覺，彷彿是在騰雲駕霧，對於上船避難的逯魯曾來說，這可無異於承受酷刑了。很快，就吐得臉色發綠，整個人虛脫在甲板上站都站不起來了。

「您老這又是何苦？」見逯魯曾吐得實在可憐，朱強從懷裡取出一根帶著汗漬的甘草根，用力塞進老人家手裡，「嚼完了把汁水咽下去，也許就能舒服點！」

「多謝！」都吐到快散架的地步了，祿老夫子也沒忘記禮貌。先朝朱強拱了拱手，然後將甘草整根塞進嘴裡。

中草藥特有的氣味讓他皺起了眉頭，但隨即胃腸就感覺到了一陣慰貼，他朝朱強拱了拱手，喘息著道：「多謝，這下好多了！」

朱強低聲道：「您老這又是何苦呢，在岸上待著不是挺好的麼？我就不信賊人還能殺到咱們都督身邊去！即便他們真有那本事，就憑都督手裡那把殺豬刀，還能護不住自己！還用您專門往船上躲？」

「是他讓親兵硬把老夫抬上來的！」逯魯曾被說得老臉一紅，梗著脖子強調，「老夫雖然是長輩，在兩軍陣前，卻要跟他分一分君臣，所以才……」

「嗨，行了！您老就嘴硬吧！」朱強早就清楚老夫子的怯場毛病，撇了撇嘴道：「坐穩了啊，咱們這船已經移動就位，馬上就輪到咱們開火了。坐穩，來幾個人扶住祿長史！」

「轟！」「轟！」「轟！」一連串的開花彈飛出，將岸上炸得煙塵滾滾。

再看祿老夫子，被晃蕩得臉色發灰，嘴唇發藍，雙手扶在甲板上，一條命又去了小半條。

好不容易捱到炮擊結束，船隻又開始划動，終於再也堅持不下去了，爬到船舷旁吐了幾口黃水，虛弱地問道：「還需要打多久？老夫，老夫要死也要死在岸上！」

「沒事了！」朱強又是好氣又是好笑，伸手在老人背後用力揉搓了幾下，幫對方恢復精神，安撫道：「打完這一輪估計就不用再打了，青軍已經被炸退了六次，就算後來張明鑑學乖了，把隊伍排得再稀疏，每次至少也得丟下一兩百具屍體。再攻，他張明鑑的老本就賠光了，還拿什麼在脫歡不花麾下立足？」

「脫歡不花，脫歡不花……」逯魯曾雙手按在地面上，小聲呢喃。

他想說鎮南王脫歡不花才是正南方敵軍的主事者，青軍萬戶張明鑑沒有資格決定是戰是退。但是心裡又老大吃不準，畢竟鎮南王脫歡不花性子天生軟弱，對手下軍隊的掌控力遠不如其叔父帖木兒不花。

正說話間，果然看到青軍如潮水一般向後退去，一直退過脫歡不花的認旗都沒有停住腳步。而脫歡不花和他身邊的親兵肯定在努力攔阻，但是效果卻微乎其微。因為青軍不是潰退，而是整體性地大步撤離戰場，除非鎮南王脫歡不花立刻就派人跟張明鑑來一場火拼，否則不可能阻止得了他。

「唉，主弱僕強，尊卑失序，就是這種結果啊！老夫當年在高郵湖一帶練兵，就已經預料到總有一天會如此！」逯魯曾頓時又來了精神，擦了一把掛在鬍子上的膽汁，搖頭晃腦地說道。

「那可不一定！」水師統領朱強今天好像跟老先生頂上了，踮起腳尖朝遠處看了看，大聲反駁道：「老讓青軍玩命，脫歡不花自己身邊的人卻一直躲在後面看熱鬧，這本身就不太公平，況且東面，呀，東面的廬州軍潰了！」

「什麼！」逯魯曾大吃一驚，跳起來，扒著船舷朝岸上瞭望，果然看到正東面距離運河兩三里遠的地方，隱約好像出現了什麼變化，不斷有爆豆子般的火槍聲從那邊傳來，每一次都伴著一陣陣狂熱的歡呼。

「贏了，咱們贏了！」站在桅桿上吊籃裡負責瞭望的水手發出歡呼，同時將一面紅旗奮力抖動著，高喊著：「咱們贏了！東面第五軍還有近衛軍突破了敵人最後一道防線，帖木兒不花沒敢交手，帶著本部兵馬跑了！他奶奶的，這王爺也太不仗義，丟下好幾萬義兵和契丹兵，自己帶著蒙古兵先跑了！」

「跑了，怎麼可能？」

逯魯曾幾乎無法相信自己的耳朵。在他印象裡，宣讓王帖木兒不花一向是個智勇雙全的人物。雖然最近這幾年受到朝廷的猜忌，一直沒啥大作為，但**棄師而逃的事情，無論如何都不該發生在此人身上**。

「宣讓王真的跑了！我的天！他跑得可真夠快的，連頭都不回一下。」彷佛聽見逯魯曾心裡的疑問，瞭望手在吊籃裡繼續大喊大叫，興奮得恨不能在半空中翻筋斗。

剛好有一陣大風從河上掃過，將火藥燃燒的煙氣席捲而空，逯魯曾努力凝神張望，看見正東偏南一帶兩三里處，有數不清的人在慌亂的跑動。

他看見，紅巾軍的認旗一面面地出現在逃命者身後追亡逐北，如虎入羊群。

他看見，一名騎著高頭大馬的蒙古人在數千侍衛地保護下落荒而走。

他看見，帖木兒不花的羊毛大纛被人砍翻在地，無數個矯健的身影從上面飛奔而過。

「他們可是蒙古軍呢，當年橫掃了西域和江南的蒙古軍！」

彷彿什麼東西踩在了自己的心口上，逯魯曾喃喃地嘀咕著。

這麼多年，他看到的和聽到的，全都是蒙古軍如何如何強大，如何如何勇猛，即便偶爾戰敗，也能和對手拼個魚死網破，卻從沒聽說過，**一整個蒙古萬人隊居然集體不戰而逃。這怎麼可能是蒙古軍的作為？這怎麼可能是當年席捲天下的那群蒙古軍的後人?!**

「嗚嗚，嗚嗚嗚，嗚嗚嗚——！」

就在此時，急促的號角在第四軍的陣地中響了起來，打斷了老夫子的感慨。

第四軍趁勢發起反攻了，前排的戰士迅速推開車牆，成群結隊在裡邊走出，一邊大步朝前推進，一邊重新整理陣形，潮水般一浪接著一浪，層層疊疊，吞噬一切阻擋。

而他對面的鎮南王脫歡不花則迅速收攏隊伍，搶在第四軍和徐州傅友德部殺到自己身邊之前揚長而去，根本沒做任何抵抗！

「咱們贏了！」水師統領朱強將頭頂的鐵盔摘下來，當作手鼓，敲得「咚咚」作響。

「贏嘍，贏嘍！」眾炮手們揚起被火藥熏黑了的臉，在船上又跳又叫。

即便最愚蠢的人也能看出元軍徹底戰敗了，雖然宣讓王帖木兒不花和鎮南王身邊還各有上萬建制齊全的蒙古軍，但義兵和探馬赤軍都陸續崩潰的情況下，光憑著兩萬蒙古軍自己，不可能再殺一個回馬槍。更何況，那些蒙古軍的士氣此刻也低落到了極點，能保護帖木兒不花和脫歡不花兩個撤離戰場已經十分難得，根本不可能再力挽狂瀾。

「贏了，贏了！」逯老夫子也忽然忘記了暈船，像個老頑童般在甲板上跑來跑去，無論見到誰，都不忘拿手在對方肩膀上拍一下，以示鼓舞。

水師將士們知道這個膽小卻愛面子的老夫子是朱八十一的長輩，因此也不拒絕被逯魯曾拍，每當老夫子朝自己跑過來，就主動把身體蹲下一些，以便老人家拍起來更容易。

「好樣的，你們個個都是好樣的！」老夫子越拍越過癮，恨不得把船上所有人都鼓勵個遍。「今天的炮炸得好，炸得敵人鬼哭狼嚎，只可惜鎮南王跑得太快，否則派一隊戰兵從水上包抄過去……」

忽然間，他感覺到哪裡好像不太對勁，衝到朱強面前，一把拉住對方的胳膊，質疑道：「朱統領，你船上的戰兵呢？你船上怎麼一個戰兵都沒有？」

水師統領朱強的笑容立刻僵在了臉上，額頭處冷汗滾滾，結巴地道：

「沒，沒戰兵。張士誠和王克柔兩個奉命留在後面練兵，麾下缺乏教頭，朱都督一時也拿不出合適人手給他，就把船上的戰兵抽了去，本以為運河上沒有朝廷的水師，船上的戰兵留著也未必能派上用場，沒想到在這兒遇到了埋伏！」

沒戰兵？那如果剛才戰艦朝著岸上狂轟濫炸時，對方派一支船隊從運河上殺過來，大夥豈不被逮了個正著？

要知道，運河可不是什麼大江，水面再闊也有限，如果蒙元的水師駕著小船衝上來進行接舷戰，光有炮手和槳手的戰艦，根本擋不住對方一輪猛攻。

「貼到岸上去，背靠著第一軍，以防萬一！」到這時候，逯魯曾終於明白戰船上也不是百分之百安全了，推搡著朱強，勒令對方把艦隊駛向岸邊。

朱強知道老夫子膽小，見岸上大局已定，便將旗艦靠到了指揮臺附近，搭起踏板，送老夫子登岸。

雙腳剛剛一著地，逯魯曾抓過一名親兵，怒氣衝衝地問道：「你們家都督呢？你們家都督怎麼不在指揮臺上？他去哪兒了，快帶我過去找他。」

「我們家都督？」親兵愣了愣，笑著攙扶起老夫子，「都督去東北了，毛總管找他有事情。您老小心腳下，地面滑！」

「胡鬧，一軍主帥不坐鎮中軍，到處瞎跑什麼？」祿老夫子看什麼都不對勁，翹著鬍子抱怨道。

「毛貴找他什麼事？你們都督帶了多少親兵過去的？」

「就帶了十名親兵，其他都派出去追擊鎮南王了！」親兵小心地回道：「怎麼，您老覺得會有事情麼？」

「胡鬧，胡鬧！」逯魯曾氣得繼續用力跺腳。

蒙城大總管毛貴無疑是個忠厚人，但大戰剛剛結束，朱八十一就只帶著十名親兵去他的軍中，卻不是個理智做法，萬一毛貴麾下有人忽然起了什麼壞心思，暴起發難，然後再把罪責往殘敵身上一安，朱八十一就死得不明不白了?!

「毛貴說，是黃軍萬戶王宣想跟咱們都督陣前一晤，他那邊把黃軍的退路給堵住了，王宣可能要投降，要跟咱們朱都督當面談條件！」親兵也被逯魯曾弄得緊張了起來，回答道。

「那他也不能只帶十個人！」逯魯曾越聽越著急，推了一把親兵，大聲命令：「趕緊去把附近你能看到的人全給我找過來，老夫帶著他們去接都督，以誠待人也不是自己去找死！」

他身兼第一軍長史和淮東路判官，有不經請示就調動一個營兵馬的權力，那名親兵聽他說得惶急，趕緊小跑著去找幫手。

不一會兒，便把留守中軍負責保護所有文職幕僚的一個戰兵連帶了過來，後邊還跟著若干通信兵，傳令兵，還有剛剛包紮完傷口的彩號，一個個眼巴巴地看著逯魯曾。

逯魯曾此刻心情稍微冷靜了些，衝著大夥揮了揮胳膊道：「親兵連跟我一起去就行了，其他人該幹什麼幹什麼去，老夫只是有些急事需要跟都督商量，戰場上又到處都是潰兵，需要帶些人沿途保護而已。趕緊散開，誰都不准瞎想，更不准去嚼舌頭根子！」

這個說法聽起來倒也合情合理，眾人神色立刻放鬆許多，齊齊答了聲是。逯魯曾深吸一口氣，穩定了一下心思，帶著一個連的親兵趕向戰場東北，隨時準備以老邁之軀做一次鴻門宴上的樊噲。

然而沒等他走到地方，朱八十一已經和毛貴兩人說說笑笑的返了回來，身邊還跟著個又高又胖的大個子，就像一座移動的肉山一般，每走一步踩得地面都搖晃。

「祿夫子欲效老黃忠乎？那您老可是來得稍晚了一些，這邊仗已經打完了！」毛貴原就是個精明人，一看逯魯曾和他身後的親兵連，就知道對方因何而來，笑著說道。

「老夫乃是一介文官，怎麼敢跟大漢討虜將軍比？」逯魯曾被問得老臉一紅，「只是怕戰場上亂兵太多，自己有個閃失，所以才特地喊了一隊親兵隨行。」

「亂兵？」毛貴看了逯魯曾一眼，冷笑道：「那您老可是白擔心了？我這邊根本就沒打起來，怎麼可能有什麼亂兵？」

「沒打起來？」逯魯曾微微一愣，這才注意到腳下的地面極其乾淨，連半點血跡都沒有。顯然先前紅巾軍和蒙元兵馬惡戰的時候，黃軍整體做了壁上觀，跟毛貴所部兵馬根本沒發生什麼實質性的接觸。

正詫異間，那個跟在朱八十一身後的胖子上前幾步，衝著他深深施禮，「罪將王宣，見過祿長史，久仰長史大名，今日得見，真乃三生有幸。」

「你是王宣？黃軍萬戶王宣？」雖然事先已經有所預料，逯魯曾還是被嚇了一跳，連忙退開數步，大聲問道。

「正是罪將！」胖子王宣抬起頭，紅著臉回應，「黃軍萬戶四字，夫子休要再提了，罪將當年無知，總覺得做了蒙元朝廷的官，就能成為人上人。誰料，這當了萬戶，還是一樣受他們的鳥氣，所以罪將就一直等著機會造他們的反，今天終於等來了朱總管、毛將軍和您老人家！」

不愧是常年為官的人，幾句話既說明了自己不戰而降的原因，又將朱八十一、毛貴和逯魯曾三人都恭維了一番，端的是滴水不漏。

那逯魯曾卻又吃了一驚，瞪圓了一雙昏花的老眼，詫異地問：「你是說要投奔我家都督？」

「正是！」王宣拱了拱手，正色道：「罪將有個不爭氣本家兄弟叫王克柔。已經在大總管帳下了，所以末將也就動了心思，想跟他一道，依附於大總管翼下，還望祿長史莫笑罪將不自量力！」說罷，又轉過頭來，衝著毛貴深深施禮，「罪將就這點小心思，還望毛總管成全！」

「什麼成全不成全的，你能棄暗投明，毛某高興得很！」毛貴心裡頭雖然有點兒酸酸的，卻不至於為此跟朱八十一起什麼爭執，大度地擺擺手道：「至於跟我還是跟朱總管，還不都是一樣的麼？總之，能站出來一塊跟朝廷對著幹，就是一條好漢子！毛某就交你這個朋友！」

「多謝毛總管抬舉，王某願意這輩子都與毛總管並肩作戰！」王宣心中的石頭終於落地，又做了個揖，感動地說道。

「客氣的話就不用多說，今後你我戮力殺賊就是！」毛貴笑著點點頭。隨即又搖了搖頭，苦笑著說道：「其實眼下除了朱總管，別人還真未必收得起你，兩萬多弟兄，就算兵器鎧甲都叫你自備，兩萬多張嘴巴的伙食也不是個小數目，至少毛某區區一個蒙城可是養不起這麼多的兵馬。」

「末將手裡還有一些軍糧，兵器、箭矢和盔甲，也還算充裕。」王宣趕緊解釋：「不需要總管養，自己回到鄉間就能籌集起足夠的糧食來！」

「我剛才是跟你說笑呢！」見他急得額頭冒汗，毛貴有些不忍，拍了拍對方的肩膀，道：「再說，你既然投了朱總管，他也不會准許你去鄉間自籌糧餉的，他這個人很會賺錢，隨便想個主意出來，就是日進斗金，根本看不上老百姓手裡那仨瓜倆棗！」

「那是，末將早就聽說了，如今淮安城富得遍地能撿金子！」王宣被拍了個踉蹌，咧開嘴，訕笑著回應。

「糧餉的事，可以直接找祿長史解決，就按剛才咱們說好的，在渡江之前，糧餉等同淮安軍標準；渡江之時，朱某再送你三個月的糧餉。」知道此人心裡還是不踏實，朱八十一迅速接過話頭，答允道。

王宣雖然官職僅僅為萬戶，麾下的士卒連同老弱病殘加在一起，卻足足兩萬掛零，如果一口氣將他們全部納入淮安軍體系，肯定會給原有的六個軍帶來巨大衝擊。

而將其去蕪存菁，又會難以讓降將們安心，所以乾脆大方到底，與張士誠、王克柔兩人一樣處理，讓他帶著這支人馬去江南發展，反正一口吞下了高郵和揚州之後，淮安軍需要很長一段時間才能將戰果消化乾淨。與其天天防著蒙元朝廷南北夾攻，不如先讓王宣、張士誠、王克柔等人都渡過江去，把江南打得烽煙處處，讓朝廷在南方的軍隊疲於奔命，根本無暇北上來給大夥添亂。

誰料王宣卻不肯配合，突然停住腳步，向朱八十一肅立拱手，「總管，罪將有個不情之請，還望總管能夠答應！」

「說吧，只要你說的有道理，沒什麼不能商量的！」朱八十一眉頭微微一挑。

「末將剛才仔細想了想，又不想過長江了！」王宣猶豫了一下，說道：「等揚州事了，末將想向總管請一支令箭，帶著麾下弟兄過黃河，江南有張九十四、王克柔，不差末將一個，而河北山東卻還沒有人豎起義旗，末將願意替總管先行一步，把那邊的膏腴之地先拿下來，免得朝廷繼續在那裡徵糧招兵！」

「也好！」朱八十一稍加琢磨之後，點點頭，「等送走了張士誠他們，我立刻派人送你過黃河！不過你得記住，到了那邊不要禍害百姓，否則，縱使朱某想拉你一把，其他各路紅巾也不會放過你！」

「是！末將遵命！」王宣喜不自勝，趕緊躬身拜謝。

自打聽說了張九四和王克柔兩人的事情後，他就一直謀劃著要給自己弄一塊地盤，現在總算如願以償了，豈能不喜出望外?!

至於不要禍害百姓什麼的，即便沒有朱八十一的叮囑，他也會注意約束軍紀。原因無他，高郵宣言裡頭說得明白，誰要禍害了老百姓，別人就可以隨便去吞併他的部眾與地盤；如果他沒禍害百姓，其他紅巾諸侯想要吞併他，就是打當初主持定盟者的臉，朱屠戶和芝麻李等人肯定不會袖手旁觀。

朱八十一卻不知道王宣肚子裡早已經將利害關係看了個通透，見此人答應得痛快，忍不住又叮囑道：

「你既然是地方望族出身，應該知道，如果地租收得高了，佃戶們寧願背井離鄉，也不會再從你家裡租田種。其實治理地方也差不多是同樣道理，若是待百姓太苛刻，等同於逼著他們逃走，不如賦稅少收一些，積聚一些人氣。人多了，糧賦自然就多了，其他各項雜收也會跟著水漲船高。」

「大總管教訓得是，末將一定會把這番話牢牢記在心裡。末將前些年跟在脫歡不花身後助紂為虐，就發現凡是那些百姓揭竿而起的地方，幾乎無一不是官府盤剝過重的緣故！」王宣趕緊保證。

「嗯，你明白就好！」朱八十一嘉許地點頭。

自己這個**朱公路是當定了**，**扶植起來一個孫伯符不算**，**還要再扶植起兩個王玄德來**，說不定日後還有什麼張孟德，李孟德。不過這樣做，總強過讓這些大好男兒都死在自己手裡。更強過讓他們被逼得走投無路，又不得不重新去投靠蒙元朝廷。

「我淮安軍內，很多將領都來自黃河以北，王將軍如果去了那邊，請多少照應一些！」逯魯曾心裡想的則完全是另外一回事，找了個機會敲打一番。

對朱八十一這種養虎為患的做法，他一直不太贊同，然而當著大夥兒的面，他又必須維護這個孫女婿的權威，所以只能採用一些小手段防患於未然。

那王宣聽了，又忙不急待地點頭，賭咒發誓說自己一定會將弟兄們的家眷照顧周到，絕不敢讓大夥有後顧之憂，否則祿長史隨時都可以提兵過河來問罪。

「你明白就好！」逯魯曾掃了他一眼，用完全不同的語調說道。

賭咒發誓如果管用的話，大元朝就不會弄得烽煙四起了，但是值此大勝之際，有些煞風景的話沒必要多講，講了也起不到任何作用，因此老夫子只是順口帶到，就去看戰場上其他情況去了。

此刻戰場上的剿滅潰兵工作，基本上已經宣告一段落。大批大批的蒙元將士被人數不到他們十分之一的紅巾軍押著，成群結隊走向運河邊上臨時開闢出來的俘虜安置點。

已經集中起來的就不下兩萬人，看上去黑壓壓一大片。陸續還有從更遠的地方被抓回來的，深一腳淺一腳地朝運河邊上走。

然而這些俘虜們，除了模樣看上去比較狼狽之外，大多數人臉上卻沒多少恐懼。誰都知道，這回南征主事的人是朱屠戶。朱屠戶抓到當兵的向來是願意留就留，不願意留就發路費釋放。像坑殺、虐俘這種事情絕不會做。運氣好的話，說不定還能混上幾頓飽飯和一些路費，比先前當兵時還要划算。

即便是俘虜中的蒙古兵，被抓到後也沒顯得如何沮喪。朱屠戶不好殺，無論漢人還是蒙古人，當兵的還是當官的，被他抓到，只要沒有激起過民憤的話，最多是罰一筆贖身銀子了事。而揚州一帶相對富庶，很少發生動盪，那些蒙古兵平素連城都懶得出，自然也來不及做什麼激起民憤的事情。

唯一看上去比較惶恐的，就是被俘的探馬赤軍。

作為一個先後被女真和蒙古征服的游牧民族，契丹人早已沒有了自己的家園。當兵打仗，幾乎是他們這些人唯一的出路，即便被朱八十一不收取任何贖金就地釋放掉，他們也不知道自己該去哪裡，還能做些什麼？

而繼續吃朝廷的糧餉，跟淮安軍做對的話，那一噴就是上百顆彈丸的火炮，又像噩夢一樣刻在了他們的記憶中，因此，他們一個個就像行屍走肉般，兩眼空洞，失魂落魄。

「別著急，老天餓不死瞎家雀兒！」負責看押俘虜的很多淮安軍輔兵，就是從以前的俘虜轉變過來的，見到探馬赤軍們如此模樣，立刻猜出了他們的大致想法。為俘虜營的整體安寧起見，主動湊上前安撫：「你看老哥我，當初就是在黃河邊上被淮安軍抓到的。現在不也活得好好的？別著急，咱們朱總管是個菩薩心腸，絕對不會不給人活路！」

「我只會打仗！」被安撫者是個探馬赤軍百戶，抬頭看了對方一眼，悻悻地說。

「那就加入淮安軍！瞧老哥這身板，只要在輔兵營裡熬上兩三個月，還怕當不了戰兵?!即便當不了，留在輔兵營裡也是個當官的，拿的軍餉一點兒都不比戰兵少，並且上頭還不會克扣！」

「不想再打仗了，累了！」探馬赤軍百戶嘆了口氣，依舊無精打采。

他們以前不是沒有打過敗仗，但敗成今天這般模樣的仗，卻真是平生第一次。這讓他們每個人心裡都籠罩著一股濃重的挫敗感，感覺自己根本不能再上戰場了。即便上了，也適應不了淮安軍的武器和戰術，所以乾脆自暴自棄。

「那就當教官唄！」輔兵頭目看了一眼契丹百夫長的羅圈腿，「會騎馬的，去當馬術教官；會使槍的，去當槍術教官；會射箭的，去教新兵射箭。只要你真有本事，絕對耽誤不了。我們輔兵營裡頭，就有好多教官是蒙古人，人家都不在乎，你們跟誰幹不是幹啊！實在不喜歡住在軍營裡，還可以去官府的小學堂，當那個什麼體育教師，教小孩子舞刀弄棒！工錢也不比當兵低哪兒去，還不用整天把腦袋別到褲腰帶上！」

「真的？契丹人也能當教習？」不光是百夫長，周圍的契丹人眼睛都亮了起來，帶和幾分期盼追問。

解甲歸田畢竟是一個不切實際的美夢，他們不會種田，遠在塞外的故鄉，也早就成了一段陌生的記憶，但教一群小孩子舞刀弄棒，彎弓騎馬，卻不是一件很複雜的事。契丹人自己的孩子也需要家長從小手把手來教，才能成為一個合格的士兵。天分、資質上，與其他人的孩子沒任何分別。

「真的，不光是契丹人。小學堂中，教算數的色目人和教摔跤的蒙古人都一抓一大把。」輔兵頭目非常自豪地說：「不過就是有一點，原來那種四等分法不講究了，蒙古人打死的漢人照樣償命，漢人打死了蒙古人，也是一樣！」

「那是，那是！」

眾契丹男兒紛紛點頭，他們在蒙元朝廷的四等民族劃分體系中，也是一直被當總漢人對待。地位僅高於南方漢人，遠不如蒙古和色目，所以對淮安軍取消等級差別這一點沒有絲毫抵觸，內心深處甚至還帶著一點點贊同。

「實話跟你們說吧！咱們家總管啊，是佛子轉世！」

輔兵小頭目終於如願以償地消滅了隱患，嘴巴立刻就沒了把門的，將聲音壓低了些，滿臉神秘地說：「佛子，你們聽說過麼？佛祖眼中，眾人平等。根本沒有什麼漢人、契丹、蒙古、色目的差別。都是人，都一個鼻子倆眼睛，誰跟誰都一樣！你們哥幾個先在這裡放心歇著，我到別處轉轉去。朱總管是個大好人，咱們可不能耽誤了他老人家的事！」

說著話，丟下幾個心神大定的契丹人，轉身朝其他俘虜走去。邊走邊大聲嚷嚷道：「弟兄們別著急，都坐下，放輕鬆些，你們誰聽說過濫殺無辜的朱總管？沒聽說過吧！沒聽說過就不用怕了。老子當初和你們一樣，也是打了敗仗被抓來的，你們看老子現在……」

「大都督！」他的話很快被一陣山崩海嘯的歡呼聲淹沒。

朱八十一和毛貴等人走過來了，打了勝仗的淮安士兵們興高采烈地圍攏過去，用自己所知道的方式，向心目中的英雄表達最真摯的崇拜。

三萬打十二萬，戰而勝之，**朱都督帶領大夥，又一次創造了奇蹟**。跟在這樣的英雄身後，大夥何愁前程不會光明?!

此戰之後，淮安軍將像岳家軍一樣，名留青史，聽到四周震耳欲聾的歡呼聲，逯魯曾也努力挺起胸脯。

無論朱八十一的指揮有多麼的不靠譜，無論聯軍是否曾經一腳踏入了敵人的埋伏圈子裡。這一仗，大夥畢竟打贏了，而**勝利者向來是不需要被指責的，哪怕他們的勝跡完全建立在跨越了整整一個時代的武器裝備之上。**

「大都督，威武！」

「大都督，威武！」

數萬人的齊聲歡呼宛若湧潮，一浪高過一浪。

打贏了，大夥又打贏了。雖然曾經中了敵人的埋伏。但中了埋伏之後依舊能打贏，**這恰巧證明的淮安軍的超強實力；恰恰證明蒙元氣數已盡，華夏天命重歸！**

「我紅巾軍威武！」朱八十一四下看了看，拱起手，向周圍的弟兄們致意。

被萬眾矚目的感覺的確不錯，在湧潮般的歡呼聲中，人的頭腦很快就像喝了幾大碗二鍋頭一般，暈乎乎，飄飄然，整個身體也像包裹在溫泉中一樣舒泰。

「紅巾軍，威武！大都督威武！」

附近的彩號們看到朱都督向自己致意，紛紛努力從地上抬起半個身子，扯開嗓子回應。淮安軍**每取得一次勝利，就意味著大夥距離夢想更近了一步。就意味著殺戮距離家中的父母妻兒更遠了一步。為了這一步之遙，他們願意傾盡所有。**

「紅巾軍，威武！大都督威武！」在震耳欲聾的歡呼聲中，蒙城大總管毛貴也將身體挺了個筆直。

有一點點嫉妒，但更多的是榮耀。朱八十一剛出道時，就被他當作朋友對待。朱八十一的左軍幾度擴充，都得到了他毫不吝嗇的支持，如今淮安軍的連級以上軍官中，有三成以上出自他的麾下，所以，**他有足夠的資格分享這份榮耀，並且甘之如飴。**

跟在毛貴身後的王宣，則忽然變得有些心神不寧。在淮安軍的支持下，渡河北上，打出一片屬於自己的天地來。無論從任何角度看，他今天都做了一筆穩賺不賠的買賣。

然而看到淮安將士那一張張寫滿驕傲的面孔，聽了耳畔山崩海嘯的般的歡呼，他卻忽然覺得，自己的選擇未必如想像中那般完美，也許留在朱都督身邊，把兩萬黃軍去蕪存菁，徹底變成淮安軍的一部分，對自己和弟兄們更好。

畢竟以淮安軍目前的發展勢頭，能在裡邊混個指揮使幹幹，將來名標凌煙不成問題。而只是作為一個盟友的話，當年大唐的杜伏威和羅藝，可都沒落個什麼好結果。

正猶豫間，耳畔又傳來新一波山崩地裂的歡呼，「大都督，威武！」「大都督，威武！」人群呼啦啦從中能夠分出一條通道，有名八尺多高的精壯漢子，用長矛挑著塊破破爛爛的旗面跑了過來，遠遠地將旗面兒朝地上一丟，躬身喊道：

「大都督，末將不辱使命！」

「是宣讓王的帥旗麼？」朱八十一喜出望外，上前身手攙扶住徐洪三的胳膊問。

「是！」徐洪三扯開嗓子，唯恐周圍的人聽不見，「大都督命末將去將宣讓王的帥旗取來，末將幸未辱命！」

「挑起來，讓大夥看清楚！」朱八十一拍了拍徐洪三的手，命令道。

「是！」徐洪三又大聲回應了一句，彎腰將旗面重新拾起，在半空中抖開，然後奮力挑高，來回搖晃。

「威武！」「威武！」吶喊聲直沖雲霄，讓人熱血沸騰。

宣讓王帖木兒不花的帥旗，上面佈滿了大大小小的腳印，就像塊尿布一樣被挑在一桿長矛上。而這面帥旗的原主人，卻沒等徐洪三殺到他的近前，就無恥地逃走了，身邊還帶著一個完整的蒙古萬人隊！

不戰而走！曾經橫掃大江南北的蒙古軍，居然被大夥嚇得不戰而走！對周圍的紅巾軍將士來說，這是怎樣的一種榮耀！

要知道，他們當中很多人入伍還不到半年，在此之前，耳朵裡幾乎灌滿了有關蒙古人不可戰勝的神話。在他們的祖輩父輩，耳口相傳的掌故裡，都是伯顏如何把江南殺得血流成河，都是幾百蒙古鐵騎把上萬漢家男兒追得無路可走，今天，他們卻**親手將傳說完全反了過來，把逃命的恥辱送給了那些曾經的征服者。**

「大都督，威武！」隊伍中有老兵熱淚盈眶，舉著刀一遍遍高喊。

是朱都督給了大夥為祖輩和父輩們洗刷恥辱的機會；

是朱都督弄出了火藥、火炮和獨門練兵秘笈，讓大夥有了與朝廷兵馬作戰的勇氣；

是朱都督帶領大夥從徐州走到淮安，又從淮安走到高郵，走到這裡，從一個勝利走向下一個勝利；

是朱都督讓大夥突然發現，原來敵人蒙古人並不是不可戰勝，只要大夥首先能夠戰勝自己！

「大都督威武！」無數將士高舉著兵器大聲相和。這一刻，他們無比的驕傲。這一刻，他們願意為自家都督去做任何事情，甚至為了自家都督去死。

「我淮安軍必勝！」朱八十一的心臟也被周圍的吶喊聲燒得一片滾燙，快走幾步，從徐洪三手中接過矛桿，用力揮舞動。

人群自動讓開一條路，讓朱八十一可以挑著繳獲來的敵軍帥旗繼續大步前行。每經過一處，歡呼聲都宛若早春的驚雷。

「大都督威武！」「淮安軍必勝！」的呼聲沿著運河快速向南北兩個方向傳播。天空中的流雲都為之振奮，飄蕩蕩落下一片片白色的身影。

「這小子雖然不通權謀，仗打得也極爛……」逯魯曾擦了擦紅紅的眼睛，快步跟了上去。「但是他至少到現在一直沒吃過什麼大虧，**也許他真是有天命在身**，所以無論犯什麼錯，都能歪打正著！管他呢，隨他去吧！也許這世道真的變了，原來那些都行不通了！**跟著他，說不定真能走出一條全新的道路來！**」

第八章

天命真龍

隨著一個接一個勝利的到來，淮安軍逐漸發展壯大，
進而雄踞一方，所有人看向他的目光都發生了變化。
朱八十一不再只是一個敢玩命的屠戶，而是一條天命所歸的真龍。
跟著他，能贏得幾輩子都消耗不完的榮華富貴。

威望是由一個接一個勝利堆積起來的。

在已經提起刀子的造反者眼裡，既然皇帝都不算棵蔥了，別人的什麼名望、地位更不會當一回事；相反，如果你曾經聲名赫赫，卻老打敗仗，會更令他們看不起。只要能帶著他們打勝仗，從一個勝利走向下一個勝利，你出身是乞丐也好，地痞流氓也罷，他們都會把你當個大英雄，都會成為你堅定的追誰者，義無反顧。

眼下的朱八十一便是如此。當初蘇先生等人追隨他純粹為了保命，甚至到了徐州之戰時，大夥也只是覺得他會些奇技淫巧，敢打敢拼而已。但是隨著一個接一個勝利的到來，淮安軍逐漸發展壯大，進而雄踞一方，所有人看向他的目光都發生了變化。

朱八十一不再只是一個高明的匠師，也不再是一個敢玩命的屠戶，而是一條天命所歸的真龍。跟著他，不光能使大夥保全性命，並且能贏得子子孫孫，幾輩子都消耗不完的榮華富貴。

至於朱八十一臨陣指揮的重重疏漏，治理地方的種種離經叛道，縱橫捭闔時的種種別出心裁，也都成了高瞻遠矚。看不懂是因為你眼界不夠，而不是朱都督任性胡鬧；你只能緊緊跟上，而不是自作聰明地去吹毛求疵。**時間會證明朱都督**

所做的一切都是對的，而你所謂的聰明，只是鼠目寸光。

可以說，如今淮安軍上下，敢質疑朱八十一的，只剩下了包括逯魯曾在內非常少的幾位。並且這寥寥幾位，也越來越困惑，越來越不堅定。

特別是看到朱八十一用矛桿挑著宣讓王的帥旗在歡呼聲中快步穿行的模樣，自己的雙腿不知不覺間就跟了上去，只有牢牢緊跟，才能分享這份榮耀，續遲疑落後的話，必定遺憾終生。

打了勝仗的興高采烈，威望飆升；打了敗仗的人，此刻則是垂頭喪氣，軍心混亂。

就在距離淮安軍三十里外的一處小土丘下，宣讓王帖木兒不花和鎮南王脫歡不花叔侄兩個相對而坐，愁眉不展。

勝敗乃兵家常事，二人也不是沒打過敗仗，當年渡江剿平集慶之亂時，也曾經被叛軍折騰得灰頭土臉，全憑著經驗和本錢雄厚，才最後拖垮了對方，反敗為勝。但是，像今天這種連最後決戰時刻都沒見堅持就徹底放棄的事，卻都是平生第一次。過後再回頭，兩人都覺得內心難安。

「老夫當時……唉！」帖木兒不花想跟自己的侄子說自己當時並非被嚇破了膽子，話到了嘴邊，卻變成了一聲沉重的嘆息。

現在說這些還有什麼用呢，無論自己當時是為了保存實力，還是真的一時犯了糊塗，大禍已經造成了，十三萬大軍從戰場上撤下來的不到五萬，並且其中還有一半完全失去了建制。真正還具備自保之力的，只剩下了兩個蒙古萬人隊和張明鑑麾下的七千多青軍。

「叔父當時的決策是對的。」脫歡不花生來性子就很溫和，也陪著嘆了口氣，安慰道：「漢軍和探馬赤軍都已經崩潰了，紅巾賊卻越戰越勇，當時即便把蒙古軍頂上去，恐怕也於事無補！」

「是啊，於事無補，徒增傷亡而已！」帖木兒不花點點頭，繼續長吁短嘆。

平心而論，他把隊伍撤下來，還真的未必是貪生怕死，而是突然間發現，**無論自己怎麼做，都失去了取勝的可能**。即便把蒙古軍也派上去，一樣會和探馬赤軍那般，被對方用火銃和盞口銃轟個稀爛。而全天下總計才有多少蒙古人？沒有任何希望的情況下，白白丟進一個萬人隊去，**全天下的蒙古人，經得起自己這樣幾次丟？**

「朱賊的火器太厲害了，這輩子，甭說我，估計大都那邊，也沒見過如此犀利的火器！」彷彿是在替自家叔叔找藉口般，脫歡不花嘆了口氣道。

「可不是麼！」宣讓王帖木兒不花登時茅塞頓開，用力點頭，「老夫給漢軍其實也配了不少大銃，結果他們卻連點火的機會都沒找到，就被人用大盞口銃給轟了回來！」

「咱們的大銃最遠才能打三十步，並且無法破甲！」脫歡不花咧了下嘴，連連搖頭，「他們那邊的大盞口銃卻能打到七百步，並且彈丸還能凌空爆炸，一掃就是一大片，唉！我第一眼看到那東西，就知道今天這仗贏不下來了，但是終究做不到壯士斷腕，平白損失了那麼多弟兄……唉！」

「誰說不是呢，老夫也該早一點兒把隊伍撤下來的。朱屠戶兵少，未必敢追得太緊！」帖木兒不花嘆息著附和。

叔侄二人你一言，我一語，都覺得此戰該總結的經驗太多，而越總結下去，卻越覺得前途看不見任何光明。

淮安軍的火器太犀利了，並且配備數量已經達到了驚人的地步，傳統的各種戰術在如此龐大規模的火器面前，幾乎發揮不了任何作用，而以往的消息表明，高大厚實的城牆，好像也阻擋不了朱屠戶的腳步。

後者彷彿天生具備一種本領，就是找出一切防禦設施的漏洞，並且輕鬆將其破壞掉。幾個月前的淮安如此，十幾天前的高郵寶應如此，接下來的揚州，恐怕也是在劫難逃。

想到自己即便回到揚州，已經很難支撐得了幾天，鎮南王孛羅不花愈發愁眉不展，再打朱屠戶一次埋伏，恐怕已經不可能了。麾下部眾的數量和士氣都難以為繼，而龜縮回揚州城內憑險據守的話，其實和野戰沒太多差別，一樣是淮安賊用火器狂轟濫炸，自己帶著弟兄們咬著牙苦撐，單方面的挨打，連還手的力氣都沒有。

「依老夫之見，你不如放棄揚州給他，跟我去廬州！」猜到自家侄兒在為何事而發愁，宣讓王帖木兒不花忽然建議了一句。

「什麼？」孛羅不花簡直無法相信自己的耳朵，瞪圓了眼睛。「您是勸我不戰而逃？那可是殺頭的罪名！大都城那位，這些年正愁沒藉口砍我的腦袋呢，這回好了，我自己把脖子伸了過去！」

「你留在揚州與城俱殉，他會念你的好麼？還是會假惺惺地找個野種來過繼給你，讓此人來繼承你的香火？」

帖木兒不花腦子突然變得通透了起來，撇了下嘴，冷笑道：

「這些年，因為咱們叔侄輪番佔據著揚州，他找了咱們多少次麻煩？威順王，老夫，還有你這個鎮南王，哪次不是打了勝仗得不到任何獎賞，稍有挫折就百般刁難？你裝模作樣抵抗一番，然後把揚州丟給叛賊，帶著麾下弟兄去老夫那裡，這樣，朝廷就不用再擔心你有錢造反了，老夫和你兩個合兵一處，說不定還能把廬州多堅守一陣子。總好過先丟了揚州，再丟了廬州，然後像脫歡帖木兒那樣，一敗不可收拾！」

這幾句話雖然充滿了憤懣之氣，可句句都說在了重點上，因為身上同樣流淌著忽必烈的血脈，鎮南王脫歡不花一直被大元皇帝妥歡帖木兒視為眼中釘，幾次想痛下殺手剷除，都礙於朝廷的律法和祖宗的家法，始終找不到合適藉口，只能總是變著法子給他氣受。

而揚州城偏偏又是天下數一數二的銷金窟，脫歡不花在這裡要錢有錢，要糧有糧，養十萬大軍不存在任何困難。萬一哪天起了歪心思造反，再加上威順王、宣讓王兩人的支持，三家合力，足以讓妥歡帖木兒皇位震動。

所以最近數年來，朝廷始終在想方設法地消滅脫歡不花叔侄三人的實力。而三人念在都是黃金血脈的份上，始終退避三舍。但這樣退避下去，總有一天會退無可退，到那時，是伸著脖子任人宰割，還是鋌而走險，依舊是個艱難的選擇。

整個問題的癥結所在，其實就是揚州。

揚州太富了，揚州在運河上的位置太重要了，無論落在誰手裡，大都城那位都不會放心。然而脫歡不花將揚州丟給紅巾賊，則一了百了，沒有揚州城的財富支持，脫歡不花肯定沒有了造反的可能，而朝廷那邊反正早晚必然跟朱屠戶決戰，所以多一個揚州少一個揚州沒啥差別。

正所謂**退一步海闊天空**，宣讓王帖木兒不花賭氣說了幾句話，卻令二人眼前都是一亮。對啊，反正朝廷本來就不希望咱們占著揚州，把他丟給紅巾賊便是。至於揚州被官兵光復之後，皇上再把他封給哪位功臣，那就是皇上自己的事情了，與二人再也無關！

「只是，朱屠戶得了揚州之後，未必會放過廬州！」猛然間肩膀上好像卸下了萬斤重擔，鎮南王脫歡不花覺得渾身都輕快了起來。但是看到周圍垂頭喪氣的將士，他的臉色再度恢復了凝重，「萬一，他追到廬州怎麼辦？咱們還是要跟他拼命！」

「首先，廬州附近沒有這麼大一條運河！」宣讓王帖木兒不花迅速四下看了看，壓低聲音道：「朱屠戶沒那麼容易把糧食和火炮運過去！其次，據老夫判斷，他手下嫡系兵馬並不多，吞下揚州已經是極限，再擴張，就要把自己活活撐死。第三，假使他不怕被撐死，非要來打廬州也沒關係。咱們叔侄把廬州也讓給他，過江去找你叔父威順王去。有本事他就繼續過江來追！」

「他當然不可能過江來追。可接連丟了揚州和廬州，朝廷會怎樣處置咱們爺們？」鎮南王脫歡不花搖頭苦笑。朱八十一追不上他，可朝廷的信使卻追得上。一番處置下來，自己依舊難逃此劫。

「他敢殺你麼？也先帖木兒丟了三十萬大軍都沒事，他敢對你比對也先帖木兒還嚴？大不了奪了你我二人的王爵罷了，那更好。咱們爺們乾脆順著西邊回到草原上去放羊打獵，悠哉悠哉；至於南邊怎麼樣，人家不願意咱們爺們操心，咱們爺們何必自己給自己找麻煩？」

退回草原上去放羊打獵，日出而作，日落而息，倒也自由自在。只是，草原到底是什麼模樣？鎮南王脫歡不花在自己腦海裡，居然找不到半點印象。

作為一個生在王府，長在揚州的世襲貴胄，**他熟悉運河上的帆影和城市裡的車水馬龍，卻不瞭解什麼是「天似穹廬，籠罩四野」**，他的足跡連黃河以北都沒去過，更甭提長城之外，大漠之端。

事實上，除了與生俱來的富貴和略帶孔武的相貌之外，他已經是一個道地的中原人，帖木兒不花描述的那些生活，**在他心裡引不起任何共鳴**。

「揚州肯定是守不住！」見脫歡不花半晌不肯接自己的話，宣讓王帖木兒不花想了想，繼續勸說，「朱屠戶能輕而易舉拆了寶應城，揚州城的城牆一樣擋不住他，眼下咱們兩個又找不出對付火器的好辦法。如果帶著手中這點兒弟兄死扛的話，非但揚州守不住，廬州也是一樣，弄不好，整個河南江北行省剩下的地盤兒，都得輸給他。還不如暫且避其鋒芒，留一點兒捲土重來的本錢！」

「叔父說得是！」鎮南王脫歡不花聽了，連連點頭，「叔父說得極是。侄兒不是捨不得一座揚州，而是一時想不明白該……唉！」

一句話沒說完，他又嘆息著搖頭。

舉目四望，雙眼裡湧滿了不捨。**這是他的揚州，他鎮南王家族祖孫三代努力經營了六十餘年的揚州**。他熟悉這裡的山山水水，天空大地，乃至一草一木。自接任以來勤政愛民，他盡自己最大努力避免官府對百姓的盤剝。

他把這裡像經營自己的家產一樣經營，忽然間，來了一夥人，卻說這份家產不是你的，你必須將其歸還給原來的主人。這情景，讓一個先前還雄心勃勃準備壯大家業的年輕人如何能夠接受?!

非但他一個人不捨，周圍的親兵聽到了帖木兒不花的話，也紛紛將頭轉到了一邊，滿臉淒涼。

他們也都是揚州土生土長，從生下來就拿一份奉養，飯來張口衣來伸手。他們當中很多人甭說早已不會打獵放羊，甚至連蒙古話都說得不太俐落了。忽然間要放棄曾經擁有的一切，重新像祖輩們一樣生活，他們如何能夠忍受？

「老夫說的只是最壞情況！」畢竟年齡比對方大了十幾歲，帖木兒不花很快就察覺到了癥結所在，「並不是說咱們一定要退回草原，也不是說放棄了揚州就不再回來，老夫只是想給咱們爺們多留一點東山再起的火種罷了。你要是捨不得，就先嘗試著在揚州城內守一下，如果發現勢不可為，就立刻向廬州撤退。朝廷的剿匪大軍，據說已經在路上了，估計等你從揚州撤下來，他們差不多也就該開到黃河邊上了。」

朝廷的剿匪大軍？最後一句話，讓周圍所有人眼睛都是一亮。

朝廷先前之所以遲遲派不出兵馬來，據說主要是拿不定主意該先對付朱屠戶，還是先對付劉福通這個罪魁禍首？畢竟後者的地盤從潁州直抵汴梁，遠遠超過了朱屠戶治下一個小小的淮安。

而現在，已經不用再爭論了，拿下寶應、高郵和揚州之後，**朱屠戶的勢力已經一躍成為紅巾群賊之首**，無論從擒賊先擒王的角度，還是防止其繼續擴張的角度，他都是**第一個被剷除的對象**。

「那，小侄就依照叔父的意思，先回揚州收拾一下，然後就趕赴廬州與叔父會合！」想到不久以後就可以與朝廷的大軍前後夾擊，將揚州重新奪回來，鎮南王脫歡不花終於下定了決心，「揚州的府庫裡邊，還有近兩年的財稅沒有解往大都，所存糧食，也足夠十萬大軍吃上一整年。小侄回去把這些都儘快運走，絕不能白白便宜了姓朱的！」

「能運的運，不能運的就燒掉！」帖木兒不花點了點頭，臉上顯出幾分陰狠，「還有城裡那些有名的富商，也讓他們一起離開。如果想留下來以身侍賊的話，你也千萬別手軟。寧可把揚州變成一個死州，爛州，也好過全鬚全尾的留給朱屠戶！」

「這……」鎮南王脫歡不花愣了愣，又開始猶豫不決。

把揚州府庫搬空，堅清壁野，他心裡毫無負擔，畢竟那些東西在他眼裡都是屬於朝廷和鎮南王府的，絕對不應該留下來資敵。但是，把不肯隨自己搬家的富豪們全殺掉，就有些超出於他的想像力了。那些人按道理都是他的子民，他自己打了敗仗，輸給了朱八十一，自己走就是，何必把災難轉嫁到自己的子民身上。

「只要能把運河和揚州城重新拿回來，你還用怕沒人來做生意，沒人來向你納稅麼？**咱們蒙古人向來是牧羊人，不是農夫，咱們是用快馬，用刀子來『收割』，不需要自己去種莊稼，更不需要考慮羊的想法。**」帖木兒不花的聲音繼續從耳畔傳來，聽得脫歡不花渾身冰冷。

自己是牧人，揚州城的百姓都是羊，而那些富戶，無疑就是羊群中最肥大者……這個比喻很生動，不知為何，卻讓他打心眼裡不願意接受，**那些肥羊一直對他畢恭畢敬，那些肥羊一直把他當作頭羊來追隨，根本沒注意到他手裡還拿著刀，而今天，他卻要向牠們舉起刀來……**

正掙扎間，忽然，不遠處傳來一陣刺耳的嘈雜，緊跟著，兩名蒙古千戶跌跌撞撞的跑了過來，「噗通」一聲跪在地上，哭喊著告狀：

「王爺，王爺，您一定要為末將做主啊。張明鑑那賊，打了一頭鹿不肯進獻給王爺，居然敢自己烤了吃獨食，末將不過好心提醒了他一句，就被他打成了這般模樣……」

說著話，用手在鼻子上使勁兒揉了揉，揉得自己滿臉是血。

鎮南王脫歡不花先前已經對麾下的青軍萬戶張明鑑積了一肚子氣，見到此景，新仇舊恨全都湧了起來，立刻把手伸向腰間的刀柄，準備下令親兵去將張明鑑擒拿，誰料按在刀柄上的手，卻被帖木兒不花牢牢地壓在了那裡。

「不要輕舉妄動！」宣讓王帖木兒不花的眼裡射出兩道冰冷的寒光，「張明鑑敢這麼做，肯定早有準備，咱們現在跟他火拼，只會便宜了後面的紅巾賊。依老夫之見，你不妨再利用一次這隻白眼狼，只要看他朱屠戶到時候如何應對？」

「這，非這樣不可麼？」

鎮南王脫歡不花原本就不是個很有主見的人，聽帖木兒不花說得陰狠，猶豫了一下，臉上露出幾分不忍。

帖木兒不花撇了下嘴，臉上的表情愈發地冰冷，「非這樣不可！朱屠戶起兵以來，不殺，不搶，行止皆有章法。無論是在紅巾賊當中，還是在百姓當中都混出了不錯的口碑。老夫這一計雖然不能直接讓他傷筋動骨，至少也能把這偽君子的真實面目暴露於世人面前！」

「可，揚州城……」脫歡不花依舊猶豫不決，「揚州城……」

「不過什麼？難道你到現在還捨不得麼？」帖木兒不花橫了他一眼，不耐煩地說：「我蒙古男兒何時變得如此婆婆媽媽？這事你不用管了，老夫代你去處置。唉，老夫當年只想著把揚州交給你，也算對得起我那早去的哥哥，卻忘了教你如何去做一個合格的王爺。等會兒老夫做事的時候，你在旁邊看著，什麼都不用說，要知道，這世上殺人可不一定要親自動手！」

說罷，立刻轉過頭，衝著周圍的親兵頭目吩咐：「札木合，點一個百人隊，陪老夫和鎮南王去找張明鑑。老夫就不信了，這狗才敢跟老夫動刀子！」

「是！」親兵頭目札木合答應一聲，立刻去召集人手。轉眼間便調集起了一個完整的親兵百人隊，簇擁著宣讓王帖木兒不花和鎮南王脫歡不花叔侄，氣勢洶洶地朝不遠處的青軍營地走去。

那些正在點火做飯的青軍將士見他們來勢不善，紛紛從火堆旁站了起來。或者手按刀柄，或者拎起長矛，全神戒備。只要蒙古親兵敢主動挑釁，隨時準備上前拚命。

「吆喝，還挺有脾氣的！剛才對著紅巾賊的時候，諸位的脾氣都哪裡去了？」帖木兒不花卻毫無畏懼，帶頭從青軍將士身邊穿過，冷笑著奚落。「放心，老夫沒想拿爾等怎麼樣。真的想要收拾爾等，就不會只帶著隨身衛隊來了。張明鑑呢，讓他速速出來見老夫！」

「剛才要不是你們蒙古人先帶頭逃了，大夥也不至於落得如此狼狽！」

「我們青軍不行，你們自己上啊。我們青軍拼命的時候，是誰在旁邊乾看著?!」

「就是！平時欺負咱們時，一個個人五人六。到了戰場上，怎麼全都熊了？」

……

眾青軍將士不服氣，一個個大聲還嘴，將平時壓抑在心裡的憤怒全都爆發了出來，然而，憤怒歸憤怒，在對方沒表現出明顯敵意時，他們也不打算率先挑起內訌，因此罵罵咧咧地讓出一條通道，任由帖木兒不花和脫歡不花兩個帶著親兵去找張明鑑的麻煩。

青軍萬戶張明鑑早就知道脫歡不花不會輕易放過自己，因此不待兩個蒙古王爺靠近，就主動領著百餘名死黨迎了出來，遠遠地衝著後者拱了下手，大聲道：「王爺來找末將何事？紅巾賊可曾追上來了？是要末將帶著弟兄去先去抵擋一陣，好讓王爺從容轉進麼？那樣的話，王爺只要派人下個令就行了，何必親自過來一趟！」

「你這忘恩負義的狗賊！」鎮南王脫歡不花被氣得兩眼一陣陣發黑，快走幾步，指著張明鑑罵道：「本王哪裡曾經虧待過你？你居然敢說出這種話來！若不是本王，你現在還是一介草民呢，見了個尋常小吏都得磕頭作揖！本王這些年來，不遺餘力地提拔你，沒想到，你竟然趁本王兵敗，起了趁火打劫的心思！你肚子裡到底有沒有良心！」

問到最後幾句，一時覺得氣苦，兩眼裡竟然湧出了淚光。

張明鑑原本是準備跟鎮南王硬頂幾句，然後就分道揚鑣的，此刻見到對方一個大男人居然當眾哭了起來，登時心中發澀，多年來扶植提攜的重重恩情瞬間湧到了眼前。

他的青軍和王宣的黃軍，都是在鎮南王脫歡不花的全力支持下建立起來的，雖然最初的目的是為了減少正式官兵的損耗，並且糧餉大部分也需要自籌。但畢竟給了他們兩個出人頭地的機會，讓二人從普普通通的鄉間堡寨主一躍成為四品高官。

按照世人看法，這就是貨真價實的知遇之恩，這輩子無論如何都不能辜負，更不該做出什麼賣主求榮的事情來。

然而，蒙古兵對漢兵欺壓之狠，也同樣讓張明鑑無法忍受。若是換做平時，蒙古人還能借助祖上百戰百勝之威也就罷了，張明鑑即便受了再大的委屈，也不敢起什麼非分的心思；可今天一仗，蒙古軍的虛實已經全都被拆了個乾淨，分明是**一群連真章都沒勇氣見的二世祖，還想著像以前那樣騎在青軍頭上作威作福，簡直就是白日做夢！**

想到這兒，張明鑑深吸了一口氣，道：「王爺這是哪裡話來！末將即便有一萬個膽子也不敢對王爺您本人起什麼二心，可末將剛剛打了一頭鹿，某些人卻空口白牙想奪了去，末將是絕對不會給的。一旦被他得了逞，末將還有什麼威望約束麾下這七千多剛剛從戰場上撤下來的弟兄?!」

「你……」

鎮南王脫歡不花氣得渾身哆嗦，嘴裡卻說不出一句反駁的話。手下那兩個千戶肯定是欺負人欺負慣了，所以才想著不勞而獲去搶張明鑑的鹿，並且那兩個傢伙搶了鹿之後，也肯定是進了他們自己肚子，半兩都不會獻給自己這個王爺。

可事實歸事實，自己卻必須替他們爭這口氣，因為這**涉及到蒙古人和漢人之間的等級秩序，一旦亂了套，自己就愧對列祖列宗**。

「兩位王爺要吃鹿肉，末將肯定撿最好的部位獻上，可其他人沒這個資格！」張明鑑也豁出去了，咬了咬牙，再度大聲強調。

「你，你這養不熟的白眼狼！混帳，王八蛋！」鎮南王脫歡不花被氣得兩眼發黑，破口大罵。

帖木兒不花卻從旁邊輕輕推了他一把，走上前喝道：「行了，張將軍做的沒什麼錯。想吃鹿肉，自己去獵，搶別人的，算什麼本事？」

「呃！」鎮南王脫歡不花的聲音卡在了嗓子裡，看著自家叔叔，滿臉不解。

「剛才不是說了麼，讓你不要衝動！」帖木兒不花嘆了口氣，輕輕將他推到一旁，然後自己取代了他的位置，正面針對張明鑑，「剛才的事，老夫已經知道是怎麼一回事了，他們從你口中奪食，的確過分了一些！」

「老王爺英明！」張明鑑猜不透此人葫蘆裡賣的是什麼藥，拱了下手，低聲回應。

「大敵當前，你也不要把這些小事太往心裡頭去。畢竟，咱們還是一家人，要共同面對朱屠戶的追殺！」帖木兒不花笑著點了點頭，慈祥得如同一個長輩在叮囑自家子侄。

「末將不敢！」張明鑑卻憑著敏銳的直覺，發現了危險的迫近，向後退了半步，警惕地道。

「既然如此，有件事，老夫還想委託給張將軍！」帖木兒不花笑了笑。「不勉強，張將軍若是覺得能接，便接下來；若是覺得不能，大夥也好商量，總之，不要在此刻起了嫌隙，讓朱屠戶白撿了便宜去！」

「王爺說得有道理！」平生第一次，被蒙古王爺商量著做事，而不是直接發號施令，張明鑑覺得非常不習慣，「但具體什麼事情，還請王爺告知。末將麾下的弟兄，今天傷亡慘重，未必還能當得起什麼大用！」

「放心，不是讓你去跟朱屠戶拼命！」帖木兒不花繼續給張明鑑吃定心丸，「老夫明知道做不來的事，怎麼可能強迫你去做？鑑於青軍今日的英勇表現，老夫想跟鎮南王聯合上本，保舉你做揚州路總管，不知道張將軍可否願意擔此重任？」

「保舉末將，揚州路總管？」

張明鑑嚇了一跳，簡直不敢相信自己的耳朵。按照大元朝的官制，揚州路總管和揚州路達魯花赤平級，乃正三品高官，地位遠在一般萬戶之上，甚至連行省的參知政事，在權力方面，都大大的不如。而自己得到這些，就因為剛才氣憤不過，把兩個前來搶食的蒙古千戶痛揍了一頓。這也太離奇了吧，早知道這樣，自己早就該動手打了，何必一直等到現在？

正猶豫間，卻又聽帖木兒不花以商量的口吻說道：「你也應該明白，這大元朝的官場是怎樣一個行情。雖然是臨危受命，但這一路總管之職，也不能輕易謀得的。而老夫和鎮南王那邊，還急需一些錢財來鼓舞士氣，所以麼，這有些事情，咱們還是要按規矩來。張總管，老夫的意思，你可明白？」

「轟——！」張明鑑的腦袋裡，忽然有顆炮彈炸裂開來。炸得他頭暈目眩，身體戰慄不已。

什麼是大元朝的官場行情？大元朝的官場行情就是明碼標價，童叟無欺，只要你想要升遷就得花錢。而揚州乃全天下最富庶不過的地方，放在太平年間，想要謀一個揚州路總管之職，沒有四五十萬貫肯定拿不下來。如今雖然朱屠戶馬上就兵臨城下了，恐怕也得二十萬貫以上，不可能比這個價格更低。

「末將慚愧！王爺的意思，末將真的不太明白！」

憑藉直覺，張明鑑就認定了帖木兒不花沒安好心。然而，成為三品高官的巨大吸引力，又讓他無法拒絕這個香氣撲鼻的釣餌。**這個時候成為揚州路總管，肯定是要想讓自己去跟朱八十一拼命。可如果自己吞了釣餌卻又把鉤子吐出來呢？朝廷還能把已經封給的官職立刻就收回去？**

「朱八十一來勢洶洶，本王和你家鎮南王爺決定暫避其鋒纓！」

果然，帖木兒不花的好處不是那麼容易拿的，很快就開出了交換條件，「我們二人不在期間，這揚州路的全部兵馬和所有城池就交給你來防禦，此外，其他方面，咱們都按老規矩來！」

「原來果真是讓張某留在揚州城替你們去死！還想讓張某再給你們一大筆賣命錢！」張明鑑的眉頭迅速皺緊，滾燙的心臟迅速發冷，**如此傻的事，他絕對不會去做，哪怕是帖木兒給出更高的承諾，他也沒傻到拿自己的小命去換。**

「老夫不是讓你死守揚州！」帖木兒不花原本也沒打算如此簡單地就騙倒對方，見張某人臉色不對，立刻笑呵呵道：「張將軍文武雙全，又忠義驍勇，老夫怎麼捨得輕易讓你去送死？老夫的意思是，你留在揚州，盡力為老夫和鎮安王兩個拖延敵軍腳步。能拖多久算多久，也好讓老夫和鎮南王多一些準備時間。

「一旦情形不對，你可以立刻棄了城逃走，帶著麾下弟兄來廬州找我們會合！只要你盡了力，老夫保證過後沒人敢找你的麻煩。即便你在被逼無奈的情況下，假意投靠了那朱屠戶，只要日後找機會再反正回來，老夫也保證，這個揚州路總管的職位依舊是你張明鑑的！」

「轟！」彷彿又被一炮砸中的面門，張明鑑覺得自己腦袋裡亂成一鍋漿糊。出任揚州總管之職，卻又不必承擔什麼守土之責，一旦見勢不妙，還可以撒丫子開溜。甚至還可以把揚州城獻給朱屠戶，而自己所要付出的，僅僅是憑藉揚州城的高大城牆拖住朱屠戶幾天，讓他不能對帖木兒不花和脫歡不花叔侄尾隨追殺?!

天下居然還有如此簡單的任務？如果宣讓王真的有誠意的話，自己現在就拍了胸脯又能如何?!反正大不了到最後把城池向朱屠戶一交，學習張士誠的模樣，給托庇於朱屠戶羽翼之下做一路諸侯就是。有了揚州城內的錢財，還怕找不到足夠的人來吃糧當兵麼？

「怎麼，張將軍不願意？」遲遲得不到張明鑑的回應，帖木兒不花變得有些性急，眉頭一皺道：「那就算了，強扭的瓜不甜。既然張將軍不願意把握機會，本王把這個機會給別人便是，正好本王麾下的廖大亨和朱亮祖兩個今日都吃了大虧，本王就拿這一路正副總管的職位補償他二人也好！」

「願意！末將願意！」張明鑑豈肯讓差一點就到了手的好處歸了別人？立刻

大聲道：「末將願意為兩位王爺效死力！」

「死就不必了。」帖木兒不花以外人難以看見的幅度翹了下嘴角，和顏悅色地說：「眼下國事雖然艱難，但也沒到讓你去死的時候。你記得，盡力多拖住朱屠戶幾天就是了。此外，其他幾座城池的錢糧你儘管調用，揚州城府庫裡的錢糧，本王卻得搬去廬州。這徵調民壯的事情，也得著落在你身上！」

「王爺儘管放心，末將一定把事情做得漂漂亮亮的！」

到了此刻，張明鑑哪裡還顧得上考慮帖木兒不花話語裡的陷阱，把個頭點得像搗蒜一般，唯恐答應得慢了，揚州總管的位置落在了別人手裡。

「那好！本王就把後路交給你了！等回到揚州城內之後，你便可以先將揚州路總管的一職暫攝起來。記住，一定要保住有用之身，今後才能報效朝廷。切記，切記！」

帖木兒不花對張明鑑的表現非常滿意，在他的肩膀上用力拍了兩下，笑著叮囑。張明鑑被拍得心裡發熱，眼睛發燙，真恨不能立刻在自己胸脯上劃幾刀，以表耿耿忠心。

直到帖木兒不花和脫歡不花叔侄的背影去得遠了，才終於平靜下來，把腰間寶刀抽出來，狠狠朝身邊的矮樹上剁了幾下，低聲道：

「直娘賊！這時候終於想起老子來了，早幹什麼去了，真當老子腦袋被驢踢了麼？到底誰更傻，咱們走著瞧！」

「就是，四哥，老賊今天分明是想拿著一個虛名，騙咱們繼續去白白送死！」千戶余大瑞剛才冷眼旁觀的整個對話過程，走上前，咬牙切齒地說。

跟淮安軍拼命的蠢事，他今天做過一次，這輩子都不會想再重複第二次了。那根本不是兩軍打仗，而是自己這邊排好隊，一波一波走過去，讓淮安軍用大炮屠殺！

並且那朱八十一手裡，據說還有更厲害的法寶，根本沒來得及用在青軍之上，不信去看看廖大亨和朱亮祖兩個，麾下各自原本上萬人的隊伍，最後撤回來的，連兩支千人隊都湊不齊。

「將咱們賣給朱屠戶，咱們還得再倒找給他幾十萬貫，這老賊算盤打得倒精！」另外一名青軍將領丘正義也湊上前，義憤填膺地嚷嚷。

帖木兒剛才的話，他也全聽在了耳朵裡。怎麼想，都覺得此事充滿了陷阱，與其冒險往裡頭踩，還不如現在掉頭走開，免得將來追回莫及。

「是啊，張頭兒，咱們可不能上這個當！」

「咱們別上這個當，直接投朱屠戶算了！誰愛當這個傻瓜總管，讓他自己當去！」

「對，張哥，咱們乾脆現在就反了，直接去投朱屠戶，涼那鐵木兒不花叔侄也沒膽子發兵老追！」

……

一時間，四下裡議論聲如潮，都認定了帖木兒不花和脫歡不花兩個沒安好心，大夥不該繼續跟他們叔侄走在一起。

張明鑑的目光卻突然變得無比深邃，沉聲道：「別瞎嚷嚷，咱們先把揚州城抓到手裡再說。老子雖然笨了點，也沒那麼容易騙！」

「可您哪來的幾十萬貫交給帖木兒不花去買官？」千戶余大瑞猜到張明鑑是捨不得揚州路總管的職位，結結巴巴地提醒。

「把揚州城握在了手裡，還怕尋不出幾十萬貫？籌集幾百萬貫出來都易如反掌！」張明鑑咬了咬牙，冷笑著道：「老子就砸鍋賣鐵，先弄幾十萬貫給他，只要他肯如約離開，老子就不怕收不回本錢來！非但要收回本錢，咱們兄弟今後想自己拉山頭單幹，也得全著落在這上面！」

那倒是！眾人聞聽，佩服得五體投地。

到底是張四哥，想得就是清楚。揚州城是什麼地方啊，天底下最富的地方。

城內隨便一戶豪商拉出來，家產恐怕都不下百萬貫。等帖木兒不花走後，大夥以募集軍餉的名義，派人在那些人的家門口一站，誰敢不給錢？一刀剁了他，看他腦袋經得起幾砍?!

「可是，四哥！」余大瑞依舊覺得不太妥當，將嘴巴湊到張明鑑耳邊，「可是朱八十一就跟在咱們身後，萬一聽說咱們在城裡大肆搜刮，以他那嫉惡如仇的性格……」

「扯淡！」張明鑑橫了余大瑞一眼，不屑地撇嘴，「嫉惡如仇？狗屁，他真要嫉惡如仇的話，淮安城的那些大鹽商怎麼死的？那張九四取高郵時，難道兩手就一點兒血都沒沾？到最後怎麼樣？到最後他還不是拿了高郵城，就當作什麼都沒發生過？更何況眼下揚州城還是大元朝的地盤，老子在大元朝的地盤裡弄點錢花，關他紅巾軍淮安大總管何事。鵲橋兩頭設卡子，他還管到天上去了！」

「這，這……」余大瑞被駁斥得無言以對，只好紅著臉後退。

張明鑑卻一把拉住了他，以極低的聲音道：「不過你的話也沒錯，小心駛得萬年船！這樣吧，我記得揚州城的大獄裡還關著一個劉福通麾下的什麼光明右使，等回到城裡之後，你立刻帶人去把他給我悄悄地弄出來，換身乾淨衣服，好吃好喝招待著，再給他找兩匹瘦馬騎上。萬一形勢不對，乾脆咱們就把這位右使大人推到前面去，讓他跟朱屠戶打擂臺。我就不信，他朱八十一刀子再快，敢砍到劉福通劉大帥的肩膀上！」

·第九章·

揚州屠城

當朱八十一帶著聯軍趕到揚州城外的時候，
第一眼看到的就是這樣一幅場景。
揚州城沒了，包括揚州城內外的敵軍，都消失得無影無蹤。
彷彿有一頭惡鬼，突然張開大嘴，將揚州城一口吞了。
只留下了遍地的殘渣碎骨。

高，萬戶大人就是高！只有張九四那個蠢貨，捨命奪了高郵卻平白獻給了朱八十一，如果他當時也如萬戶大人一樣聰明，直接跟劉福通劉大帥搭上了線，這高郵城就是他張九十四的，還用再看朱屠戶的臉色吃飯？

當即，眾青軍將領便歡呼起來，一個個擦拳磨掌，躍躍欲試。人心裡有了盼頭，做起事情來就格外有精神。草草用過了飯，張明鑑就迫不及待地拉起隊伍，匆匆忙忙朝揚州城方向趕，唯恐走得慢了，帖木兒不花和脫歡不花叔侄猜到自己的真實企圖，拒絕履行先前的承諾。

好在那帖木兒不花和脫歡不花叔侄兩個也忙著從險地抽身，居然沒想到張明鑑還有把揚州獻出去的可能。回到城內後，立刻把麾下一眾官員召集起來，當眾宣布了對張明鑑的任命。然後便連聲催著後者履行職責，從民間徵調船隻和役夫，以便把府庫裡的錢糧一股腦捲了，運往臨近的廬州。

那張明鑑也巴不得帖木兒不花叔侄早點滾蛋，好方便自己全力施為，因此立刻派出麾下得力人手，在衙門裡的差役、幫閒的協助下封鎖碼頭，徵用所有民船，隨即又派余大瑞帶兵去將城南最窮的幾個街巷給堵了，將裡邊的百姓、流民以及市井閒漢，凡是男丁一股腦全強徵來，勒令他們去服勞役。

鬧轟轟折騰了一整夜，第二天上午，終於將府庫裡的錢糧全都裝上了船，恭恭敬敬地送兩位王爺啟程。

「你，很好！老夫和鎮安王兩個著實沒有看錯人！」

宣讓王帖木兒不花卻不肯馬上離開，先把帶領兵馬護送鎮南王脫歡不花和滿載錢糧的船隊離了岸，然後又回到了揚州城西水路碼頭，似笑非笑地看著前來送行的張明鑑，大聲誇讚。

「末將只是奉命行事而已。是王爺安排得好！」張明鑑被看得頭皮發麻，躬下半個身子，滿臉堆笑。「先前說定的東西，卑職已經按照規矩，送到最後那三艘船上了，清單也一併交到了鎮南王府的阿里管事手中。王爺隨時都可以派人查驗！」

「嗯！這就是本王誇讚你的原因，懂事，比本王見到過的其他漢官懂事多了！」鐵木兒不花看了他一眼，笑著點頭。「本王走後，這揚州城就交給你了，希望你能想盡一切辦法，將朱屠戶多拖在城外幾天，千萬別沒等他兵臨城下就望風而逃，那樣的話，本王即便再有臉皮，也不好於朝廷那邊替你說項！」

「老王八蛋，你跑得比老子還快，怎麼沒覺得絲毫丟臉！」張明鑑心中暗罵，表面上卻裝出一副大義凜然狀，「王爺儘管放心。只要末將還有一口氣在，就絕對不會讓朱屠戶輕易進得了城！」

「好，很好！很好！」宣讓王帖木兒不花繼續笑著點頭，兩隻眼睛像夜晚的鬼火般在眼眶裡來回滾動，「有你這句話，本王就可放心離開了。不過，青軍的兵馬畢竟少了些，本王把廖、朱兩位將軍也留下來協助你，該讓他們幹什麼，你儘管下令便是。他們兩個都是顧全大局的人，絕對不會做出抗命不從的事情來！」

說罷，立刻點了下手，將朱亮祖和廖大亨兩人叫到身邊，當著張明鑑的面吩咐道：「你們兩個剛才可聽清楚了？從今天起，你們二人和各自手下的弟兄，就一併歸張總管調遣。如果敢做出以下犯上的事情來，哼哼，即便張總管不處置你們，本王知道後，也絕對不會饒過你們！」

「是！末將從命！」廖大亨和朱亮祖二人互相看了看，梗著脖子大聲回應。

二人麾下的義兵萬人隊都打殘了，宣讓王帖木兒不花此舉明顯有卸磨殺驢的嫌疑，然而彼此之間地位相差懸殊，二人這會兒即便心裡再不滿意，也沒勇氣當眾抗命。只能在心裡將宣讓王帖木兒不花的祖宗八代問候了個遍。

「有朱、廖兩位兄弟幫忙，末將一定能將揚州城再多守上十天半個月。好讓王爺有充足的時間調整部署！」明知道帖木兒不花此舉的目的是為了「摻沙子」，張明鑑依舊畢恭畢敬地回應。

「好，好！那本王就預祝張將軍一戰成名！」帖木兒不花一邊笑，一邊從親兵手裡接過戰馬的韁繩，「你們三個記住，還是那句老話，本王不希望你們死在這裡，留下有用之軀，才能報效朝廷！切記，切記！」

「末將多謝王爺！」三個漢人將軍同時肅立拱手，大聲致謝。

「呵呵，呵呵！」帖木兒不花仰頭大笑，用力一夾馬腹，帶著親兵向南飛馳而去。萬餘全副武裝蒙古將士緊緊跟上，沿著運河，腳步踏起的煙塵遮天蔽日。

張明鑑一直目送著大隊人馬遠去，直到煙塵已經被風吹散，才搖頭笑了笑，把眼睛轉向了愁容滿面的朱亮祖和廖大亨，「兩個兄弟請了！今後揚州城就歸咱們哥仨了。張某不才，若是有做得不對的地方，還請兩位兄弟多多擔待！」

「張總管這話說到哪裡去了，我們兩個莽夫哪配在張總管面前提擔待二字！」廖大亨和朱亮祖二人聽得心裡一哆嗦，趕緊說道。

他們兩個各自麾下的殘兵敗將，全都加在一起也湊不夠三個千人隊，而張明鑑麾下的青軍卻還有六七千人，彼此間的實力相差非常懸殊。況且張明鑑還頂著個揚州總管的頭銜，職位也遠在他們之上，因此無論如何，他們也不敢奢求能跟對方平起平坐。

誰料張明鑑卻是「誠心」拿二人當朋友，把手一擺，大聲道：

「唉！兩位兄弟何必這麼客氣？眼下揚州就是孤城一座，把城中的所有兵馬加在一起也湊不出兩萬人，張某我這個揚州總管，明擺著是臨時拋出來頂缸的，能守住揚州，未必有多大好處。萬一守不住，這喪城失地之罪麼，少不得就要落在張某頭上！兩位兄弟都是明白人，難道連這一層都沒有看透麼？」

「這……」廖大亨和朱亮祖互相看了看，滿臉苦笑。

事實就是如此，**張明鑑花了大價錢買來的揚州總管之位，分明是給他自己買了一艘開往黃泉的座舟**。而自家兄弟兩個的前途也沒好哪去，萬一揚州被朱屠戶攻破，前面等著二人的，同樣也是死路一條。

「張某不想死，也不想眼睜睜地看著朋友死！」早就料到了二人的反應，張明鑑乾脆打開天窗說亮話，「張某湊遍了全軍，湊出那二十萬貫，可不是為了只買三天揚州總管當。張某不是傻子，之所以明知道是個坑還往裡頭跳，是想發一筆大財！不知道兩位哥哥可有興趣跟著張某一起幹？」

「發什麼大財？紅巾賊可是馬上就能打過來！」朱亮祖一聽，立刻來了精神，興致勃勃的追問。

他麾下的義兵被紅巾軍給幹掉了三成，在撤退途中又逃亡過半，因此急需一大筆錢財來招募新血，恢復實力。如果張明鑑真有發財的路子，他無論如何都願意參上一股。

另一個「義兵」萬戶廖大亨卻迅速察覺到了一絲不妙，先用力拉了一把朱亮祖，然後向張明鑑鄭重施禮，道：

「張總管厚愛，廖某跟朱兄弟感激不盡，但大敵當前，咱們還是先說說如何佈防，才能確保揚州不被朱屠戶輕易攻破才好。否則萬一揚州城像高郵那樣，被朱屠戶不戰而克，咱們三個無論想做什麼，恐怕都是白日做夢！」

「對，對對，廖兄弟說得極是，張某剛才孟浪了！」張明鑑碰了個不大不小的軟釘子，皺了下眉頭，強笑著回應。

「也不能說孟浪。張總管所謀甚大，我二人見識淺，無力參與其中而已。」廖大亨卻得寸進尺，繼續說道。

「不，不，廖兄弟說得極是，守不住揚州什麼都是白瞎。如此，就請二位帶著人馬入城，咱們去府衙從長計議如何？」張明鑑笑得愈發春光燦爛。

「入城就不必了！」廖大亨笑了笑，輕輕擺手，「我兄弟二人麾下兵馬全加起來也湊不齊三個千人隊，即便入了城去，恐怕也幫不上太多的忙。反而會因為旗號不統一給張總管添亂，不如這樣，揚州城東南有一片大澤，我兄弟二人就帶著麾下兵馬到那裡靠水另結一寨，與張總管互為犄角。如此，萬一朱屠戶來攻，彼此之間也能有個照應，多拖住他幾天！」

「呃？」張明鑑眉頭擰成一團疙瘩，臉上烏雲密佈，右手緊緊按在刀柄上，半晌才緩緩鬆開，「也好，就依照廖兄弟之言，今天勞煩二位先將就一晚，最遲明天一早，張某就會派人送些錢糧過去！」

「如此，我兄弟二人就多謝張總管高義了！」廖大亨又向張明鑑施了個禮，然後用力拉了一把朱亮祖的袖子，轉身離開。

後者卻兀自迷迷糊糊，一邊走，一邊戀戀不捨地回頭，「老廖，我說你今天是吃錯藥了，好好的城裡不進，非要跑到城東的雁棲澤去受凍，還非得拉上我……」

「閉嘴！如果你不想跟廖某走，儘管帶著你們的兵馬入城！」向來性情敦厚的廖大亨卻忽然冷了臉，以極低卻極其嚴厲的聲音喝罵。

「嘿，你還長脾氣了！」朱亮祖也氣往上撞，甩開廖大亨的手，低聲數落。

然而，念在彼此間多年的交情上，他卻不好真的將廖大亨一個人丟在城外，走向自己的隊伍時，一邊不高興地嘟囔著：

「真是的，邪門透了，明明三家全進到城裡都未必能將揚州守住，你還非要分兵，不肯接受送上門的發財機會……」

「我是在救你的命！你知道不知道？不知道就給我閉上嘴，等咱們倆把營地紮下來再說！」廖大亨在後邊踢了他一腳罵道。

「救我的命？憑你那三腳貓武藝？」朱亮祖不屑地撇嘴。然而看到廖大亨那陰沉的臉色，又把剩下的嘲笑話全都憋回了肚子裡去。

若論武藝和兵略，廖大亨比起他差了可不是一點半點；然而若論揣摩世道人心，三個他綁在一起也比不上一個廖大亨。這都是以往經過實踐證明了的事，不需要任何質疑，所以，光是為了謹慎起見，他也要遵從廖大亨的選擇。帶著一肚子的狐疑和不滿，朱亮祖氣哼哼地領著麾下的殘兵與廖大亨一道，在揚州城東五里的雁棲蕩北岸紮了營。隨後，又帶領親兵去打了幾頭野鹿，一邊架在火上烤，一邊等著廖大亨過來解開謎團。

那廖大亨卻一點兒不體諒他的心情，先領著一幫親信將寨牆巡視了個遍，封堵了所有疏漏；然後又派人在附近挖了大量的陷阱，以防營地遭到偷襲，最後又遍灑斥候，探聽紅巾軍的位置和動向。待一切都忙碌完了，才拎著半壺濁酒，步履蹣跚的走到了火堆旁。

「到底是怎麼回事？姓張的怎麼得罪你了，你像防賊一樣防著他？」朱亮祖早就等得火燒火燎，不待廖大亨坐穩，就啞著嗓子追問。

了十幾歲般，頹然蹲到了火堆旁道。

「他要發財，我不想跟著發，也沒本事擋著他，如此而已！」廖大亨如同老

「發財？那不是好事麼？咱們兩個正缺錢糧來招兵。」朱亮祖聽得滿頭霧水，瞪著一雙茫然的眼睛。

「他想用刀子發財！」廖大亨扭頭看了一眼不遠處籠罩在暮色的揚州城，長嘆一聲，「他根本就沒打算替帖木兒不花拖住朱屠戶，他只想趁著朱屠戶趕過來之前撈最後一票！」

「用刀子發財？你是說，他要搶那些揚州城的豪商？」朱亮祖先是一驚，隨即後悔得連拍大腿，「那你跟他客氣什麼啊？那些揚州城的豪商，有幾個不是家財百萬的？隨便找兩家抄就夠咱們哥倆東山再起的了！唉，你這人真是，什麼時候變得如此婆婆媽媽了？」

「你如果想發財，現在去還來得及！」廖大亨白了朱亮祖一眼，扯開酒壺上的塞子，大口往肚子裡灌了幾口，然後說道：「廖某不想攔你，但廖某既然做的是義兵萬戶，卻多少還記得一個『義』字。廖某身為官兵，打不過紅巾賊也就罷了，卻不能所作所為，連個賊都不如！」

「嘿，廖胖子，你還喘上了！」朱亮祖氣得長身而起，一邊罵罵咧咧地數落

著，一邊拔腿往遠處走，「你不去我去，老子正愁沒錢養兵呢！這下好了，張明鑑把麻煩全替老子解決了！」

走了幾步，回過頭來，看廖大亨沒有起身攔阻，只顧繼續往嘴裡灌酒，不由得火往上撞，大步走回去，劈手搶過酒葫蘆，「老子打的鹿，你別光想著吃獨食。你到底在怕什麼？你廖胖子又不是第一次殺人？」

「怕這兒！」廖大亨苦笑著抬起手，指了指自己胸口，「**良心**。廖某怕過了今兒晚上，這輩子都良心難安。殺人簡單，廖某當兵這麼多年了，不可能刀下沒有屈死鬼，可把全城八十萬百姓全殺光，朱亮祖，你下得去手麼？你就不怕今後一閉上眼睛，滿城的惡鬼都來找你？」

「滿城的惡鬼，你喝多了吧？死胖子！」朱亮祖被嚇了一跳，隨即不屑地大笑道：「搶幾個富戶罷了，怎麼可能牽扯上全城的人？那張明鑑又不是傻子，他也得想想身後名聲！」

「當官的都想著去做賊了，當兵的呢，他們能不趁火打劫麼？」廖大亨看了他一眼，「眼下揚州城內可不止是咱們和青軍，還有那麼多編制被打散了找不著地方安置的散兵游勇，那麼多遊手好閒的地痞流氓。張明鑑只要開了這個頭，他能控制住局勢麼？恐怕到時候，搶誰，不搶誰，搶到什麼時候為止，殺到什麼時候結束，就由不得他了。你我二人如果在城中，手下的兄弟見有大財可發，能不眼紅麼？到時候**這滔天殺孽是算在你我頭上，還是算在那名字都讓人記不住的張三、李四頭上？**一旦做下了此等惡事，無論是官府還是紅巾賊，哪邊還容得下你我兄弟？就是你們朱家和我們廖家，恐怕也得趕緊將你我開革出族，以免遭受那千夫所指！」

「這……」

朱亮祖這輩子，都沒考慮得如此長遠過。禁不住愣在了原地，目瞪口呆。**情況真的會變得像廖大亨說的那樣一發不可收拾麼？**他不願意相信。然而，心中卻有一個聲音清晰地告訴他，事實的確如此。**財帛最動人心，一旦當官的帶頭做起的強盜，底下當兵的就徹底變成了一群禽獸，隨時都會跳起來擇人而噬！**

十一月底的天氣已經有些冷了，一陣風從湖面上吹過，吹得他不斷地打哆嗦。抬起頭，再度望向已經漸漸模糊的揚州，卻覺得整座城市顯得那樣靜謐而華貴。

這是運河上第一富庶之地，也是全天下最富庶所在。古語云，腰纏十萬貫，騎鶴下揚州，說的便是此處。而今晚，它卻可能毀於亂兵之手，自己就站在城外，偏偏對此無能為力。

忽然間，朱亮祖心裡居然湧起一股期待，希望朱屠戶的兵馬能立刻殺到城下來，哪怕是區區數百騎兵，就像傅友德當日突然出現於高郵城外那樣，也能威懾一下張明鑑，讓他無暇再禍害揚州。

然而，這個期待卻終歸太不現實，朱屠戶指揮的是一支聯軍，政令很難統一，又行行走於陌生的地域，不可能輕敵冒進，讓已經鎖定的勝局出現反覆……

「起火了！」忽然間，有人指著城內，低聲叫嚷。

「呀，起火了！是城東，城東成賢街方向……」有人跳起來，大聲補充。

「大火，老天，哪個造孽的在放火！」

「老天爺啊，這大冬天風乾物燥的……」

朱亮祖順著大夥的手指方向望去，果然看見一團團猩紅色的火苗從揚州城內冒了起來。**黑暗中，就像無數隻妖魔鬼怪，吐出了猩紅色的舌頭。**

這一夜，揚州變成了鬼域。有無數妖魔，在半空中放聲大笑。

黑色的煙，在黑色的天地間翻滾。

傳說中富甲天下的揚州城徹底被從地圖上抹去了，只剩下一座殘破的瓦礫堆。數千名渾身漆黑的孤魂野鬼，絕望地蹲在瓦礫堆附近，半晌不肯挪動一下。

哪怕是上萬大軍從身邊滾滾走過，也僅僅抬一下眼皮，然後就又蹲在了原地。雙手抱著膝蓋，將身體縮蜷成團，彷彿隨時都會被風吹走一般。

當朱八十一帶著聯軍趕到揚州城外的時候，第一眼看到的，就是這樣一幅場景。

揚州城沒了，揚州人也沒了，包括揚州城內外的敵軍，都消失得無影無蹤。彷彿有一頭惡鬼，在昨夜突然張開的大嘴，將居民高達八十萬，天下人人嚮往的揚州城一口吞了，只留下了遍地的殘渣碎骨。

不用號令，所有行進中的隊伍，都緩緩地停住了腳步。

沒人會想到這種情景，昨天半夜，大夥接到船行送回來的消息，得知帖木兒不花和脫歡不花叔侄率部逃遁，揚州城內只剩下了張明鑑、廖大亨和朱亮祖三人的隊伍時，還暗暗鬆了口氣，以為這次能以最小的代價把揚州城給拿下來了。

大夥甚至還曾設想過，如何派人說服張明鑑、廖大亨和朱亮祖三個投降，以達到兵不血刃光復揚州的目的。誰料，當大夥興沖沖趕來時，卻只看到了一個瓦礫場。

「這到底怎麼回事？」儘管事先已經得到過斥候的預警，朱八十一仍然急得兩眼發紅，揪住距離自己最近的一名斥候，大聲問道：「到底是誰放的火？是誰？是不是脫歡不花又殺了個回馬槍？」

「肯定是脫歡不花和帖木兒不花這倆王八蛋！我就知道這對叔侄沒一個好東西！」傅友德、毛貴、郭子興等人義憤填膺。

他們都不願意相信自己正在面對的東西，他們寧願這把火是帖木兒不花和脫歡不花叔侄所放。那對叔侄是蒙古人，蒙古軍隊屠城、殺人乃是家常便飯；蒙古軍隊是惡魔，是強盜，罪該萬死，而漢家英雄，即便助紂為虐，也多是受其脅迫，或者說一時誤入歧途。

但是今天，眼前的事實卻扇了大夥一個響亮的耳光。帖木兒不花和脫歡不花叔侄將一個完整的揚州交給了張明鑑、廖大亨和朱亮祖。但是，一個晚上和半個白天過後，張明鑑三個漢人義兵萬戶，卻將揚州化作了一片白地。

「卑職不知道！」那名斥候被勒得喘不過氣，一邊掙扎，一邊結結巴巴地回道：「卑職，卑職是負責隊伍東側警戒的，卑職沒，沒派人來過揚州城這邊！」

「廢物！」朱八十一立刻丟下斥候，翻身跳下坐騎，大步去抓下一個目標，「站住，別躲！這到底是怎麼回事，揚州到底怎麼了？」

周圍的斥候和傳令兵紛紛將身體往戰馬腹部縮，誰也不肯讓他抓到。大夥心裡都明白，自家都督膂力過人，在被氣糊塗的情況下，被他抓到者，難免會傷筋動骨。

「都督息怒，末將派兵去找個當地人來。當地人肯定比咱們的斥候清楚！」還是徐洪三反應快，發覺自家都督狀態不對，趕緊從後邊追上去，雙臂將朱八十一死死抱住。

「都督息怒，問清楚了，咱們才知道該找誰算這筆帳！」

「那就去找！」朱八十只是猛的一晃身子，就把徐洪三像包裹一樣甩了出去，也不看後者是否受傷，他像頭獅子般咆哮著，大步衝向瓦礫場。

「給我分頭去找，多找幾個人，問問昨夜到底是誰做的孽！」

眾親兵趕緊徒步跟上，呈雁翅形，護在朱八十一兩側。手按刀柄，全神戒備，以防廢墟中會有刺客突然發難。

事實證明，他們這番舉動純屬多餘。蹲在廢墟附近的那些「孤魂野鬼」根本無視朱八十一的到來，更沒興趣起身行刺，只是冷冷地瞟了後者一眼，就繼續望著廢墟發呆，彷彿繼續看下去，就能讓時光倒流一般。

「大伯，揚州城到底怎麼了？」朱八十一像失去了魂魄般，在「野鬼」中轉了半個圈子。

最後找到一個看上去衣衫相對整齊的老漢，看著對方問道：「是誰，是誰放的火？揚州人呢，城裡的人都到哪裡去了？」

「怎麼了？哈，燒乾淨了！」老漢就像看傻子一樣看了朱八十一幾眼，然後輕輕拍手，「沒了，燒乾淨了，燒乾淨了好，舊的不去，新的不來。火燒旺運，嘻嘻！」

「我問你，到底是誰放的火？」

朱八十一此刻心神大亂，哪裡還顧得上什麼禮貌，登時氣得抬起手來，死死抓住老漢的兩隻肩膀，一邊搖晃一邊逼問：「告訴我？誰放的火，告訴我啊，我給你們報仇？」

「別殺我，別殺我！」老漢立刻嚇得將頭扎進褲襠裡，哭著求饒：「軍爺開恩！家裡的錢你隨便拿，東西隨便搬，求求您高抬貴手，放過小老兒一家吧！」

「你——！」朱八十一這才意識到老人是個瘋子。鬆開手，起身去找下一個目標。

誰料老漢忽然又跳了起來，雙手緊緊抱住他的大腿，連聲道：「軍爺。家裡的東西你隨便拿，隨便拿啊，放過我女兒，求求您，她得嫁人啊。她還得嫁人啊！」

「老人家，老人家你鬆手！」朱八十一彷彿被人當胸刺了一刀，痛徹心扉。

緩緩地回過頭，緩緩地蹲下身體，豆大的汗珠從他前額滾滾而落。

「老人家，您鬆開手，我不是軍爺，我是紅巾軍，我是紅巾軍朱八十一！」強忍著錐心的疼痛，他將老人的手從自己的戰靴上掰開，慢慢站起，踉蹌而行。

那名老人則趴在灰堆裡，衝著他的背影嘻嘻傻笑，「紅巾軍？紅巾軍是什麼東西？朱八十一又是哪個？我知道了，朱八十一，朱八十一就是昨天晚上搶我女兒的那個。姓朱的狗賊！老子跟你拼了！」

說著話，猛的抱起一塊殘磚，朝著朱八十一的後心拍去。

二人距離如此之近，徐洪三等親兵根本來不及攔阻，眼睜睜地看著殘磚拍在自家都督後背上，發出「砰」的一聲悶響。緊跟著，朱八十一向前又踉蹌幾步，嘴巴一張，紅色血液直接噴了出來。

「天殺的老賊！」親兵們大怒，撲上前就準備將瘋子老漢就地斬殺。朱八十一卻瞪著通紅的眼睛厲聲呵斥道：「幹什麼？給我把刀子放下！」

「都督！」親兵們不敢違抗，丟下瘋子老漢，進退失據。

「放了他，你們不殺他，他也活不了多久了！」朱八十一伸手抹了把嘴角上的血跡，慘笑說。

一塊磚頭不足以砸得他吐血，但突如其來的打擊卻令他整個人都瀕臨了崩潰的邊緣。

他恨那些蒙古人，恨他們動輒屠城，將漢家男女視作牛羊般宰殺。他曾經天真的認為，只要驅逐了這群異族征服者，就能重建文明，然而，他卻萬萬沒想到，某些漢人禍害起自己的同胞來，絲毫不比蒙古征服者手軟。

「你們怎麼才來啊？嗚嗚……」

「朱佛爺啊，求求您打個雷，把他們劈了吧。求求您了，草民願意三輩子做牛做馬，報答您的大恩大德啊！」

「朱佛爺，朱佛爺在哪？朱佛爺，您可替小民做主啊！」

……

四下裡，忽然傳來一陣大聲嚎啕。

朱八十一驀然回頭，看見毛貴、郭子興、傅友德、朱元璋等人，各自扶著一個煙薰火燎的當地人在不停地詢問。而那些當地人，要麼也像剛才被自己詢問的老漢那樣，完全失去了神智，要麼則大哭不止，半晌都說不出個所以然來。

就在此刻，有名負責警戒的斥候策馬飛奔而回，遠遠地晃動令旗，大聲報道：「報大總管，運河對岸過來一夥人，說是明教光明右使，奉滁州張總管的委託，前來給您送禮！」

滁州張總管？朱八十一輕輕皺眉，腦子裡怎麼找都找不出一個姓張的總管來。逯魯曾在此刻的反應卻遠比他迅速，立刻越俎代庖，大聲吩咐道：「將他帶到軍前來，說大總管忙著處理軍務，無暇迎接，請他恕罪！」

「是！」斥候答應一聲，撥轉馬頭，疾馳而去。

逯魯曾這才又將目光轉向了朱八十一，低聲道：「既然自稱是光明右使，說不好跟劉福通劉大帥有些關係，你先見見他，也許能弄清楚揚州慘禍的原委！」

「還用問麼，這事肯定就是張明鑑幹的。那個什麼光明右使，肯定就是他的說客！」沒等朱八十一回應，朱重八鐵青著臉插嘴道：「大總管，接下來到底該怎麼辦，全憑您一言而決！」

「大總管，已經弄清楚了，是張明鑑幹的！」李喜喜從不遠處跑了過來，氣急敗壞地道：「那邊有幾個年輕人，說張明鑑昨天傍晚封了城，派出人馬挨家挨戶搶錢搶女人，後來城裡就徹底亂了套……」

「人呢，人在哪？」朱八十一抹了把嘴角的血，問道。

「人馬上就來了！」李喜喜用手向不遠處的廢墟上指了指，「是兩個小牢子，他們當時見勢頭不妙，躲在……」

正說著，幾個黑漆漆看不出模樣的傢伙，從廢墟上連滾帶爬地跑了過來，「噗通！」一聲跪在地上，哭喊道：「大總管，幫我們報仇啊，我們做牛做馬也會報答您！」

「大總管，張明鑑昨天一把大火，把揚州城徹底給毀了！」

「大總管，您老怎麼不早點來啊，嗚嗚，嗚嗚！」

……

「轟！」朱八十一感覺自己耳畔好像有無數枚炮彈在炸響，不用再問了，惡事就是張明鑑幹的。

是他，趁著蒙古人撤走，紅巾軍未至，揚州城內出現權力真空的時候，趁機犯下了這滔天罪行。更可恨的是，這廝在毀掉了揚州之後，居然還打起了紅巾軍的旗號，說自己是什麼滁州大總管。狗屁！即便他是天王老子，今天朱某人也要他吃上一殺豬刀。

下意識的，朱八十一的手摸向了腰間刀柄，準備命令弟兄們過河去追殺張明鑑。

逯魯曾見此，趕緊用力扯住了他的胳膊，勸阻道：「都督，不可！他既然敢派使節來聯絡，肯定也會派出使節星夜趕往汴梁！」

「是啊，真的有光明右使替他說話，你現在下令討伐他，肯定會引起劉帥那邊的誤會，弄不好，徐壽輝和彭瑩玉臉上也很難看！」濠州總管郭子興也上前提醒朱八十一切莫衝動。

「是啊，大總管，這事還是謹慎為好！」孫德崖、張士誠等人也紛紛開口。淮安軍眼下雖然實力強大，但名義上畢竟還屬於紅巾軍中的一支，隸屬於劉福通的管轄之下。而張明鑑一旦歸降了紅巾軍，就與朱八十一成了事實上的同道。為了他歸降前做過的惡事而同室操戈，道理上實在有些說不通。

只有毛貴，跟朱八十一同樣眼睛瞪得滾圓，推開眾人，大聲道：

「怕什麼怕，趁著他的人還沒從汴梁返回來，直接幹掉他了事。到時候，就說咱們不曉得他已經投靠了劉帥了，怕他是詐降！我就不信，劉帥會因為這樣一個惡賊降罪你朱八十一！他如果真那麼是非不分的話，老子跟你一起反了他！」

「胡鬧！」逯魯曾聽毛貴說得實在不像話，狠狠瞪了他一眼，「身為一軍之主，豈可做如此無賴行徑！要做，也做在明處。都督，你且聽老夫一句話，先見見那光明右使。讓他把話說完了再做決定不遲，弟兄們走了這麼遠的路，剛好也需要歇息歇息！」

「是啊！都督，見見那個光明右使，不耽誤咱們追殺任何人！」陳基、葉德新等淮安軍參謀紛紛勸道。

淮安軍戰鬥力強悍，是建立在精良的武器和充足的糧餉之上的。而這些物資的獲得，都離不開一個相對安穩的發展環境，一旦與劉福通交惡的話，即便不打起來，西側也會失去一道屏障，屆時只會便宜了虎視眈眈的蒙元朝廷。

「來人，在這裡給本都督紮一個座位，本都督就坐在廢墟上，看看那光明右使有何說辭！」朱八十一有個長處，就是聽得進去勸，強壓著心中的怒火，大聲吩咐。

「是！」徐洪三領著眾親兵答應一聲，立刻動手從廢墟中撿出沒燒乾淨的木頭石塊，給朱八十一壘起了帥案。

剛才眾人林林總總說了一大堆，只有一條，徐洪三認為是非常對的那就是，把事情做在明處，哪怕是最後要跟劉福通翻臉，也讓對方知道淮安軍是為什麼翻臉，沒必要遮遮掩掩，彷彿自己這邊虧著多大的理一般。

大夥齊心協力，很快，一個似模似樣的中軍衙門就搭建完成。

明教的光明右使范書童也恰好趕到，探頭探腦地看了看，快走幾步，衝著危襟正坐的朱八十一躬身施禮，口中宣道：「光明右使范書童，見過朱堂主。祝朱堂主百戰百勝，廣播我光明教義於世，早成正果！」

「多謝！」朱八十一輕輕抬了下手，算是向對方還禮。

他這個大智堂堂主是冒牌貨，所以最不愛聽的，就是別人叫自己朱堂主，並且對治下各地的明教教徒，也從沒給予過什麼特權。只是允許他們像回教、佛教和基督教一樣，憑藉各自本事傳播而已。若是犯了罪，也一樣讓衙門照抓不誤，絕對不會因為對方是明教子弟，給予半分寬容。

那光明右使范書童顯然不太瞭解朱八十一的脾氣，見他坐在臨時用殘磚搭起的椅子上，屁股都沒挪一下，不覺有些惱怒，豎起手指，做了個火焰狀手勢，揚著頭道：

「本使奉劉帥之命巡視淮南，傳播我光明教義，卻不料受惡人所害，身陷囹圄，險些殉教而死。多虧了光明神保佑，給了青軍萬戶張明鑑降下諭旨，令他幡然悔悟，改過自新。這才得以重見天日。嗚呼，感謝明尊，令弟子脫離苦海。明尊，弟子將永頌你之名，將火種灑遍天下，直至靈魂回歸光明神國。」

「光明普遍皆清淨，常樂寂滅無動詛。彼受歡樂無煩惱，若言有苦無是處！無量光，無量壽，無量神國！」郭子興、孫德崖和毛貴等人趕緊也將手捏成火焰狀，大聲念誦經文。

無論內心深處到底信不信明教，眼下他們名義上都是教中弟子。攻城掠地和鼓舞士氣的時候，也要借助信仰的力量，所以當光明右使范書童把經文一念出來，大夥氣勢上明顯就低了一頭。

朱八十一越聽越煩躁，將手掌在面前的臨時帥臺上重重一拍，大聲喝道：「行了，都不用念了！老子今天不想聽你念的什麼經，也不想問你拜的是哪座神，老子只想問一句，昨天夜裡，張明鑑在揚州城做了什麼？范右使，麻煩你對著你的經文回答我！」

「昨天夜裡……」光明右使范書童被嚇了一哆嗦，囂張氣焰迅速降低了一大截，「朱堂主何必過分執著昨夜之事，那揚州城的官府甚為可惡，將本使抓了之後，隔三岔五就是一頓大刑。監獄裡被折磨至死的教中兄弟數以百計，張總管略施懲戒……」

「放你娘的狗屁！」朱八十一又用力拍了下帥臺，長身而起，「揚州官府做的惡與揚州百姓何干？略施薄懲，略施薄懲就能將一座好端端的城市變成火葬場？你這個光明右使到底是假冒的還是真的？大光明經裡，哪一條，哪一款說過教眾可以隨便濫殺無辜？」

他是屠戶出身，原本就染了一身殺氣，雖然已經很久沒親自跟人交過手了，但暴怒之下，雙目中依舊凶光迸射，將那光明右使范書童嚇得接連後退了好幾步，才勉強穩住心神，喃喃地會回道：

「朱堂主息怒，朱堂主息怒。昨夜的事情，張總管的確做得有些過分了，但不能完全怪罪於他，他手下只有六七千弟兄，而城中還有近萬被打散了架子的潰兵，一旦殺起了性子，根本控制不住。張總管如果勉強約束的話，肯定連自己的性命都得搭進去！」

這句話倒也基本上符合昨夜的實際情況。張明鑑只是帶了個壞頭，誰料城裡的潰兵趁機一擁而上。到最後，揚州就徹底變成了人間地獄。

當官的在搶，當兵的在搶，那些平素被街坊鄰居所不恥的地痞流氓們也在趁火打劫，總計參與者恐怕有四五萬眾，並且個個都像被惡鬼附了體一般，沒有絲毫理智和良知。

等張明鑑意識到他自己闖下大禍時，事態已經完全不可收拾，只能派手下砸爛了城門，帶著自己的親信率先逃到運河西岸去避難了。然後又趕緊按照先前預備的應對方式，一面派心腹帶著自己的親筆信去向汴梁的劉福通表示效忠，一面請光明右使范書童出馬，替自己向朱屠戶套近乎。

然而，朱八十一卻不想繼續追問這些細節。他只知道，**有人在他眼皮底下毀掉了一座城市；有人在他眼皮底下，令數萬無辜百姓慘死，數十萬父老鄉親流離**

失所。這個人，在他眼裡，比蒙古征服者還可惡十倍！他一定要親手將此人揪出來，替八十萬揚州百姓討還公道。

「那你告訴我，昨天晚上揚州城內，到底是誰帶的頭？」單手按著刀柄，他一步步向范書童靠近。

那范書童好歹也是成名多年的江湖人物，雖然被嚇得兩股戰戰，嘴巴上卻不肯「出賣」自己的救命恩人張明鑑，一邊倒退，一邊嚷道：

「誰帶的頭，我哪裡知道？再說死的又不是你朱堂主治下子民，你何必沒完沒了的刨根究底？朱堂主，你要幹什麼？你要叛教麼，啊——！」

一句質問的話沒有說完，他已經被朱八十一拎著領子和腰帶高高地舉到了半空中，大聲尖叫著手腳四下亂舞。

「朱某起義兵，是為了不被蒙古人當牛羊來宰！朱某起義兵，是為了不讓父老鄉親再受欺凌！朱某起義兵，是為了自己和自己身邊的人活得像個人樣！」

朱八十一舉著范書童往廢墟外走，一邊大聲道。

前世，這一世，兩輩子看到過和經歷過的種種，瞬間湧上心頭。

他恨蒙古人，並不是因為對方的血統和民族，而是因為對方把其他民族統統視為奴隸，動輒殺人屠城的惡行。如果把殺人屠城者換成漢人，換成色目人，換成其他任何人，任何一個民族，他同樣會恨，並不會因為對方跟自己的血緣親疏有任何不同。

「在朱某眼裡，**蒙古人屠戮漢人，是惡；漢人屠戮漢人，一樣是惡**，其中並沒有任何不同。你今天說朱某以下犯上也好，叛教也好，朱某不在乎！朱某就告訴你一句話，殺人者，死！」說罷，雙臂用力向前一擲，把個光明右使范書童像沙包一樣，狠狠地向外擲了出去。

那范書童是個江湖人，身手遠比普通百姓靈活，衣領和腰間的束縛一去，立刻來了個鷂子翻身，本以為可以憑藉雙腿和腰部的配合，平安落地。誰料力氣照著朱八十一差得實在太遠，「蹬蹬蹬」在地面上踩出一串小坑，「噗通」一聲，後腦勺著地，摔了個七暈八素。

「你……」除了蒙古官府之外，平素裡，誰敢如此對待過他范右使？頓時，范書童的臉脹成了茄子色，一個骨碌從地上爬起，連嘴角上的血跡都顧不上抹，遙遙地指著朱八十一，怒聲道：

「姓朱的，你居然敢如此對待教中前輩？你，有本事就把我給殺了，看彭和尚到底護得護不住你？」

話雖然說得硬氣，雙腳卻不斷後退，以防朱屠戶真的追上來，再次摔自己個仰八叉。

誰料朱八十一卻根本沒興趣跟一個江湖神棍一般見識，撇了撇嘴，道：「殺你，朱某怕髒了手。你今天既然是替張明鑑做說客而來，那你就回去告訴他，洗乾淨了等著，朱某明日就過河取他的腦袋。無論他跑到天涯海角，他的腦袋，朱某都要定了！」

「你！」范書童被嚇得倒退了兩步，差點又一頭栽倒，伸出手，哆哆嗦嗦地指著朱八十一，氣急敗壞地道：「你敢連劉大帥的面子也不給？姓朱的，張總管已經是我明教弟子，張總管已經是劉大帥的人！」

「朱某不管他是誰的人，也不管他信的是什麼教，他既然做了此等惡事，就得站出來承擔責任。」朱八十一不屑地看了范書童一眼，「**無論他是蒙古人還是漢人，首先，他得是個人**！他要是不幹人事，就是把天王老子請下來，朱某照樣取他的狗頭！滾，現在就滾回去告訴他！這就是朱某的答覆，滾！」

「滾！」徐洪三帶著數十名親衛，將朱八十一的命令重複著。

這些人都是上過戰場的老兵，叫喊時自然而然地帶著一股濃重的殺氣，把個光明右使范書童嚇得大氣都不敢出，抱著腦袋快速跑向運河。眼見著就到了拴船隻的地方，不小心右腳又踩到一塊鵝卵石上，踉蹌數步，一頭栽了個狗吃屎。

「哈哈哈！」淮安眾將被范書童的狼狽模樣逗得哈哈大笑，笑過之後，卻又忍不住輕輕嘆氣。受朱八十一的影響，大夥對明教也不怎麼感興趣，但以前只是敬而遠之，從今往後，恐怕就要徹底割袍斷義了。

其他紅巾諸侯神色也有些黯然，那淮安軍原本就已經強大到了令汴梁方面感到威脅的地步，如今又當眾折辱了明教的光明右使，跟劉福通交惡已是必然，如果接下來再去追殺張明鑑的話，說不定就得跟汴梁那邊刀兵相向。屆時，大夥夾在這兩大勢力之間，無論跟誰做對，恐怕結果都不會太美好。

江湖人自然有江湖人的果決，不會像官場老油子那樣婆婆媽媽。很快，定遠都督孫德崖就站了出來，快步走到朱八十一身邊，深深施禮，告辭道：

「這一路追隨朱總管從寶應打到揚州，末將受益甚多。亦清楚地知曉了什麼樣的兵才是天下精銳。如今揚州已克，大總管如願飲馬長江，末將左近也沒什麼事，就先行告退了。回去之後，一定按照朱總管教的法子好生整訓士卒，以便將來還能有機會助大總管一臂之力！」

話說得雖然流暢，他卻始終不肯抬起頭來與朱八十一正面相對。唯恐目光稍一接觸，就被對方看出自己心裡頭的藏著的心思來。

第十章

陰謀所在

「大總管無論打不打他，都會面臨一個大麻煩。
不打，大總管就會落下縱容張賊為惡的罵名，
整個紅巾軍也將受其拖累，
在百姓眼裡，從替天行道的義軍，變得跟蒙元朝廷沒啥分別！」
這，才是整個陰謀的精華所在。

「嗯，如此也好！」朱八十一在將光明右使范書童摔出去之前，心裡已經多少有了些準備，卻沒想到孫德崖會走得如此直接，遺憾地說：「寶應城的斬獲已經清點完畢，你可以直接帶走。高郵和揚州……」

回頭看了眼燒成一堆瓦礫的揚州城，嘆道：「揚州城恐怕剩不下什麼了，高郵城的繳獲，等清點完畢，我再派人通知你把該得的那份拿回去！」

「不敢，不敢！」孫德崖聞聽，立刻擺手道：「朱總管已經給得夠多了，末將沒出什麼力，實在不敢再領朱總管的賞賜。」

「先前說好的，孫都督莫叫朱某做那無信之人！」朱八十一看不上孫德崖這種沒擔當的傢伙，更看不上此人應得的那份錢財，堅持道。

「那，末將就多謝總管了！」孫德崖也不是真心推讓，見朱八十一沒有怪罪自己的意思，膽子漸漸變大，要求道：「如果可以，末將想直接折算成火炮、炮彈，還有朱總管在攻打寶應時所用的那種拆城利器，只要……」

「沒問題！」朱八十一大器的擺擺手。

「末將多謝總管！」孫德崖趕緊又施了個禮，然後逃一般退了下去。

「大總管不要怪老孫沒擔當！」不等他的背影走遠，濠州總管郭子興也走上前來，訕訕地替他解釋道：「他麾下那幾千號人，跟郭某麾下的那萬把弟兄一樣，都是些不成材的，勉強留下來，也幫不了大總管的忙，反而有添亂之嫌！所以，郭某跟老孫一樣，就不腆著臉跟在朱總管身後占大夥的便宜了，此番回到濠州去……」

「沒問題！」朱八十一對郭子興的觀感也不比孫德崖好太多，但看在對方還知道臉紅的份上，大度地說：「郭總管想走，隨時都可以走，等下次約好了時間，再一起出兵攻打廬州。這次的斬獲也跟孫總管一樣，等……」

「斬獲的事，朱總管千萬不要再提！」郭子興聞聽，一張臉更是臊得如同塊紅布一般，擺著手道：「將來朱總管手裡火炮有了剩餘，隨便給幾門就行了。此外，郭某在濠州附近也沒什麼敵人，只需把那些不成器的子弟帶回去加緊時間操練，剩下一些勉強還堪用的，還請朱總管先替郭某調教幾天！」

說罷，招來朱重八幾人道：「六十四，你帶著鄧愈、湯和還有吳家兄弟留下，替郭某報效朱總管。總之一句話，朱總管叫你們打誰，你們就打誰，他的命令，就是郭某的命令。旌旗所指，就是天王老子來了，你們也照殺不誤。聽清楚了沒有？」

「聽清楚了！」朱重八帶著鄧愈、湯和和吳氏兩兄弟挺直胸脯大聲應道。

特別是湯和，原本就不打算回濠州去做縮頭烏龜，見自家主公如此善解人意，忍不住道：「總管盡可放心，張明鑑算個什麼東西，怎能跟朱總管比？俺估計劉福通劉大帥沒那麼笨，連哪頭輕哪頭重都……」

「胡說些什麼！劉總管明見萬里，當然不會輕易就被小人蒙蔽！」郭子興把臉一板，大聲教訓道；又對朱八十一拱了下手，道：「朱總管不要怪郭某多嘴，從這裡到汴梁，一來一回，怎麼著也得十多天。您如果想討伐張明鑑的話，宜早不宜遲，把他的供詞拿出來，交人送給劉福通大帥，想必劉帥也能猜出此賊的險惡居心！」

「多謝郭總管！」朱八十一聞聽此言，對郭子興的感覺立刻提升了不止一點半點，點點頭，以平輩姿態還禮。

第三個走上前來告辭的是傅友德，他是趙君用的部將，很多事情無法自己做主，所以在眼前的複雜情況下，更是覺得尷尬。憋了好半晌，才鼓足勇氣說道：「末將心裡，也恨不得親手將張明鑑碎屍萬段，但末將當初奉趙總管的命令，只說追隨朱總管打下揚州便即刻返回，如今揚州被張明鑑賊子一把火給燒乾淨了，末將一時真的不知道怎麼辦才好，只能先派人去向趙總管請示一番，然後才能決定下一步該如何去做！」

「能夠飲馬長江，朱某此番出兵的戰略目標已經完全達到了！」朱八十一對這位智勇雙全的年輕將領一直非常器重，不願讓對方為難，在此人肩膀上拍了拍，鼓勵道：「徐州城是抗擊蒙元朝廷的第一線。你麾下的五千精銳長期滯留在外也不是個事，等會兒領上一筆應得的錢糧，儘管坐船北返就是。剩下的，朱某會儘管安排人給你家趙總管送到徐州去！」

「多謝大總管體諒！」傅友德退開半步，向朱八十一鄭重施禮，「此番追隨大總管征戰，是傅某這輩子最快活的事，日後若是我家總管再與大總管聯手，傅某還願如這次一樣，為大總管馬前一卒！」

說罷，不待朱八十一接口，轉身大步而去。

第四個，也是最後一個走上前的，是蒙城總管毛貴。

他跟朱八十一是多年的老交情，有些話說的遠比別人直接：

「你這次冒失了！痛快歸痛快，但絕非能成大事者所為，那張明鑑雖然該死，此刻卻已經投降了紅巾。你帶兵去打他，非但得罪了劉福通，而且平白落下了一個引發紅巾軍內亂的惡名！」

不待朱八十一解釋，他用力揮了下胳膊，豪放地說：「不過，這才的是男人所為，你要是跟姓范的套起了近乎，老子才不會再認你這個朋友。說吧，下一步你準備怎麼打，老子就陪著你一起去。」

「多謝毛兄！」朱八十一原以為毛貴也是來向自己辭行的，早已在肚子內準備了一大套客氣話，誰料一句都沒能用上，頓時只覺心裡暖得厲害，聲音也在不知不覺間有些顫抖。

「瞧你那德行！」毛貴不屑地看了他一眼，大咧咧地說：「咱哥們做事，**只求無愧於心，何必管別人怎麼想**！你儘管放手去打。哪怕是劉福通親自帶著兵馬來了，老子也一樣站在你這頭！」

對啊，朱某只求無愧於心而已，至於別人怎麼想，理解不理解，管那麼多作甚！剎那間，朱八十一覺得眼前又明亮起來，心中的失落一掃而空，感激地向毛貴拱了下手，吩咐道：

「對付一個張明鑑，還不需要你我兄弟同時出馬，明天一早，我帶著淮安軍過河，直撲滁州。運河以東的泰州、泰興、如皋和通州就全交給毛兄。」

「你小子可真他娘的不傻！」毛貴立刻換了副臉色，數落道：「老子只不過跟你客氣客氣，你就把半個揚州路的地盤都讓老子替你去打，天下哪有如此便宜的事情？」

「毛兄如果不願吃虧的話，儘管把那四個州縣全拿去。包括揚州，小弟都可以雙手奉上！」朱八十一半開玩笑半當真地說。

「狗屁，老子才不替你看守南大門！」毛貴撇撇嘴，毫不留情地拆穿了朱八十一的「險惡用心」。「趙君用替你守北門，老子替你守南門，你自己躺在中間養精蓄銳，想得倒美，做夢去吧！」

「總比你的蒙城富庶一些！」

「老子想要地盤自己去打，不稀罕沾你的光！」

……

兄弟兩個你一言，我一語，笑聲沿著運河迴盪著。

既然做出了決定，朱八十一便不再瞻前顧後，先派人去泗州傳令給第三軍，命令第三軍長史李子魚帶一千輔兵留在泗水城坐鎮。指揮使徐達、副指揮使王弼兩人則帶領第三軍其餘兵馬，立刻向南發起攻擊，進逼來安，隨時準備抄張明鑑的退路。

隨即又傳令給正在高郵休整的張士誠和王克柔，命令二人即刻帶領麾下兵馬前往揚州，準備渡江對南岸發起進攻。最後，才命令自己麾下的第一、第四、第五軍，以及剛剛投降的黃軍，一道進入揚州城，分別清理街道、撲滅殘餘火頭，拯救大難之後的倖存者。

眾將齊齊答應了一聲「是！」，上前接過令箭，立即分頭去執行任務。

到第二天凌晨，終於將城中的殘留火頭盡數用水澆熄，整個揚州城的概況，也由陳基帶領著一干參謀粗略統計了出來。

天下第一富庶的揚州城基本上成了一座廢墟，所有金銀、糧食以及年輕女子都被張明鑑的青軍和其他各支殘兵掠走，一道帶去了運河西岸。那些來不及帶走的貴重之物以及傢俱、衣服、被褥等，則統統被燒成了灰燼。還有大量的老弱婦孺，因為來不及逃走，一併葬身於火海。

值得慶幸的是，因為紅巾軍追得實在太緊，亂兵並沒來得及將揚州百姓全部殺光，大約有將近六十餘萬腿腳相對便利的中青年男女，在張明鑑領著親信撤離之後逃出了生天。

這些人在城外的丘陵和沼澤中躲了十四五個時辰，聽聞紅巾軍已經入了城，才紛紛互相攙扶著趕了回來，蹲在消失的家園旁痛哭失聲。

朱大鵬歷史學得差，不知道在另一個時空的正式歷史上。青軍統領張明鑑在佔據時，居然殺百姓以充軍糧。短短一年多時間，就令揚州城的百姓銳減至不到原來的十分之一。待朱元璋派麾下愛將廖大亨攻克揚州，迫降張明鑑時，揚州城僅餘百姓四十餘戶，連太平時節的一個小村子都不如。

儘管這個時空的現實，因為朱大鵬的一縷靈魂出現，令揚州城提前了五年被光復，張明鑑人肉盛宴也沒來得及開席就匆匆結束。

接到參謀們送來的密報之後，朱八十一依舊怒不可遏，用力拍了下桌案，大聲問：「張明鑑退到什麼位置了？咱們的斥候有回來的沒有？那兩個蒙古王爺呢，他們帶著嫡系去了哪裡？」

「斥候還沒回來，但據運河西岸的鄉紳彙報，張明鑑等人走的是水路，最有可能去的是真州。那邊與運河之間有一條大河相接，凡運河上能走的船，基本上都能逆流而上。如果在六合換小船的話，甚至可以一直前往滁州。」參軍陳基回稟。

「孛羅不花和帖木兒不花叔侄兩個走的也是水路，但據斥候在附近抓到的亂兵招供，這叔侄二人應該直接進入了揚子江，逆流返回了廬州。走之前，他們在揚州城抓了大批的青壯做勞力，替他們把整個府庫的錢糧都裝上了船。並且當眾委任張明鑑做揚州路總管，負責統領留下來的所有探馬赤軍和漢軍、義兵，以阻擋我軍繼續追擊。」另外一個參軍羅本補充。

因為逯魯曾年紀大，熬不了夜，所以一直在極力培養第一屆科舉考試選拔出來的幾個優勝者。故而陳基等人進步神速，如今已經能替代逯魯曾處理大部分不太緊要的軍中事務，並且能及時地給朱八十一拾缺補漏。

顯然今天羅本又在倉促收集到的情報中，發覺出了一些陰謀的痕跡，所以用相當委婉的方式提了出來。

朱八十一聞言，不禁道：「清源，你的意思是，張明鑑被人當了刀子使？確定麼？你能不能說得更仔細些。不要顧忌，在我沒做決定之前，說什麼都可以，錯了也無所謂！」

「屬下對此把握不大，但從孛羅不花叔侄臨行之前將府庫搬空，沒給張明鑑留任何錢糧的行徑上看，此舉極度不合常理！」參軍羅本如實回道。

「屬下也覺得此事非常蹊蹺！」參軍陳基亦說道：「按理說，明知道青軍和其他幾支殘兵，根本沒可能守住揚州，孛羅不花叔侄更需要多留些錢糧以鼓舞士氣才對，這叔侄二人偏偏反其道行之，給屬下感覺他們是故意想讓那個張明鑑對百姓下手，然後再看大總管您做什麼反應。」

「他怎麼能猜到張明鑑做了惡之後，會立刻打出紅巾軍的旗號？」朱八十一質疑。

「這是張明鑑唯一的保命方法，不戰而棄揚州，假若他還敢回到蒙元朝廷那邊，孛羅不花叔侄就可以隨時把他丟出去頂罪。而一旦他扯起紅巾軍的旗號，大總管難免會投鼠忌器！」陳基認真地說。

「恐怕孛羅不花叔侄早就算準了張明鑑不肯當這個替罪羊！」參軍羅本顯然比陳基看得更深，接過話頭，「而張明鑑一旦打出了紅巾軍的旗號，大總管無論打不打他，都會面臨一個大麻煩。打，咱們淮安軍和汴梁之間就會出現裂痕；不打，大總管就會落下縱容張賊為惡的罵名，整個紅巾軍也將受其拖累，在百姓眼裡，從替天行道的義軍變得跟蒙元朝廷沒啥分別！」

這，才是**整個陰謀的精華所在**，聽得朱八十一忍不住連連倒吸冷氣。

如果事實真如羅本所分析的話，制定陰謀的人可就太惡毒了，根本**沒把留在揚州城裡的任何人當人，就連曾經為其效力的青軍和其他各族殘兵，恐怕都被他當作了沒有血肉的棋子。**

不過眼下顯然並非深究整個陰謀的時候，朱八十一需要做的，是儘快將張明鑑這個罪魁禍首捉拿歸案，替揚州城的十幾萬無辜慘死者報仇。至於張明鑑是上了別人的當，還是自己主動作惡，已經不重要。揚州城的災難是他引發的，他必須為此付出足夠的代價。

「張明鑑身邊還有多少兵馬？廖大亨和朱亮祖兩個呢，他們又去了哪兒？」

想到這兒，朱八十一搖了幾下頭，想擺脫紛亂的思緒，把精力集中於張明鑑身上。

「朱亮祖和廖大亨兩個結伴去了泰州！」參軍陳基彙報。「據抓來的亂兵供述，他們兩個前天下午好像察覺到了什麼，壓根沒有進城，後來發現城中火勢已經不可收拾，乾脆直接帶著隊伍向東去了，與張明鑑分道揚鑣！」

「這兩人還算良知未泯！」朱八十一點評道。

朱亮祖和廖大亨二人在戰場上的表現，給他留下了很深的印象。特別是朱亮祖及其所部「義兵」，戰鬥力非常強勁。連一向心高氣傲的傅友德事後提起此人，都表示出了極深的佩服之意。要不是怕淮安軍與汴梁方面決裂之後會影響到徐州，傅友德甚至主動提出過要帶領本部兵馬跟朱亮祖單獨再打一場，真真正正地分一次高低。

「他們兩個各自只剩下了一千五六百兵馬，如果昨天下午進城的話，難免就會被張明鑑直接吞掉！」參軍羅本是個陰謀論者，低聲提醒。

「總計只剩下了三千多人？」朱八十一快速做出決定，「給朱重八傳令，讓他明天早晨跟毛貴一起出發！」

「是！」參軍陳基看了朱八十一一眼，臉上湧起了濃重的欽佩之色。

甭說廖大亨和朱亮祖手中只剩下了三千殘兵，就是還剩下一個完整的萬人隊，恐怕也擋不住蒙城大總管毛貴的全力一擊。而自家總管卻在這時候把朱重八的濠州精銳也派了過去，恐怕只有一個目的，就是不想把郭子興和芝麻李二人也捲進淮安軍和汴梁方面的矛盾當中。

明天早晨毛貴和朱重八兩個一走，接下來負責追殺張明鑑的，就全是淮安軍自己的隊伍了。即便將來跟劉福通部起了衝突，所有後果將由淮安軍自己一力承擔，不會拖累友軍分毫。

「洗劫了揚州之後，其他各路潰兵也知道自己罪不容恕，所以紛紛拿著搶來的財物婦女，過河去投靠張明鑑！」羅本繼續說道：「其中比較有實力的幾個義兵萬戶，名字叫做劉瓊、許興和吳文化，每人麾下兵馬大約一兩千規模。還有一個文官名字叫做張松，原為盧州知州。這次撤退，帖木兒不花不知道為何也把他給丟下了，憑著多年的人脈，收集了七八股殘兵，總規模在四千左右，也依附於張明鑑旗下。但據抓到的亂兵供述，張明鑑好像不太喜歡他，昨天過了運河之後，始終不肯跟他合營！」

「恐怕是擔心張松取代他的位置。畢竟他原來只是個義兵萬戶，威望和資歷都遠不如張松這個盧州知州！」朱八十一分析道。

這倒是一個值得注意的情況，方便對敵軍進行各個擊破，不過眼下的情報還是不太充足，很難做出針對性戰鬥方案。

正為難間，忽然聽見帳篷外傳來一陣嘈雜的聲音。緊跟著，有個公鴨嗓子尖聲喊道：「我要見朱總管，快帶我去見朱總管！我家主人有大禮送上，耽誤了我家主人的事，你們誰也擔當不起！」

「轟隆隆！」天地交接處，電光閃動，一串雷聲來回翻滾。

十二月打雷，即便是在多雨的兩淮地區也不常見。

蒙元揚州路總管張明鑑被嚇得縮了縮脖子，怒火上撞，「賊老天！有本事你直接照這兒劈，有本事你直接把老子給劈了。老子就是殺人放火了，你能怎麼著。來啊，劈啊，看老子怕沒怕你？」

賊老天顯然聽不懂他的叫囂，「轟隆隆」、「轟隆隆」一個悶雷接一個悶雷打個不停。很快，豆子大的雨點夾著雪粒兒砸了下來，將正在營盤內巡邏的士兵們砸得抱頭鼠竄。

「熊兵，孬種，老子好吃好喝供著你們，連這點雨都受不了！」張明鑑看到後，愈發怒不可遏，指著中軍帳外大聲咆哮。

冰雨來得太急，雷聲也連綿不斷，士兵們聽不見帥帳裡的咆哮，續一手捂著頭盔，一手倒拖著武器，四處尋找可以暫時躲避的地方。

「來人，把當值的百夫長都給我捆起來斬了！」

立刻有股被忽視的感覺湧上心頭，令張明鑑徹底失去了冷靜。

「斬了，首級挑起來示眾！這麼小的雨就約束不住隊伍，要是被朱屠戶追上來，還不得立刻撒了羊？這種廢物，不死在老子手裡也會死在朱屠戶手裡！」

「是！」親兵們畏懼地看了他一眼躬身領命，誰也不敢出言勸阻，誰也不敢在這個時候觸他的楣頭。

萬戶大人心情不好，這是整個青軍內部眾所周知的事情。自從派去跟朱屠戶拉關係的范先生被打回來那天起，他就一直如此，什麼安神的藥物都不起作用。

很快，軍營裡就響起了淒厲的慘叫聲。緊跟著，兩顆血淋淋的人頭被繩子拴起來，高高吊上了旗桿頂。頓時，當值的士兵都被嚇住了，小心翼翼地從躲雨處走了出來，抱著兵器，在冰渣裡排成隊，瑟瑟發抖。

「該死，廢物。早死晚死沒什麼區別！」張明鑑卻依舊不解氣，手按著劍柄，在中軍帳裡來回踱步。

該死的不止是那兩個倒楣的百夫長，還有四下派出去的信使。一晃都十來天了，始終沒有半個人影回來，非但汴梁那邊沒有，廬州那邊也沒有。

更該死的是廬州的帖木兒不花和孛羅不花，唯恐青軍吸引不了朱屠戶的注意力，居然用如此卑鄙的手段來陷害自己。這下可好，這對叔侄的險惡目的徹底實現了，朱屠戶那個瘋子發現揚州被毀之一炬後，像瘋子一樣追了上來，非要置青軍上下於死地。

還有那個廢物范書童，他也同樣該死。帶著一船的禮物去拜見朱屠戶，居然跟人家擺起了什麼光明右使的架子，也不看看他這個光明右使到底能值幾斤幾兩？

更可惡的是，這廝回來後，居然還日日鼓動自己跟朱屠戶決一死戰。狗屁，如果自己真的有本事跟朱屠戶決一死戰的話，當日在運河邊就決了，又何必等到現在?!

當然，諸多該死當中最該死的，還是那個朱屠戶。

從三里溝、揚縣、真州再到六合，又從六合追到這個前不著村，後不著店的鬼地方，十多天來，自己派出去抵擋的隊伍，被他殺了一批又一批。這瘋子卻始終不肯罷手，害得自己在這十多天裡連一個囫圇覺都沒睡好，只要閉上眼睛，耳裡就是轟隆隆的大銃聲。

「該死，該死，連紅巾同道都要殺，就不怕老天打雷劈了你！」像困獸一樣在中軍帳裡徘徊著，張明鑑繼續破口大罵。

「喀嚓！」一道雪亮的閃電劈進中軍帳，將帥案直接劈成了兩半！令旗、令箭、文書、帳冊，所有先前擺在上面的東西全都飛了起來，在半空中冒出縷縷青煙。

「雷神爺爺饒命！」張明鑑嚇得一個魚躍，跳到了雨地裡，摔得滿頭滿臉都是泥巴。

然而他卻顧不上擦，爬起來，跌跌撞撞地朝更遠的地方逃，一邊逃，一邊大聲叫嚷，「來人，快來人。擺香案，獻三牲，雷神爺爺下凡了！」

「大總管止步！」千戶余大瑞見狀，不得不衝過去，雙手將他的腰死死抱住。「這裡是軍營，您是一軍之主。您如果亂了，整個隊伍就全完了！」

「對，對，這裡是軍營，軍營！」張明鑑用力晃了一下腦袋，將泥水甩得到處都是，「我是一軍之主，老余，趕緊擺香案，替我拜祭雷神爺爺，他老人家發威了！」

「不過是打了個大閃電而已！」千夫長余大瑞看了眼冒著青煙的帥帳，用顫抖的聲音說道：「大總管且放寬心，估計是雷神爺跟您開了個玩笑。末將這就去請范右使，請他開壇做法，為您老祈福消災！」

「對，對，就讓他把法壇擺在剛才雷劈過的地方！」張明鑑一邊打著哆嗦，一邊命令著：「來人，去把范右使給老子找來。不，是請，趕緊去把范右使給老子請過來！」

「不用請，來了，來了！」話音剛落，雨幕後立刻響起了光明右使范書童那特有的娘娘腔，「本使就在這呢，恭喜大總管，賀喜大總管！」

「恭喜老子？」張明鑑一聽，氣又不打一處來，「恭喜個鬼？老子剛才差一點兒就被雷給劈了！」

「非也，非也，大總管千萬不要誤會。雷電乃至正至陽之物，剛才劈入帥帳當中，與大總管近在咫尺，卻沒傷到大總管分毫，明顯目標不是您，而是最近一直隱藏在大總管您身邊那些背運的陰邪之物。這一道閃電劈過去，陰氣盡散，大總管您的壞運氣就徹底結束了！」

「真的？」張明鑑巴不得早日結束目前的這種倒楣日子，立刻覺得光明右使范書童的話還真有幾分道理。「可老子怎麼一點都沒感覺到，還被摔了一身泥巴？」

「那不是泥巴，那是萬物之母！」

畢竟是個職業神棍，光明右使范書童的鬼話張開就來。「大總管，您看這世間萬物，有哪個不是從泥巴中所生？就連咱們人族之祖，也是女媧娘娘用泥巴所捏。你老剛才摔一身泥水，剛好應了舊邪已盡，萬物生發的兆頭！」

「嗯……」張明鑑伸手在自己臉上抹了幾把，覺得泥水好像也帶上了幾分暖意。

「不止如此呢，大總管，這雨裡夾著雹子，可是天大的好事啊！」光明右使范書童見他臉色緩和了下來，趕緊又說道：

「五行當中，水能剋火。那朱屠戶的兵馬之所以厲害，憑藉的全是火器。這冰雨一下來，他的火器就全都廢了。肯定沒膽子再追咱們，即便追上來，也不可能像先前那樣，隔著老遠拿火器欺負人。走到近處真刀真槍地幹，大總管輕鬆就收拾了他！」

「嗯，啊！哈哈哈，哈哈哈哈……」張明鑑先是微微一愣，然後忽然仰起頭，像瘋子一樣大笑了起來。

賊老天，你終於開眼了。一場及時雨，替咱老張解決了所有麻煩。水能剋火，這麼簡單的道理，先前居然沒人能想明白！如果沒有那該死的大銃和小銃，真的列陣而戰，咱青軍曾經怕過誰？如果他朱屠戶再不肯甘休的話，就讓他嘗嘗青軍的如林長槍。

「哈哈，哈哈哈哈！」余大瑞和周圍的親兵們，也揚起頭，笑得滿臉是淚。這些日子來被朱屠戶像趕鴨子一般，從運河西岸一路追殺到此地，他們也都快給憋屈瘋了。而今天，所有令人畏懼的東西都不復存在了。滂沱冰雨下，看你朱屠戶還拿啥來逞威風？

很快，喜悅就以張明鑑為核心，朝整個營地內蔓延開去。所有青軍將士，還有被青軍脅裹的各路義兵、探馬赤軍也都覺得壓在心頭的千斤巨石終於被驚雷劈碎，整個人都變得神清氣爽起來。

「一呀摸，二呀摸，摸到了小娘子的……」亢奮之下，有人立刻敲打著鐵鍋，唱起了淫邪的小調。

周圍的將士們哄笑著相和，拿起銅鑼、盾牌，頭盔等物，叮叮噹噹的胡亂敲打。

一片混亂聲中，光明右使范書童忽然將身體向前湊了湊，以極低的聲音說道：「大總管，請附耳過來！」

「什麼事？」張明鑑正準備換個帳篷好好睡一覺，皺了皺眉頭，不高興地說。

「趁著這場冰雨，淮安軍沒追上來，弟兄們也光顧著高興，大總管趕緊換了衣服跟我走吧！」光明右使范書童一改先前神叨叨模樣，用只有兩個人能聽見的音量說。

「我剛才聽到一個不好的消息，淮安軍徐達部，五天前就攻陷了來安，正從西面向咱們堵了過來！」

「什麼？」

彷彿又被悶雷劈了一記，張明鑑的身體晃了晃，差點沒一頭栽倒。「你從哪得到的消息？我怎麼一點兒風聲都沒聽到。」

「是明教的弟子冒死送過來的！」范書童朝四下看了看，又小聲說道：「大總管對在下有救命之恩，在下肯定不會害你。徐達攻下了來安，滁州咱們根本回不去了。而汴梁那邊，劉大帥也聽說了揚州的事情，不肯給朱屠戶下任何命令。如今之計，大總管唯一的脫身之策，就是棄軍逃走，跟本使一起逃到黃州去，投奔彭和尚。憑大總管的這身本事，不愁沒有東山再起之日！」

「你胡說！」張明鑑一把推開范書童，咬牙切齒，「本帥還有上萬大軍，怕他個什麼徐達？況且，這大雨滂沱的，他還能不顧死活的前來劫營？他朱八十一所憑不過是火器犀利，水能剋火……」

「轟隆隆！」營地東側忽然響起了一串悶雷，震得他心驚膽顫。

隨即，周圍的喧囂聲瞬間停滯。緊跟著，數百名在週邊負責巡邏的青軍士兵，跌跌撞撞的逃了回來，一邊跑，一邊大聲叫嚷：「敵襲，敵襲！趕緊抄傢伙，朱屠戶的人冒著雨殺過來了！」

瓢潑般的大雨中，第三軍副指揮使王弼手持一柄五尺長的雁翎刀，帶頭殺入青軍的營寨。

有名百夫長試圖上前攔阻，被他迎面一記斜劈，連人帶兵器削斷了半截。另外一名青軍牌子頭持槍朝著他的小腹猛刺，卻被他側過身去單臂夾住槍桿，隨即還了一記橫掃，「噗！」有顆完整的頭顱跳上半空，熱血從腔子裡噴出半丈多高。

「跟緊我！」

王弼將雁翎刀向半空中舉了舉，大聲斷喝。冰冷的雨水迅速洗過三寸寬的刀身，將刀身洗得耀眼生寒。

「喀嚓嚓！」數道閃電從半空中劈落，照亮他身後的眾淮安將士。共兩個百人隊，每名將士上半身都穿著一件板甲，左手持盾，右手持刀，冷鍛的護面擋住嘴巴和鼻子，只露出兩隻冷森森的眼睛。

四下裡的青軍蜂湧而來，試圖將這一支隊伍趕出營寨。

在火器完全不能發揮左右的情況下，青軍將士對自己的戰鬥力非常有信心。

然而，很快，他們就發現自己大錯特錯了。這支從正東方衝進營地的淮安將士雖然人數不多，攻擊力卻非常凌厲。轉眼之間，就衝破了青軍倉促組織起來的三道防線，毫無阻礙地向營地中央的帥帳突進。

「放箭，用破甲錐射死他們！」有人急中生智，在帳篷後大聲喊叫。

有人很快抓起硬弓，將命令付諸實施。然而，冰冷的雨水對交戰雙方絕對公平，既打濕了紅巾軍的火藥，也讓青軍的弓箭變成了廢物。

安裝在箭尾後的鵰翎沾上雨水後，立刻變得沉重無比，失去了平衡的破甲錐連二十步距離都飛不夠，就一頭紮到泥地上，羞愧地在冷雨中來回顫抖。

「結槍陣！用結槍陣擋住他們！」

守軍一計不成，再施二計。在一名千夫長的號令上，倉促朝自家中軍附近的空地上彙集，試圖發揮自家的特長。

萬槍攢刺可是他們的拿手絕技，從成軍之時起，三日一小操，五日一大操，練的就是這一殺招。以至於整個青軍當中，長槍兵的比例占到了隊伍的七成。外界往往以長槍軍而稱之，卻忘記了他們的本名。

這一應對不能說不恰當，只可惜，他們今天遇到的是王弼。長時間的征戰生涯，已經令後者對時機的把握到了不失毫釐的地步。沒等青軍將士們將槍陣完成，已經縱身撲了進去，蹲身，擰腰，雁翎刀從右上到左下，猛的來了個旋轉劈，數條手臂和槍桿交替著飛起來，慘叫聲不絕於耳。

「我是王弼，擋我者死！」王弼的身體卻絲毫不做停頓，繼續揮刀向前突進。兩百多名紅巾軍朴刀手在他身後自動組成一個銳利的三角形，沿著雁翎刀劈開的縫隙繼續前插，將沿途遇到的對手砍得屍橫遍地，血流成河。

「我是王弼，擋我者死！」

王弼繼續揮刀，朝身前和兩側的敵人猛砍。半寸厚的刀身帶著冰冷的寒光，在槍林中穿行。擋路的青軍將士紛紛倒地，像遇到猛虎的綿羊一般，沒有絲毫防禦之力。甚至連轉身逃走的機會都找不到，稍一慌神，就被冷冽的刀光從槍林中找上，砍得身首異處。

而那第三軍副指揮使王弼卻絲毫不覺得累，將五尺長的雁翎刀舞得像一條電蛇一般，隨時都可能吐出死亡的毒信子。很少防禦，大部分時間都是在進攻，尋找一切機會殺死對手，甚至不惜以命換命。

那不是換命，而是對手中鋼刀的自信，只要能搶先半息光景砍中敵人要害，甚至搶先一瞬，那些刺過來的長槍就對他構不成任何威脅。死人握不住的長槍，重傷者也同樣使不出殺人的力道。

他是王弼，第三軍副指揮使王弼。一年半前在戰場上打哆嗦的小弓手王大胖。每日揮刀數百次，持續四百餘天風雨無阻，就算一塊頑石也打磨成了雕塑。更何況，他的資質原本就高於普通人。

他是最早追隨朱八十一打天下的老弟兄。自知謀略比不上徐達、逯魯曾，對新武器的掌握能力也比不上吳良謀和其他讀書人，所以只能帶著自己的親信另闢蹊徑。

火器不可能包打天下，也不可能永遠讓敵人找不到破解的辦法。天氣、道路、後勤補給條件，都會使得其功效大大降低；而萬一遇到火器發揮不了作用的時候，敵我雙方依舊免不了要短兵相接，到那時，**勇氣還有個人作戰技巧，將成為決勝的關鍵。**

而一次成功的近身肉搏，足以讓對手膽寒一輩子，身為第三軍副指揮使的王弼執拗地堅信著這一點，並且日日為此準備。如今，**他終於等到了屬於自己的時間。**

一桿桿長槍正前方和左右兩側刺過來，看上去那樣的軟弱無力。王弼大叫著迎上去，身體和雁翎刀融合在一起，彷彿閃電的精靈般，在槍叢中橫衝直撞。再密集的長槍也有縫隙，刀光則以無厚入有間。所謂庖丁解牛，不過如此。刀光從重重槍影中穿透過去，將持槍者與他們的武器分開，變成一具具冰冷的屍骸。

「喀嚓！」

又一串閃電滾過，照亮王弼身後那兩百餘鐵甲怪獸。已經七零八落的長槍陣忽然土崩瓦解，倉促集結起來的青軍將士以比先前快了十倍的速度，四散奔逃，唯恐跑稍慢一步，成為刀頭上的祭品。

請續看《燕歌行》7 帝王心術

燕歌行 卷6 全力反撲

作者：酒徒
發行人：陳曉林
出版所：風雲時代出版股份有限公司
地址：10576台北市民生東路五段178號7樓之3
電話：(02) 2756-0949
傳真：(02) 2765-3799
執行主編：朱墨菲
美術設計：許惠芳
行銷企劃：林安莉
業務總監：張瑋鳳

初版日期：2020年6月
版權授權：蔡雷平
ISBN：978-986-352-817-3
風雲書網：http://www.eastbooks.com.tw
官方部落格：http://eastbooks.pixnet.net/blog
Facebook：http://www.facebook.com/h7560949
E-mail：h7560949@ms15.hinet.net
劃撥帳號：12043291
戶名：風雲時代出版股份有限公司

風雲發行所：33373桃園市龜山區公西村2鄰復興街304巷96號
電話：(03) 318-1378
傳真：(03) 318-1378
法律顧問：永然法律事務所 李永然律師
北辰著作權事務所 蕭雄淋律師

行政院新聞局局版台業字第3595號 營利事業統一編號22759935

國家圖書館出版品預行編目資料

燕歌行 ／ 酒徒 著. -- 初版 -- 臺北市：風雲時代，2020.02- 冊；公分

ISBN 978-986-352-817-3（第6冊；平裝）

857.7 109000129